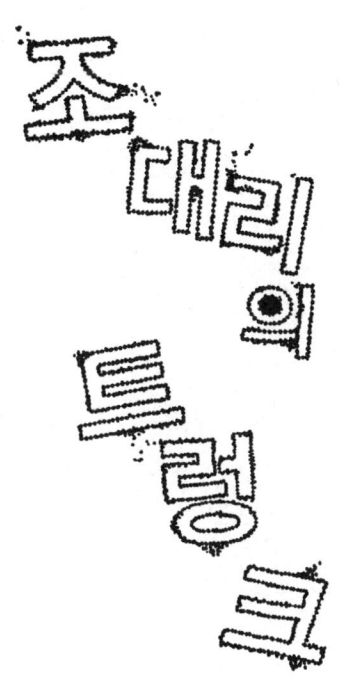

조대리의 트렁크

백가흠 소설집

창비

차 례

장밋빛
발톱

여자는 언제나

욕실에서 옷을 벗지 않고

밖에서 옷을 벗고 욕실 안으로 들어왔다.

여자가 욕실로 들어오면

제일 먼저 여자의 희고 작은 발이 보였다.

양쪽 엄지발톱에만

장밋빛 매니큐어가 칠해져 있었다.

에어컨

폭염 오후, 느닷없이 옥탑방으로 스탠드에어컨이 배달되었다.

나는 써지지 않는 잡지기사를 억지로 짜맞추며 끙끙대고 있었다. 더위에 지친 오후 누군가 방문을 쾅쾅 두드리는 소리가 났다. 날 찾아올 사람이 아무도 없다는 사실에 살짝 겁이 났다. 몇백만원의 카드빚으로 이미 신용불량자였기 때문이다. 단칸방에 딸린 부엌의 들창으로 살짝 밖을 내다보았더니 한 중년의 남자가 문앞에서 서성이는 모습이 보였다. 선배고 후배고 친구들이고 모두 발길을 끊은 지 몇년이나 되었다. 그보다 날 아는 사람들은 내가 어디에 사는지 전혀 알지 못했다. 내 옥탑방을 아는 곳은 카드회사와 전화국뿐이었다. 나는 카드회사에서 나온 사람이 분명하다고 생각했다. 아무도 날 찾아올 사람이 없기 때문이다. 남자가 다시 문을 쾅쾅 두드렸다.

배달 왔어요.

배달? 나는 곰곰이 생각해보았다. 근래 홈쇼핑에 재미를 붙여 이것저것 사들이고 있긴 하지만 도무지 뭘 샀는지는 확실히 떠오르지 않았다. 남자가 다시 내 이름을 불렀고 나는 배달된 물건이 궁금해서 굳게 닫아놓았던 자물쇠를 천천히 풀었다.

밖으로 나가보니 중년의 남자가 호스를 어깨에 걸치고 서 있었다.

에어컨 배달 왔어요.

에어컨? 나는 잘못 배달된 것이라고 얘기했지만, 제일가는 쇼핑몰에서 그런 실수를 할 리가 없다는 게 남자의 주장이었다. 나는 문을 열어 궁색한 옥탑방을 보여주었다. 이런 누추한 방에 스탠드에어컨은 필요없다는 것을 보여주기 위해서였다. 그럴 능력이 없다는 얘기도 필요없이 길게 설명했다.

문을 열자 방 안에서 열기가 쏟아져나왔다. 뙤약볕이 내리쬐는 옥상 마당이 오히려 시원하게 느껴졌다. 하루종일 달궈진 옥탑방은 숨을 내쉬기도 힘들 정도였다. 남자가 난감한 듯 옥탑방 안을 슬쩍 보았다. 한눈에 세간이 적나라하게 드러났다. 방 안을 둘러보더니 남자가 말이 없었다. 남자가 말이 없자 나도 가만히 잠자코 있었다.

그러지 말고 이미 배달 온 건데 에어컨 하나 안 들여놓으시겠어요?

에어컨 팔러 오신 거예요? 그럼 그렇다고 처음부터 얘길 하셨어야죠.

나는 문을 닫고 방으로 들어가려고 했지만 남자가 내 손을 잡아끌었다.

아니에요. 배달을 왔지만, 필요하시면 팔 수도 있다는 말이죠.

남자는 말을 바꿔 그냥 에어컨 하나 들여놓으라고 조르기 시작했다. 아주 간절하고 애타게 남자는 내게 달려들었다.

남자와 실랑이를 하고 있는데, 스탠드에어컨을 등에 지고 웬 젊은 여자가 올라왔다.

안 산다니까요.

나는 신경질적으로 말하며 남자를 뻔히 쳐다보았다. 언뜻 이해가 되지 않았다. 내가 사는 옥탑은 다세대주택 오층 옥상이었다. 물론 엘리베이터도 없는 좁은 층계로 걸어올라와야 하는 곳이다. 좁은 층계를 스탠드에어컨을 지고 올라왔을 여자를 생각하니 좀 미안한 생각이 들기 시작했다. 짜증났던 좀전보다 마음이 좀 누그러지는 것 같았다. 아무리 잘못 배달된 것이라고 할지라도 말이다. 여자의 콧잔등에 송골송골 땀이 맺혀 있었다. 여자는 에어컨을 세워놓고 손으로 부채질을 했다. 여자는 몸에 달라붙는 탱크톱을 입고 있었다. 땀에 젖어 딱 들러붙은 옷 밑으로 살짝 여자의 배꼽이 보였다. 여자에게 신경쓰지 않으려고 했지만, 내 눈은 자꾸 여자를 힐끔거렸다. 잘록한 허리라인과 풍만한 가슴이 자꾸 시선을 끌어당겼다. 여자는 정말 예뻤다. 에어컨 설치기사 같은 일보다는 치어리더나 내레이터 모델 일이 더 잘 어울릴 듯

해 보였다.

남자의 말은 오락가락했다. 잘못 배달된 것 같다고 말하면서도, 이 기회에 더운 옥탑방에 에어컨이 있으면 얼마나 좋겠느냐고 졸랐다. 이미 나는 여자에게 정신이 팔려 남자의 말은 듣는 둥 마는 둥이었다. 상품의 설명 같은 것은 없고 싼 가격만 강조했다. 나는 그 가격이 다른 곳보다 얼마나 싼지 알지 못했다. 에어컨 같은 것에 관심이 있을 리 없었다. 아까와는 달리 여자 때문에 나는 완강히 거절을 못하고 있었다. 여자는 땀으로 온몸이 젖어 있었다. 긴 머리를 한손으로 쥐고 목에 부채질을 했다.

또 잘못 온 거야?

또? 나는 여자가 한 말을 속으로 되뇌었다. 남자가 여자에게 험하게 눈을 흘기자 여자는 눈길을 피하며 평상에 털썩 주저앉았다. 생각 같아서는 내가 에어컨을 지고 내려가고 싶었다. 두 사람 모두 복더위에 헛품을 판 것에 짜증이 난 듯했다. 나는 슬슬 그들의 눈치를 보았다. 괜히 잘못한 것도 없으면서 내 탓인 듯한 생각이 들었다. 남자와 여자가 말없이 평상에 앉아 있어서 나도 어정쩡하게 서서 잠자코 있었다. 나는 여자의 뒷모습을 힐끔거렸다. 말려올라간 짧은 탱크톱 밑으로 잘록한 허리의 속살을 보고 있었다. 등에서 떨어진 허리춤 사이로 여자의 팬티끈이 살짝 보였다.

딱 백만원만 합시다.

남자의 말에 따르면 다른 곳에 비해 반이나 싼 가격이었다.

그냥 거저 넘기는 거예요. 지고 올라온 저 아이가 불쌍해서.

남자는 에어컨을 지고 밑으로 내려갈 수 없다고 말했다. 물론 여자가 말이다. 나는 왜 여자가 이렇게 무거운 에어컨을 지고 다니는지 묻지 않았다. 구매심리를 부추기는 좋은 방법 같아 보였다. 하지만 궁색한 옥탑방에 스탠드에어컨은 아무리 생각해보아도 터무니없었다. 더군다나 나는 돈이 없었다. 백만원은 잡지기사를 이백매나 써야 벌 수 있는 돈이었다. 그런 청탁은 거의 없다. 그럼에도 여자 때문에 나는 남자의 제안에 골몰했다.

저기요, 미안한데, 잠깐 세수 좀 할 수 없을까요?

어쩔 줄을 모르고 서 있는 내게 여자가 말했다. 나는 이미 여자를 똑바로 볼 수도 없었다. 그렇게 하세요. 좀 불편할 텐데……

이제 여자는 하찮은 일도 내가 거절할 수 없게 몰아갔다. 나는 초라한 욕실을 보여주었다. 샤워기 같은 것은 물론 없었다. 나는 대야에 물을 받아주었다. 살짝 여자의 끈적한 팔이 스쳤다. 여자와 스친 부분에 서늘한 기운이 돌았다. 나는 여자가 스치고 간 팔을 오래도록 손으로 문질렀다. 남자는 이미 계단을 내려가고 있었다.

어디 가세요?

확인 좀 해보려고요.

남자가 계단을 내려가는 것을 보자 이상하게 흥분되었다.

부인이 나오면 에어컨 가지고 내려갈게요. 제가 도울게요.

나는 왠지 모르게 떨리는 음성으로 말했다. 남자는 사십대 중반으로 보였고, 여자는 잘해봐야 이십대 후반으로밖에 보이지 않았다. 나는 남자가 주제넘은 아내를 얻었다고 생각했다. 에어컨 설치기사가 얼마나 능력이 좋은지도 모르지만, 너무 불공평하다는 생각이 들었다. 여자가 세워놓은 에어컨이 고스란히 햇빛을 받고 있었다. 만져보니 손을 델 정도로 뜨거웠다. 나는 일단 에어컨을 문간 옆 그늘로 옮겨놓았다.

에어컨 옆에 서서 나는 담배를 하나 빼어물었다. 간혹 철벅이는 물소리가 들려왔다. 떨어지는 물소리에 내 가슴도 쿵쾅쿵쾅 요동질쳤다. 나는 살짝 문을 열어보았다. 시원한 보리차라도 건넬 생각이었다. 일 쎈티미터 정도 문이 열렸을까. 그 문틈으로 나는 너무 많은 것을 보아버렸다. 여자가 욕실문을 열어놓은 채 쭈그려앉아 물을 끼얹고 있었다. 여자의 얼굴은 보이지 않았다. 둥글게 휜 구릿빛 등선과 엉덩이가 꿀꺽, 내 목을 타고 가슴속으로 넘어가는 것 같았다. 나는 문틈으로 여자를 엿보기 시작했다. 어디서 그런 용기가 났는지는 알 수 없었다. 여자가 일어나자 나는 소리나지 않게 문을 살짝 닫았다. 그러나 다리는 움직이지 않았다. 나는 여전히 문앞에 서 있었다.

남편이 오려면 십분도 안 걸릴걸요.

여자가 수줍음 없이 말했다. 그리고 안에서 문이 열렸다. 나는 전라의 여자 앞에 정면으로 서 있었다. 다리 힘이 풀려서 털썩 주저앉고 싶어졌다.

여자와의 쎅스는 오분도 걸리지 않았다. 아주 짧은 꿈 같았다. 여자의 몸을 탐할 새도 없이 나는 금방 사정을 하고 말았다. 나는 여자의 눈을 똑바로 보지 못했다. 남편이 곧 올 거란 생각 때문에 정신없이 일을 서둘렀다. 여자는 나에 비하면 느긋했다. 나는 여자 위에 꼬꾸라졌다. 여자가 빨리 일어나라는 듯이 내 엉덩이를 가볍게 쳤다. 나는 욕실로 달려가서 문을 잠갔다. 물을 틀어놓고 쭈그려앉았다. 밖으로 나갈 용기가 나지 않았다. 속으로 나는 잘못한 게 없다고, 여자가 날 유혹한 것이라고 자위했지만, 남편을 볼 용기는 나지 않았다. 나는 겁이 나기 시작해서 한참 그렇게 앉아 있었다.

한참을 쭈그려앉은 채 떨어지는 물줄기를 보고 있는데 망치질 소리가 들려왔다. 나는 화장실 문틈으로 방 안을 엿보았다. 남자가 멀쩡한 벽에 대고 망치질을 하고 있었다. 나는 서둘러 옷을 입고 밖으로 나왔다.

에어컨 설치하기로 하셨다면서요?

남자가 애써 웃는 표정을 지으며 말했다. 남자는 벽에 구멍을 뚫고 있었다. 여자가 나를 보며 활짝 웃었다. 옥탑 마당에 나와보니 에어컨 옆에 실외기가 놓여 있었다. 남자가 올라오며 들고 온 모양이었다.

나는 옥탑을 내려와 은행으로 달려갔다. 현금써비스를 모두 받아도 돈이 모자랐다. 나는 남자에게 통사정을 했다. 나는 남자에게 전재산인 구십삼만원을 건넸다.

벽엔 큰 구멍이 생겼다. 실외기 호스가 지나가는 구멍이었다. 어딘지 깔끔하게 마무리가 되지 않았지만 더이상 뭘 요구할 수도 없었다. 공구박스를 든 여자와 잠깐 눈이 마주쳤다. 앞서는 남자와도 눈이 마주쳤다. 나는 고개를 푹 숙이고 어쩔 줄을 몰랐다.

시원한 여름 보내세요.

고맙습니다. 잘 쓰겠습니다.

나는 층계까지 나와서 그들에게 고개를 숙였다. 탱크톱 밑으로 꿈같은 여자의 구릿빛 속살이 보였다.

좁은 방에서 에어컨의 위력은 대단했다. 잠시도 그것을 꺼놓고서는 방에 있을 수 없게 돼버렸다. 나는 시원한 바람을 맞으며 때때로 여자를 생각했다. 얼굴은 자세히 생각나지 않았지만, 그녀 몸의 윤곽은 또렷이 기억이 났다. 짙은 갈색의 머리, 흰 허리와 탄력있는 엉덩이가 시시각각 에어컨 바람을 타고 방안의 온도를 낮췄다.

에어컨은 살 만한 물건이라는 생각이 들었다. 나는 에어컨 바람 밑에서 느긋한 낮잠을 자거나 야구를 봤다. 가끔은 맥주도 마셨다. 바깥 날씨는 신경도 쓰이지 않았다. 날씨가 맑은지, 더운지, 비가 오는지 따위는 관심 밖의 일이 되었다. 바깥 날씨와 상관없이 나는 에어컨을 온종일 틀어놓았다.

딱 삼일, 만 이틀 동안 그렇게 신나게 에어컨을 틀었다. 에어컨을 사고 삼일째 되던 날 아침, 경찰들이 들이닥쳤다. 경찰은 내가 들여놓은 에어컨이 장물이라고 했다. 유명 쇼핑몰의 배달차가 통째로 도난당했다고 했다. 그 안에는 에어컨이 가득 차 있었다고 했다.

경찰은 내가 장물인지 알고 샀는지 집요하게 추궁했지만, 난 에어컨을 들여놓은 후에도 그런 의심을 한번도 해보지 않았기 때문에 결백했다. 경찰서에서 진술서를 쓰는 동안, 나는 그 남녀가 얼마나 양심적인 도둑, 순수한 사기꾼인지 깨달았다. 그래서인지 자꾸 웃음이 나왔다.

조사를 받은 다음날 쇼핑몰에서 찾아와 에어컨을 떼어갔다. 미안한 기색도 없이, 사과의 말 한마디도 없이 에어컨을 가져가 버렸다.

벽엔 큼지막한 구멍이 남았다. 그곳으로 가끔 시원한 바람이 불어오기도 했다. 눈을 대고 구멍을 들여다보면 이상하게 여자가 보이는 것 같았다. 나는 줄곧 전라의 여자를 훔쳐보는 상상을 했다.

시간이 지나고 더위도 한풀 꺾였다. 점점 여자의 윤곽은 떠오르지 않고 그곳으로 가을 모기가 들어왔다. 전기요금은 지난달보다 세 배가 넘게 나왔다.

나는 청테이프로 구멍을 막아버렸다. 옥탑방 안의 열기는 하루종일 여름 땡볕에 달궈져 밤이 깊어도 식을 줄을 몰랐다.

장밋빛 발톱

요 며칠 사이 내겐 가장 중요한 일이 생겼는데, 그것은 작은 골목길 건너편 옥탑의 욕실 창을 훔쳐보는 일이다. 밤마다 온 신경은 골목길 건너 내 옥탑보다 한 층 밑에 사는 어느 얼굴 모르는 여자의 옥탑방 욕실 창에 가 있었다. 낮에는 갖가지 소음들에 섞여 그녀가 샤워하는 소리를 들을 수도 없고, 욕실 안이 보이지도 않았다.

가로 삼십 쎈티미터, 세로 삼십 쎈티미터쯤 되어 보이는 아주 작은 그 창에는 방충망이 쳐져 있는데, 낮에는 빛을 반사하기 때문에 아무것도 훔쳐볼 수가 없었다. 밤이 깊으면 작은 창은 여자의 무릎에서 목까지, 꼭 보여야 할 곳만 기막히게 보여주었다. 한밤중 물소리가 들려오기 시작하면, 나는 방의 불을 끄고 슬며시 창 앞에 섰다. 몸을 벽 뒤에 감추고 고개만 내밀거나, 무릎을 꿇고 눈만 창에 붙여 힐끔거렸다. 모름지기 훔쳐보기란 몸을 드러내면 안되기 때문이었다.

나는 평소보다 일찍 불을 끄고 창 앞에 섰다. 여자의 욕실에는 불이 꺼져 있었다. 나는 담배를 피우며 여자가 욕실로 들어오기를 느긋하게 기다렸다.

여자는 언제나 작은 창 밑에 앉아서 목욕을 했다. 그 때문에 밤마다 한 층 위에 있는 내게 기막힌 볼거리를 제공한 것인데, 아마도 아래층의 시선을 피하기 위해서인 듯했다. 그녀의 욕실 창은 내 옥탑이 있는 건물의 시선을 벗어날 수 없었다. 일어서서 샤워를 하면 내 밑에 사는 사람에게 알몸을 들키게 되고, 앉으면 내 시선을 피할 수가 없는 구조였다.

갑자기 욕실 창에 불이 들어왔다. 나는 들고 있던 담배를 꾹꾹 눌러 비벼껐다. 훔쳐볼 때는 작은 소리도 조심스러워졌다. 매번 그렇듯이 조금 당황스럽기도 하고, 가슴이 울렁거리기 시작했다. 마음속으로 준비하고 기다리고 있었지만 언제나 여자의 출현은 갑작스러운 느낌이 들었다.

여자는 하루의 일과를 마감하며 늦은 샤워를 정성스럽게 했다. 나는 여자가 목욕하는 것을 그녀를 통해 처음 보았다. 사람마다 샤워하는 습관이 다르겠지만 여자는 어딘지 자기 몸에 대한 정성이 가득 묻어 있었다. 여자는 하루도 샤워를 거르는 날이 없었고, 정확한 패턴에서 벗어나는 일도 없었다. 적어도 내가 훔쳐본 날은 그러했다.

여자는 언제나 욕실에서 옷을 벗지 않고 밖에서 옷을 벗고 들어왔다. 욕실로 들어오면 가장 먼저 여자의 희고 작은 발이 보였다. 양쪽 엄지발톱에만 장밋빛 매니큐어가 칠해져 있었다. 욕실로 들어온 여자는 앉은뱅이 목욕의자에 앉아서 욕실 청소를 시작했다. 작은 목욕의자에 앉아서 샤워기로 욕실 구석구석에 장난스럽게 물을 뿌렸다. 창을 등지고 앉은 여자의 뒷모습은 아름다웠다. 펑퍼짐하고 둥그런 엉덩이와 잘록한 허리의 대비는 눈부셨다. 특히 엉덩이에서 허리로 이어지는 선이 예뻤다. 작은 의자 위 여자의 둥그런 엉덩이는 매우 탄력적이고 힘있어 보였다. 몸의 중심이 엉덩이로 집중되기 때문인 듯했다. 욕실 구석구석 물을 뿌리고 나면 여자는 쭈그리고 앉아서 솔을 들고 바닥을 닦기 시작했다. 여자의 옆모습이 눈에 들어왔다. 여자의 등은 휘고, 둥그렇던 엉덩이는 조금 뾰족해졌다. 가슴은 허벅지와 무릎에 가려 보이지 않았다. 갑자기 작은 창에서 여자가 사라졌다. 그녀가 잠깐 사라진 그 틈을 나는 견딜 수가 없었다. 벌써 샤워가 끝난 것인가 하고 조바심이 일었다.

여자가 다시 나타날 땐 창 쪽 바닥을 청소할 때인데, 이때가 나와 정면으로 마주치는 아주 잠깐이었다. 쭈그려앉은 여자의 무룻이 쇄골까지 올라와 가슴을 가리게 되고, 희미하게 겹친 여자의 뱃살 밑으로 새까만 불두덩이 커다랗고 선명하게 보였다. 그 안에 가려진 정말 은밀하고, 내밀한 속살은 볼 수가 없었다. 여자는 은밀한 곳을 내게 삼초쯤 보여주었다. 여자의 몸은 가히 예쁘다고는 할 수 없었다. 몸 중에서 가장 중요한 곳을 보지 못했기 때문이다. 나는 그녀의 얼굴을 한번도 보지 못했다.

작은 창으로 보이는 여자의 몸은 아름답긴 하지만 얼굴을 보지 못했기 때문에 예쁘다고 단정할 수는 없었다. 청소를 마친 여자는 쭈그려앉은 채로 뒷물을 했다. 쭈그려앉은 채로 다리를 벌리고 샤워기로 그곳에 물을 뿌렸다. 여자는 손으로 닦아내지 않고 한참을 쭈그리고 앉아 센 물살을 받으며 앉아 있었다. 그런 여자의 모습은 하나도 섹시하지가 않았다. 벗은 여자의 몸이 내게 성욕을 불러일으키지 못한다는 것은 안타까운 일이었다. 어쩌면 그녀에게도 슬픈 일일지 모를 일이다.

그녀를 훔쳐보기 시작한 뒤 이상한 버릇이 하나 생겼는데, 집을 나설 때면 주위를 두리번거리며 얼굴 모르는 그녀를 찾는 것이다. 얼굴은 모르고 몸으로만 기억할 수 있는 그녀. 여자의 몸을 훔쳐본 뒤로 집 주위에서 마주치는 모든 여자가 옥탑의 그녀 같아 보이기 시작했다.

여자가 때를 밀기 시작했다. 매일 그렇게, 여자는 밤 깊은 새벽, 아주 작은 목욕의자에 앉아 정성을 다해 때를 벗겼다. 몸을 동그랗게 말고서 발가락부터 천천히 때를 벗기기 시작했다. 엄지발톱의 장밋빛은 점점 선명해졌다. 동그랗게 말았던 몸은 여자의 손이 무릎과 허벅지로 올라오면서 곧게 펴졌다. 다리를 뻗으면 그간 가려져 있던 여자의 가슴이 출렁, 내 마음속 깊은 곳까지 떨어졌다. 그리 크지도 작지도 않고 벌어진 젖가슴. 젖꼭지는 수줍은 듯 살짝 고개를 들고, 뭔가 토라진 듯 서로 외면하면서도, 실눈으로 쳐다보고 있는 것 같았다. 젖가슴으로 기억할 수 있는 그녀, 나는 집을 나서면 집 주위에서 마주치는 여자들의 가슴만 힐끔거렸다.

여자는 손가락부터는 때 미는 속도를 빨리했다. 여자의 손놀림은 손등과 팔을 지나 배로 빠르게 움직였다. 허리를 곧게 펴면, 아, 다시 그 예쁜 젖가슴이 보였다. 여자는 때 미는 데 정성을 다해서 건너편 창 같은 것은 신경쓰지 않았다. 여자는 한 손으로 젖꼭지를 잡고 땟수건으로 살살 문질렀다. 행여 연약한 젖꼭지가 다칠까봐 조심조심 젖가슴의 때를 벗겼다. 여자가 다시 사라졌다. 아마도 작은 창을 피해 벽 쪽에 찰싹 붙어섰을 것이다. 그녀는 몸을 숨긴 채 머리를 감고 몸에 비누질을 할 참이었다. 욕실 바닥으로 떨어지는 물소리는 내 상상력을 자극했다. 비누거품이 여자 몸을 타고 천천히 흘러내리는 것이 보이는 듯했다.

물소리가 그치고 욕실의 불도 꺼졌다. 여자는 욕실 밖에서 젖은 몸을 닦을 것이다. 나는 불이 꺼진 뒤에도 한동안 창가를 떠나지 못했다. 여자의 일과가 종료되고 더불어 내 일과도 마감되었다. 욕실 창에 불이 꺼지면 나는 무슨 암흑의 구렁텅이 같은 곳으로 미끄러지는 듯한 허망함이 들곤 했다. 욕실 창에 불이 꺼지고서도 내 엿보기는 그치지 않았다. 여자가 돌아와 목욕을 해주길 기다리며 창을 힐끔거렸다. 물론 여자는 한번도 욕실에 다시 돌아오는 날이 없었다.

모든 것을 포기하고 잠자리에 누우면 여자의 얼굴이 궁금해졌다. 날이 밝으면 어떻게 해서든 여자를 찾으러 갈 궁리를 하곤 했다. 잠은 그녀를 그리워하는 고통 속에 찾아오고, 잠자는 내내 여자는 내 머릿속을 떠나지 않았다.

방 안의 열기가 나를 깨웠다. 항상 그렇지만 더위에 지쳐 잠에서 깰 때의 기분은 최악이었다. 나는 아침을 훌쩍 넘기고서야 어기적어기적 힘들게 잠자리에서 일어났다. 일어나자마자 바가지째로 수돗물을 벌컥벌컥 들이켰다. 옥탑은 여름 태양에 달궈질 대로 달궈져 숨을 쉬기도 힘들었다. 나는 땀을 뻘뻘 흘리며 옥상으로 나왔다. 여름 한낮이지만 옥상에는 간혹 시원한 바람이 불어왔다. 나는 그늘에 멍하니 앉아서 땀을 식혔다.

아무런 수입도 없이 일이 끊긴 지 몇개월이 지나고 있었다. 가끔 목돈이 쥐어지던 대필도, 마감에 쫓겨 펑크난 기사의 대타도 뚝 끊겼다. 이젠 아무도 나를 기억하고 일거리를 던져주지 않았다. 신춘문예로 등단한 지도 몇년 되었으니 새로 등장한 신인들에게 그런 소일거리들이 돌아간 때문일 것이다. 방세는 보증금에서 까나가고 있었고, 밥은 아무렇게나 대충 때웠다. 누군가는 내가 한심하다 할지 모르지만 괜찮은 일이다. 내가 옥탑방에서 이렇게 숨죽이고 있는 것을 아는 사람이 드물기 때문이다. 나 자신에게만 떳떳하면 백수라서 남에게 창피할 일은 없다고 생각했다.

한참을 멍하니 앉아 있다가 동전을 세기 시작했다. 동전통을 보면 간혹 내가 대견스럽게 느껴지기도 했다. 나는 손으로 동전을 짤랑거리며, 슬리퍼를 질질 끌고서 계단을 내려가기 시작했다.

골목에 있는 슈퍼 아줌마는 나를 별로 좋아하지 않았다. 운동하는 셈치고 매일 슈퍼에 내려가는 것인데, 동전으로 라면을 사가는 것이 못마땅한 눈치였다. 담배는 삼일에 한번, 오동통하고 쫄깃쫄깃한 너구리라면은 매일 사러 갔다. 너구리 하나를 달랑 집어 어질러진 카운터 책상에 올려놓았다. 라면을 올려놓고 다시 동전을 세기 시작했다. 물론 집에서 세어보고 나온 동전이 틀릴리 없었지만, 그래도 다시 꼼꼼하게 동전을 세어서 아줌마에게 건넸다. 주인아줌마는 동전을 세어보지도 않고 동전통으로 쓰는 목캔디깡통에 신경질적으로 던져넣었다. 동전을 세고, 동전이 통에 떨어지는 소리는 우리가 나누는 유일한 대화였는데 주인아줌마는 별로 마음에 들지 않는 눈치였다. 거의 매일 거르지 않고 보는 사이지만 아줌마와 나는 아무 말도 주고받지 않았다. 그것이 가끔은 편하게도 느껴졌다. 동전이 통에 떨어지는 소리가 나면 이제 가도 좋다는 얘기였다. 나는 슬리퍼를 질질 끌며 천천히 집으로 향했다. 걸으면서 내 옥탑방을 올려다보았다. 한 층 아래 마주보고 있는 여자의 옥탑방을 올려다보면서 천천히 걸었다.

혹시……

한참 동안 옥탑이 있는 하늘을 올려다봤더니 눈이 부셨다. 나는 너구리로 손그늘을 만들고 눈을 가늘게 떴다. 어떤 여자가 내 이름을 부르면서 다가오고 있었다. 여자도 슬리퍼에 트레이닝복

차림이었다. 순간 정신이 번쩍 들었다. 얼굴은 보지 못했지만 장
밋빛 발톱이 선명하게 눈에 들어왔기 때문이다. 나는 고개를 들
어 여자의 얼굴을 쳐다보았다.

너, 맞구나. 하나도 안 변했네.

나는 아는 체도 못하고 여자의 발톱과 얼굴을 번갈아 보았다.
선영, 헤어지고 육년 만에 처음 보는 옛애인이었다. 나는 시선을
밑으로 꺾었지만 트레이닝복 때문에 선영의 가는 발목은 보이지
않았다.

등단했다며…… 잘 지내?

어, 뭐, 그냥.

인상 좀 풀어. 오랜만인데.

나는 전혀 자연스럽지 못하고 당황스러워서 어쩔 줄을 몰랐
다. 선영은 어릴 때 모습 그대로였다.

이 동네 살아?

몰랐네, 나는.

당장 할말이 전혀 떠오르지 않았다.

나, 학교 복적했어. 후배들이 너 이 근처에 산다고 하길래 한
번은 볼 줄 알았는데…… 이렇게 보게 되네.

졸업을 한 뒤에도 학교 근처를 떠나지 못하는 내가 창피하게
느껴졌다. 나는 슬그머니 들고 있던 너구리를 등뒤에 감추었다.

오래전에 헤어진 옛애인과 여름 한낮, 집앞 골목길에서 느닷
없이 마주친 일에 나는 난감함을 감출 수가 없었다. 더구나 내 손
엔 오동통한 너구리가 들려 있었다.

어디 사니?

……어, 그게……

나는 우물쭈물 말을 못했다. 선영의 엄지발톱이 마음에 걸렸기 때문이다. 욕실 창의 주인이 옛애인일지도 모른다는 생각이 들었다. 엄지발톱의 매니큐어가 욕실 여자의 그것과 닮아 보였다. 나는 아무 말도 못하고 선영의 엄지발톱만 멍하니 내려다보았다. 장밋빛 매니큐어. 장밋빛.

다음에 기회 되면 보자.

나는 황급히 돌아섰다. 마치 욕실을 훔쳐보다가 들키기라도 한 것처럼.

……꼭 한번 보자. 그리고 나, ……너 다 용서했어.

선영이 지나쳐가는 내 팔을 붙잡으며 말했다. 나는 말없이 고개만 끄덕였다. 무엇을 용서한 것인지는 떠오르지 않았다. 내가 뭘 얼마나 그녀에게 몹쓸 짓을 했는지 전혀 기억나지 않았다. 좋은 추억이고, 나쁜 기억이고 다 잊어 가물거렸다. 나는 선영 앞에서 자유롭지 못한 것에 짜증이 났다. 선영의 팔을 뿌리치고 서둘러 돌아섰다. 자꾸 빨라지는 발걸음을 애써 느긋하게 걸으려고 해보았지만 잘되지 않았다. 자꾸 등뒤로 선영의 시선이 꽂히는 것 같았다. 이미 그녀는 돌아서 갔는지도 모르지만 어쨌든 나는 돌아볼 자신이 없었다. 골목길 코너를 돌기 전에, 나는 용기를 내서 슬쩍 뒤돌아보았다. 기다렸다는 듯이 선영이 내게 손을 흔들었다. 나는 못 본 척 선영의 시선을 외면해버렸고, 코너를 돌자마자 집으로 뛰기 시작했다.

계단을 오르며 매일 밤 목욕하는 여자의 몸과 선영의 몸을 떠올려보았다. 같은 여자 같기도 하고, 아닌 것 같기도 했다. 목욕하는 여자의 몸과 선영의 얼굴이 어울리는 것 같기도 하고, 그렇지 않은 것 같기도 했다. 결혼은 했는지 궁금해졌다. 군에 가 있는 내게 마지막으로 보낸 편지에 사랑하는 사람이 생겼다고, 결혼을 해야겠다고 말했던 것 같은 기억이 떠올랐다. 나는 답장하지 않았고, 그뒤로 본 적도 없었다.

근데 뭘 용서했다는 거지?

나는 중얼거리며 손에 들고 있던 너구리를 흔들었다.

에이, 쪽팔려.

라면 먹는 게 창피한 일은 아니었으나 십년 전 대학에 들어가 자취를 처음 시작하던 때와 달라진 것이 없음을 들킨 것 같아 이상한 자괴감이 들었다.

옥탑으로 올라오고 나니 선영에 대해 궁금한 것이 많아졌다. 많은 것을 물어볼 시간이 있었음에도 내가 왜 그렇게 황급하게 선영을 피했는지 스스로 잘 이해가 가지 않았다. 나는 가스레인지에 물을 올려놓고, 서랍을 뒤적여 선영이 마지막으로 보낸 편지를 찾아 읽기 시작했다. 무엇을 용서했다는 것인지 단서를 찾을 수 있을까 해서였다. 그런데 더욱 이상한 건 아무리 기억해내려 해도 선영의 몸이 확연히 떠오르지 않는다는 것이다. 그것에 대해선 어쩐지 미안한 마음까지 들었다. 그런 생각에 미치자 꼭 건너편 옥탑의 주인이 선영일 것만 같은 생각이 들었다.

편지를 읽어보면 잊고 있던 기억이, 선영의 몸이 떠오를 줄 알왔는데, 낭패였다. 수많은 밤을 그녀의 가슴에 안겨, 가슴을 만지며 잠들었을 텐데, 욕실 여자의 예쁜 가슴과 닮은 것도 같고, 아닌 것도 같았다. 나는 부엌으로 달려가 끓는 물에 라면을 넣었다.

어디 사는지 내가 먼저 물어볼걸.

혼자 지내는 시간이 많아지면 혼잣말도 자연스럽게 나왔다. 나는 그녀에게 아무것도 묻지 못한 것을 후회했다.

나는 쭈그려앉아 선영이 마지막으로 보낸 편지를 꼼꼼히 다시 읽기 시작했다. 자세히 읽어보니 정말 결혼을 해야겠다고 쓰여 있지는 않았다. 다시 읽어보니 슬쩍 내 마음을 떠보는 것 같은 느낌이 들었다.

건너편 욕실에서 갑자기 물소리가 들려왔다. 나는 황급히 창가로 뛰어갔다. 물소리가 분명했지만, 지나다니는 차 소리에 아무 소리도 들리지 않았다. 낮이라 방충망 때문에 욕실 안은 보이지도 않았다. 가슴이 답답해지고 초조해지기 시작했다. 물소리가 다시 들려왔다. 샤워를 하고 있음이 분명한 듯했다. 나는 여자의 몸이 보고 싶어 안절부절못했다.

선영아, 하고 이름을 불러보고 싶었다. 아무것도 보이지 않고, 간혹 물소리만 들려오는 여자의 욕실 창을 애타게 쳐다보기만 했다. 여자는 샤워를 깊은 새벽에만 한 게 아닌 듯했다. 타일 바닥에 떨어지는 물소리를 들으며 여자가 목욕하는 모습을 상상했다. 눈을 감자, 욕실 바닥을 청소하고 뒷물을 하고 작은 목욕의자에 앉아 때를 벗기는 여자가 보이는 듯했다. 하얗고 작은 발, 가느다란 발목, 둥그렇고 펑퍼짐한 엉덩이, 수줍은 듯 보이는 가슴, 그리고 선영의 얼굴, 모두 그리워지기 시작했다. 그런데 뭔가 타는 냄새가 났다.

라면이 졸다 못해 타고 있었다. 오동통하고 쫄깃쫄깃한 너구리가 퉁퉁 불어 있었다. 더욱 오동통해지긴 했지만 전혀 쫄깃하지는 않았다. 라면국물은 졸아서 한방울도 없었다. 불은 라면을 몇젓가락 먹어보았지만 너무 짜서 먹을 수가 없었다.

나는 넋이 나간 사람처럼 동전을 세다가 돈이 아까워 불어터진 라면에 물을 붓고 다시 끓이기 시작했다.

창가로 돌아와보니 물소리는 들리지 않았다. 이미 여자는 샤워를 마친 뒤였다.

나는 창에 대고 아주 작게 선영아, 하고 불러보았다.

장밋빛 발톱이 어디 그녀 하나뿐이겠는가 생각했다. 작은 소리 때문에 훔쳐보는 것을 들켜서 낭패나 보지 않을까 걱정이 되기 시작했다. 선영아 하고 이름을 불러본 것을 금방 후회했다.

라면은 너무 불어서 라면죽이 되었다.

웰컴,
베이비!

미스터 홍은

아이의 얼굴에서 오래전 그를 본다.

십년 전에죽은 아이의 아버지가

아직도 보고 싶어서

하루에도 몇번씩 주저앉고 마는

미스터 홍이다.

가만히 옷장 문을 닫으며

아이의 머리를 쓰다듬는다.

1

　아이는 옷장 안에 숨어 있다. 떨어져나간 자물쇠 구멍에 눈을 붙이고 막 정사를 시작하려는 중년 남녀의 엉덩이에서 시선을 떼지 않는다. 아이는 들키지 않고 능숙하게 훔쳐보는 방법을 알고 있다. 아이는 옷장에 숨어 있는 몇시간 동안 전혀 움직이지도 부스럭거리지도 않는다. 아이의 참을성은 어딘지 모르게 어른스러운 구석이 있다. 침대 위의 남자와 여자는 옷장 안 아이의 존재를 알아채지 못한다.

　남자와 여자는 필사적으로 욕망의 끝을 향해 몰두한다. 남자는 여자의 늘어진 젖가슴과 처진 뱃살 사이를 파고든다. 아이는 허망하게 허물어지는 육체의 끝을 무뚝뚝하게 바라본다.

대낮의 정사로 지친 중년들은 곧 코를 골며 곯아떨어지고 아이는 자물쇠 구멍으로 잠든 중년의 남녀를 무심히 바라본다.

오메, 오메.

오메, 오메.

갑자기 옷장에서 튀어나온 아이 때문에 중년 남녀는 혼비백산이 된다. 아이가 우뚝 서서 여자가 내뱉은 비명을 비웃으며 중년 남녀를 빤히 쳐다본다. 놀란 중년들이 잽싸게 도망가는 아이를 멍하니 바라본다. 아이는 객실문에 어떤 자물쇠가 걸려 있는지 파악한 다음 능숙하게 문을 열고 사라진다. 객실에서 아이에게 당하는 대부분이 그렇듯 중년 남녀는 아이가 사라진 뒤에야 상황 파악을 한다. 중년들은 서둘러 옷을 입고 방을 나선다.

중년의 남자는 카운터에서 점잖은 불만을 쏟아내지만 모텔 주인은 별로 대수롭지 않게 받아넘긴다.

아직 애인데요, 뭘. 너무 불쾌해하지 마세요, 손님.

2

웰컴 모텔은 어느 동네에나 있는 오래된 그저그런 모텔이다. 담벼락에 붙은 여러개의 작은 간판을 따라가다보면 후미진 골목길 끝에 부끄러운 듯 웰컴 모텔이 서 있다. 막다른 골목길에 난 정문을 들어서면 숨어 있던 널찍한 마당이 사람들에게 웰컴, 사시사철 만개한 꽃이 부끄러운 미소를 살며시 머금고 드나드는 쌍

쌍의 커플에게 웰컴, 한다. 낡았지만 육중한 오층짜리 건물은 아직도 위엄있어 보이고 넓은 마당에 키작은 나무들과 꽃밭은 근래에 보기 드문 운치를 간직하고 있다.

3

모텔 주인 미스터 홍이 마지못해 아이를 건성으로 찾는다. 오래된 모텔은 아이가 몸을 숨기기에 안성맞춤인 곳이 너무 많다. 미스터 홍은 아이 이름을 몇번 부르더니 카운터로 들어가버린다. 난감해하며 서 있던 여자가 남자를 잡아끈다.

오메, 오메.

어디선가 아이의 목소리가 들려온다. 서둘러 마당을 나서던 중년들이 걸음을 멈추고 주위를 둘러보지만 아이를 찾아낼 리가 없다. 중년의 남자가 씁쓸한 듯 입맛을 다시며 발걸음을 재촉한다.

4

야, 밑에 가서 밥 좀 얻어와라.

니가 갔다 오세요.

201호에는 부부가 장기투숙하고 있다. 침대는 남편이 조금만 뒤척여도 낡은 스프링이 튀어오를 것처럼 삐걱거린다. 남편이 침대에 누운 채로 슬쩍 고개를 돌려 아내를 노려본다. 만삭의 아내는 힘겹게 발톱을 깎는다. 남편이 아내를 흘겨보고 길게 담배연기를 내뿜는다.

방 한쪽 구석에는 휴대용 버너와 지저분한 냄비, 빨래 같은 것들이 어지럽게 널려 있다. 뚜껑 없는 냄비에는 라면 가닥이 말라붙어 있다. 구더기가 스멀스멀 기어나올 것만 같다.

만삭의 아내는 가쁜 숨을 내쉬며 정성을 다해 발톱을 깎고 매니큐어를 바른다. 얼굴은 통통 부어 잔뜩 심술난 사람 같다. 한눈에 보아도 지독한 임신중독증을 앓고 있는 것이 분명하다.

밥 굶을래? 애기도 밥을 먹어야 하지 않겠냐?

지랄하셔요, 미친놈께서는.

씨발년, 남편한테 하는 소리 봐라.

남편은 일부러 화난 척 말하지만 별로 신경쓰는 눈치가 아니다. 켜놓은 텔레비전만 무심히 바라본다. 음식 썩는 냄새와 담배 냄새, 퀴퀴한 빨래냄새에 질식할 것 같지만 그런 것에 부부는 별 신경 쓰지 않는다.

배고픈데……

나도 고프세요.

5

부부는 돈이 떨어진 지 오래다. 동네 피씨방들은 상금 일이십
만원을 내걸고 게임대회를 개최하곤 하는데 그것을 따라 부부는
떠돌아다녔다. 그러나 상금을 타먹는 것도 한두 번이지 외지에서
온 부부는 상금 킬러로 소문이 날 대로 난 상태였다. 대회가 열려
도 부부의 참가를 받아주는 피씨방은 없었다. 만삭의 몸 때문에
여기저기 떠도는 것도 힘에 부쳤다. 어쨌든 부부는 아이가 나올
때까지 기다리는 수밖에 없었다.

니가 가야 좀더 불쌍해 보이잖아, 이년아.

쪽이 팔리셔요, 이 몸은.

남편은 꼼짝 않고 천장만 멍하니 바라본다. 남편과 아내는 아
직 앳되고 어린 나이지만 이번이 네번째 출산이다. 부부에게 잦
은 임신은 먹고사는 데 매우 거추장스러운 과정이었다. 고아원
동갑내기인 둘은 열여섯에 처음 아이를 갖게 되자 고아원을 나왔
다. 첫째아이는 자신들이 자란 고아원에 버렸다.

6

어둠이 깔리고 웰컴 모텔의 네온싸인이 낡은 동네를 밝힌다.
미스터 홍이 모텔을 맡은 후 바꾼 것이라곤 네온싸인이 전부다.

네온싸인은 크고 현란하다. 낡은 건물과 어울리지 않아 보이지만 시내 어디에서도 보일 만큼 웅장하다. 야트막한 집들이 모여 있는 동네 한가운데 웰컴 모텔은 성처럼 솟아 있다.

웰컴 모텔은 지어진 지 이십년이 넘은 건물이다. 건물도 사람과 똑같이 나이를 먹고 늙어간다. 건물이 나이를 먹을수록 불편함은 늘어가지만 반대로 편해지는 것도 있다. 사람들이 잊지 않고 웰컴 모텔을 찾는 이유도 그 때문일 것이다. 웰컴 모텔은 딱 한번 이름과 주인이 바뀌었다. 원래는 '삼양여관'이었는데 당시 잘나가던 중소기업의 이름을 따온 것이었다. 당시엔 시내에서 가장 크고 현대식인 여관이었다. 객실에서 바라보는 풍경 또한 그럴듯했다. 건물 주변의 작은 골목길은 미로처럼 이어져 있고 모텔은 단층짜리 기와집이 다닥다닥 붙은 동네 한가운데 우뚝 솟아 있어 동네를 지배하는 성처럼 보였다.

7

201호에 갑자기 전화벨이 울린다. 화들짝 놀란 아내와 남편은 서로를 빤히 바라보기만 한다.

뭔 일이시대?

돈 달라고 그러는 건가?

모르셔요, 나도.

전화가 끊겼다가 다시 울린다.

아이, 시방 짜증나셔.

받아봐, 방에 있는 거 아는 모양인데.

개자식님, 꼭 이런 일은 날 시키셔요.

아내가 남편을 노려보며 천천히 수화기를 집어든다.

밥 먹었어?

미스터 홍의 가느다란 목소리가 수화기 저편에서 흐른다. 젊은 부부는 서로 눈치를 보며 말이 없다.

내려와서 밥 먹어. 남편도 있지?

괜찮으셔요…… 근데, 무슨 일이시대?

그냥, 밥 먹자는 거야. 얼른 내려와.

남편은 벌떡 일어나 앉아 고개를 흔들고 아내는 힘없이 수화기를 내려놓는다. 아내의 손은 퉁퉁 부어 주먹이 쥐어지지 않는다. 손이 많이 불편한 듯 퉁퉁한 양손을 애써 주물러본다.

어쩌시지?

어쩌긴, 일단 밥은 먹어야지.

남편은 벌써 발에 슬리퍼를 꿰고 있다. 아내도 침대를 짚고 힘들게 몸을 일으킨다.

8

이렇게 얻어만 먹어서리……

남편이 잽싸게 자리를 잡고 앉으며 멋쩍게 중얼거린다. 아내는 뒤뚱거리며 남편 옆에 질펀하게 다리를 벌리고 앉는다.

니들 아직도 안 갔냐? 오늘까지 나가라고 분명히 내가 얘기한 거 같은데.

재영이 못마땅한 듯 젊은 부부를 바라보지만 부부는 못 들은 척 차려진 밥상에서 눈을 떼지 않는다.

김치찌개뿐인데, 같이 먹자고 불렀어.

미스터 홍이 밥을 푸며 눈으로 재영을 달랜다.

인간들아, 왜 사니?

어린 남편이 슬쩍 재영을 노려본다.

그냥 가래도, 이렇게 염치를 뭉개나?

주인도 아니면서……

자기야, 그만 해.

미스터 홍이 재영의 말을 가로막는다. 만삭의 아내는 아랑곳하지 않고 숟가락을 든다.

밥상에서 이바구가 많으셔요. 아저씨, 진지 하세요.

아내가 밥을 우겨넣으며 남는 입 사이로 말을 뱉는다. 웰컴 모텔 식구들이 101호에 모여 소박한 저녁식사를 한다. 부부는 오랜만에 먹는 제대로 된 밥이어서 식탐을 감추기가 쉽지 않다. 남편은 재영의 눈치도 살피지 않고 찌개에서 돼지고기를 골라 자기 밥 위에 수북이 쌓아놓고 먹는다. 아내도 주린 배를 채우느라 정신이 없다. 재영이 어이가 없다는 듯 둘을 바라본다. 미스터 홍이 살짝 재영의 옆구리를 찌른다.

형, 제발 저런 애들 좀 거두지 마. 저렇게 처먹다가 획 사라질

것들······

9

　삼양여관은 시내에서 얼마 떨어지지 않은 곳에 있어서 한동안
지칠 줄 모르는 영화를 누렸다. 그러나 신도시계획에서 밀려난
구시가지는 폐허에 가까운 지경이 되었고 여관도 함께 사장되어
갔다. 여관 주인은 주위의 집들을 사들여 주차장을 만들고 여관
시설도 신식으로 교체할 야심찬 계획을 세웠다. 그러나 동네 주
민들이 요구하는 터무니없는 땅값에 질려 여관을 헐값에 팔아버
리고 정든 곳을 떠났다. 이후 동네에 사는 대부분의 주민처럼 여
관도 함께 늙어갔다. 삼양여관은 몇년 동안 흉물스러운 모습으로
유령처럼 서 있었다. 여관을 인수한 새 주인도 나타나지 않았고
변화와 개발을 원치 않는 늙은 주민들도 불평을 늘어놓지 않았
다. 삼양여관은 동네에 늘어나는 빈집 중 가장 큰 집에 불과했다.
동네는 급격하게 쇠락해갔다.

10

　근데 아이는 어디 가셨대?
　퉁퉁 부은 산모가 입을 오물거리며 건성으로 묻는다. 남편이

살짝 아내를 보며 눈을 흘긴다. 아내는 미스터 홍의 손을 힐끔거린다.

무슨 남자 손이 이리 이쁘시대. 질투님이 다 나려고 하시네.

살갗이 투명해 실핏줄이 선연한 손을 아내는 부러운 듯 바라본다.

여기 어디 있겠지.

하여간 이 자식은. 내가 좀 찾아볼까?

찾는다고 찾아지는 놈이니? 그냥 둬. 배고프면 기어나오겠지.

소박한 식사는 십분이 채 되지 않아 끝이 난다. 아직 밥을 다 먹지 못한 아내를 남편이 일어서며 슬쩍 타박한다. 아내는 꾸역꾸역 남은 밥을 밀어넣느라 정신이 없다. 남편이 잘 먹었다는 말도 없이 방을 나선다. 만삭의 아내도 인사 없이 슥 방을 빠져나간다.

짜증나. 몇개월째야, 벌써. …… 형, 그냥 둘 거야?

예정일이 얼마 안 남은 거 같지? 몸이 너무 붓는 거 같아 걱정이네.

11

오래된 여관은 몇년 전만 해도 질 좋은 포르노를 틀어주는 곳으로 유명했다. 남학생들은 십시일반 돈을 모아 여관비를 마련하고 좁은 방에 열댓 명씩 들어앉아 밤새도록 포르노를 감상했다. 가끔은 슬쩍 일어나 화장실로 가서 터질 것 같은 성욕을 해결하기도 했고 손으로 서로서로의 것을 애무해주기도 했다. 요즘도 웰컴 모텔에서는 포르노를 원하는 손님이 있으면 마다하지 않고 구닥다리 포르노를 틀어준다. 인위적이거나 아주 극적인 그것이 그리워 찾아오는 사람도 적지 않은 것이다.

날이 저물면 사람들은 하나둘 모텔로 모여든다. 저마다 사연을 가지고 해가 지길 기다려 꼬불꼬불한 골목길을 헤매다 웰컴 모텔에 안착한다. 대부분 남자손님은 돈을 지불하고 숙박계를 후닥닥 대충 쓰고, 여자들은 두세 걸음 떨어져 딴청을 피운다. 모텔이 고스란히 1980년대를 간직하고 있으니 그들 또한 1980년대식 수줍음을 간직하고 있는 것이다.

12

재영이 몇초 차이로 들어온 두 커플에게 나란히 붙은 방을 내준다. 한쌍은 중년 남녀이고 나머지 한쌍은 단골 재수생들이다.

모텔 주변은 밤이 되자 그나마 있던 활력도 사라진다. 이렇다 할 유흥시설이 없기 때문에 거리엔 인적마저 드물다. 이미 상권이 죽은 지 오래인 이곳에는, 신도시로 이사할 기회를 흘려보낸 가난하고 늙은 주민만 각자의 집에서 우두커니 밤을 지킨다. 웰컴 모텔의 네온싸인만 유령도시 같은 적막한 동네를 뜬눈으로 지켜본다.

13

    문이 열리며 제복을 입은 경찰이 들어선다. 재영은 카운터 작은 창으로 그들을 멀뚱히 쳐다본다.

    계속 거기서 그러고 있을 거요? 이놈 이 집 애 아뇨?

    재영이 소리쳐 미스터 홍을 부른다.

    아이를 붙잡고 있는 경찰은 아이가 어찌나 억세게 대드는지 진땀을 뺀다. 재영은 귀찮다는 듯 카운터 안으로 사라진다.

    아저씨가 보호자요? 무슨 애를 이따위로 키우는 거요?

    애 놔줘요. 싫다잖아요, 아저씨.

    미스터 홍은 머리를 풀어 다시 묶으며 대수롭지 않게 대답한다. 입에 고무줄을 물고 긴 머리를 가지런히 뒤로 모은다. 재영도 카운터 창문으로 얼굴을 내밀고 무심히 쳐다본다. 손아귀에서 풀려난 아이가 자기를 잡고 있던 경찰에게 달려들어 주먹을 마구잡이로 날린다. 경찰이 손으로 아이의 주먹을 이리저리 비켜내느라 애쓴다.

    친자식 아니라고 하던데 자기 자식 아니라고 너무 막 키우는 거 아뇨?

    미스터 홍이 경찰을 빤히 바라본다.

    계속 구경만 할 거요?

    용수야, 그만.

    미스터 홍이 말하자 아이는 주먹질을 멈추고 휑하니 사라진다.

돈 가지고 경찰서로 오세요.

돈이요?

재영이 놀라 끼어든다.

애가 훔친 중국집 오토바이가 작살나서 물어줘야 하니까.

………

근데 애엄마가 여기 안 사는 거요? 애가 일러준 대로 전화했는
데 엄마가 오겠다고 했다가 안 오는 바람에 반나절을 기다렸잖
소. 진즉 여기 산다고 얘기해줬음 편했을 것을.

아니, 애엄마가 온다니요?

잠자코 있던 재영이 카운터 창문을 사이에 두고 본격적인 참
견을 하기 시작한다. 미스터 홍이 재영을 보고 손을 내젓자, 재영
은 카운터 안으로 사라진다.

알았으니까 돌아가세요. 내일 뵐게요.

봅시다, 그럼.

경찰이 모텔을 휙 둘러보며 발길을 돌린다.

하나도 안 변했어. 옛날에 여기서 포르노 참 많이 봤는데……

경찰이 돌아가고 모텔은 다시 적막해진다. 미스터 홍의 곱상
한 얼굴에 수심이 가득해진다.

14

미스터 홍은 재수생들이 황급히 정사를 치르고 나간 객실을

청소하러 올라간다. 오십여개의 방이 있지만 실제로 사용하는 방은 몇개 되지 않는다. 가끔 사층이나 오층 방을 요구하는 손님이 있을 때만 빼고는 이삼층 객실만으로도 모텔 운영은 순조롭다. 204호 문을 열고 들어서자 아직 남아 있는 젊은 남녀의 열기가 문 사이로 빠져나간다. 형광등은 한참이 지나고서야 어둠침침한 빛을 발한다. 방은 깨끗이 정돈되어 있고 아무것도 사용한 흔적이 없다. 욕실 구석에 던져져 있는 타월과 물기 가득한 바닥만이 방금 사람이 왔다 갔다는 사실을 말해준다. 여기저기 타일이 떨어져나간 곳을 씨멘트로 대충 칠해놓아 욕실은 지저분해 보인다. 60촉 전구는 넓은 욕실을 밝히기에 안쓰럽다. 미스터 홍은 맥없이 세면대에 물을 세게 틀어놓고 거울에 비친 자기 모습을 가만히 바라보며 한숨을 쉰다.

미스터 홍의 시선이 욕실 구석 휴지통에 멈춘다. 둘둘 말린 생리대가 버려져 있다. 미스터 홍은 젖은 수건을 손에 쥐고 방을 둘러본다. 모든 게 놓아둔 그대로다.

이불을 들춰본 미스터 홍은 도망치듯 모텔을 나서던 단골 재수생들을 떠올린다. 걷어낸 이불 밑 침대시트에 핏자국이 남아 있다. 급히 수건으로 지우려고 했는지 핏방울은 오히려 넓게 번져 있다. 시트에 핏자국을 남기지 않으려고 애썼을 그들의 세심함에 안쓰러운 마음이 든다.

미스터 홍은 창가로 가서 밖을 내다본다. 기와집이 다닥다닥 붙어 있는 동네를 멍하니 바라본다. 네온싸인에 비친 낡은 기와지붕과 슬레이트, 빛바랜 플라스틱 청기와와 홍기와가 깜박이며 그의 눈을 어지럽힌다.

15

저리 좀 비키시지. 나 힘든데.

아내가 남편을 밀치며 힘겹게 자리에 눕는다.

배가 왜 이리 살살 아프시지?

그러게 작작 좀 처먹지.

아내가 자신의 배를 문지른다. 남편이 아내의 손을 뺏어 자기 바짓가랑이에 집어넣는다.

배 아프시다니까. 넌 자나깨나 그 생각밖에 안 나시나?

아내는 손을 빼내려 하지만 남편은 더욱 우악스럽게 손을 잡아끈다.

임신 지겹네, 정말.

개자식님, 다 너 때문이시지.

아내는 남편에게 핀잔을 주면서도 손놀림을 멈추진 않는다.

잠깐.

남편이 벌떡 일어나더니 옷장문을 열어젖힌다. 아이가 몸을 동그랗게 말고 잠들어 있다.

이 자식 자는 척하는 거 봐.

아이가 가늘게 실눈을 뜨고 윽박지르는 남편을 올려다본다.

진짜 잠든 모양이니 그만두시지. 애시잖아, 아직.

애는 무슨. 너 생각 안 나? 우리 처음 했을 때가 얘보다 한두살 많았을 때야. 아무것도 모르는 놈이 이런 데 숨어서 만날 훔쳐보겠어? 이걸 죽일 수도 없고, 정말……

틈을 타서 아이가 잽싸게 도망친다. 남편은 잡아봐야 어쩔 수 없다는 것을 알고 멍하니 바라보기만 한다.

야, 나 배가 많이 아프시다.

가서 똥싸. 에이, 그 새끼 때문에 기분 더럽네. 게임이나 하러 가자. 기분도 엿 같은데.

진통이신가? 귀찮아 죽으시겠네. 다시 임신만 시켜봐, 씨발님.

진통은 무슨. 너 애 한두 번 낳냐? 아직 멀었잖아.

정확히 모르시지, 예정일도.

너 안 갈 거야? 나 혼자 간다.

……같이 가시지. 심심하셔.

가려면 얼른 일어나.

아내가 남편을 따라 몸을 일으킨다. 뒤뚱뒤뚱 벽을 짚으며 피씨방에 가기 위해 외출 준비를 한다. 남편은 그 시간도 기다리기 지루한지 방을 나가버린다.

16

아이가 재영에게 붙들려 야단을 맞는다. 아이는 듣는지 마는지 계속 딴청이다. 재영은 타이르기도 하고 혼도 내보지만 언제나 힘이 빠지는 것은 아이가 아니다.

배 안 고파?

미스터 홍이 어느새 세탁물을 들고 내려와 아이의 머리를 쓰다듬는다. 아이는 아무 대꾸도 하지 않고 방으로 들어가버린다.

형이 용수한테 너무 모질지 못해.

재영이 미스터 홍을 측은한 듯이 바라본다.

……그 사람 많이 닮았지?

그만 해, 재영아. 그런 거 아니잖아.

난 아직도 형이 그 사람 못 잊는 거 같아서…… 가끔 화가 나네.

미스터 홍은 고개를 숙인 채 말이 없다. 재영도 눈을 마주치지 못하고 미스터 홍의 가녀린 손만 바라본다.

……205호도 나갔어. 얼른 청소해.

재영이 터벅터벅 카운터로 들어간다. 미스터 홍은 핏방울이 번진 침대시트를 만지작거린다.

17

201호 아내가 벽을 짚으며 힘들게 계단을 내려온다. 어린 아내를 발견한 미스터 홍이 얼른 뛰어가 부축한다.

어디 가?

……피씨방에 가시려고.

미스터 홍이 걸음을 멈추고 여자 얼굴을 빤히 바라본다. 어린 아내는 한 손으로 자기 배를 받치고 나머지 손으로는 벽을 짚으며 가쁜 숨을 몰아쉰다.

게임하러? 이 몸으로?

심심하시잖아요. 상관은 마시지……

여자는 걸음을 서두르지만 마음처럼 되지 않는다. 어떻게든 빨리 벗어나고 싶은 듯 안간힘을 쓴다.

너 예정일이 언제지? 한참 남았다고 들은 거 같은데 어째 좀 불안해, 요즘 너.

걱정하는 건 고마우시긴 한데, 아저씨 일이나 하시지.

만삭의 여자가 모텔을 나선다. 미스터 홍은 걱정스러운 눈으로 뒤뚱거리는 어린 여자의 뒷모습이 골목길 끝으로 사라질 때까지 오래도록 지켜본다.

18

한밤중에 재영이 마당을 어슬렁거린다. 동네는 쥐죽은 듯 조용하고 과부하 걸린 네온싸인의 전기음이 동네를 깨우려 한다. 시간은 아침을 향해 가지만 모텔에 든 손님은 초저녁에 다녀간 두 쌍과 사십대로 보이는 남자 하나가 전부다. 며칠이 멀다 하고 드나드는 고등학생들도 없다. 피씨방에 간 201호 부부도 돌아오지 않는다.

재영이 모텔에 온 지 일년이 다 되어가지만 아직도 긴 밤의 무료함에는 익숙지 못하다. 재영은 무료할 때면 밖으로 나와 마당을 뱅글뱅글 돌곤 한다. 어떤 날은 백 바퀴를 돌 때도 있고 마음이 좋지 않은 날에는 밤새 천 바퀴를 돌기도 한다.

재영이 요란하게 울리는 전화 때문에 안으로 뛰어들어간다. 혼자 투숙한 사십대 남자가 여자를 찾는다.

재영은 수다방에 전화를 걸어 여자를 부른다. 전화를 건 지 십분이 채 되지 않아서 여자가 도착한다.

너 새로 왔나보다. 이름이 뭐냐?

수빈일 찾아주세요. 잘 좀 부탁해, 오빠.

하는 거 봐서. 몇살인데?

스물이요.

수빈의 애교에도 아랑곳하지 않고 재영은 무뚝뚝하기만 하다. 수빈의 얼굴에서는 보통 스무살이 가지는 기대감, 긴장된 설렘 같은 것은 찾아볼 수 없다. 피곤에 절어 여유로워 보이려고 애쓰는 표정만 가득하다.

커피 쟁반을 든 여자가 계단을 올라가다가 되돌아온다.

오빠, 콘돔 좀. 깜빡했네.

재영이 퉁명스럽게 콘돔을 내준다.

너무 시간 재촉하지 말고. 알지?

19

아이는 밤늦도록 텔레비전 앞에 앉아 있다.

곧 생일인데 갖고 싶은 선물 없어?

………

아이는 학교에도 가지 않는다. 미스터 홍은 아이에게 무엇이든지 강요하는 법이 없다. 왜 학교에 가지 않느냐고 묻지도 않고 학교에 가라고 말하지도 않는다. 다만 아이가 하고 싶어하는 것을 묵묵히 받아들일 뿐이다. 아이 등뒤에서 이따금 미스터 홍이 말을 걸지만 아이는 대답하지 않고 졸린 눈을 비비며 텔레비전을 본다.

아이는 새벽이 되어서야 옷장으로 기어들어가 웅크리고 잠을 잔다. 옷장은 크고 넓어서 아이가 발을 뻗고 잘 수 있다. 두툼한 이불도 깔려 있어서 아늑하다. 미스터 홍은 아이의 얼굴에서 오래전 그를 본다. 십년 전에 죽은 아이의 아버지가 아직도 보고 싶어서 하루에도 몇번씩 주저앉고 마는 미스터 홍이다. 가만히 옷장 문을 닫으며 아이의 머리를 쓰다듬는다. 아이가 잠결에 고개를 돌리며 몸을 더 작게 웅크린다.

미스터 홍도 방구석에 몸을 작게 웅크리고 눕는다.

20

재영은 동이 트기 시작하자 네온싸인을 끄고서 마당에 쪼그리고 앉아 담배를 피운다. 미명은 언제나 똑같이 밝아오고 금세 찬란한 햇빛에 묻히고 만다. 201호 부부는 밤새 게임을 하는지 돌아오지 않았고 204호에 들어간 여자도 나오지 않는다.

재영이 가만히 미스터 홍 옆에 눕는다. 미스터 홍은 벽을 향한 채 새우처럼 등을 말고 자고 있다. 재영이 뒤에서 꼭 껴안으며 미스터 홍의 바지 지퍼를 내리고 손을 집어넣는다. 미스터 홍은 귀찮다는 듯이 몸을 더욱 움츠린다. 재영의 손놀림이 바빠진다. 재영이 미스터 홍을 자기 쪽으로 돌아눕게 하려고 애쓴다. 재영은 온몸에 사정없이 키스를 퍼붓지만 미스터 홍은 그저 담담하기만 하다. 잠에서 깬 그였지만, 재영의 손과 키스를 제지하지도 반응을 보이지도 않고 그냥 그가 하는 대로 가만히 내버려둔다. 재영이 자신의 바지를 내리고 미스터 홍의 바지도 벗기려 하자 미스터 홍이 가만히 자신의 몸을 일으킨다.

재영아.

재영이 얼굴을 미스터 홍의 사타구니에 묻으며 고꾸라진다.

형, 힘들어.

미스터 홍이 가만히 재영의 등을 쓸어내린다. 미스터 홍은 곧 재영이 이곳을 떠나리라는 것을 알고 있다. 그의 많은 애인들이 그러했듯이 재영도 자신을 이기지 못하고 떠나리라는 것을 알고 있다.

힘들어하지 말고 가. 오래 버텨주어서 고마워.

재영이 미스터 홍의 품에서 숨죽이고 가만히 있다가 격렬하게 몸을 파고든다. 미스터 홍의 바지를 벗기고 윗도리도 우악스럽게 벗겨낸다. 미스터 홍은 가만히 재영을 쳐다보기만 한다.

재영아.

미스터 홍이 나지막하게 재영을 부른다. 재영이 막 미스터 홍의 물방울무늬 팬티를 벗겨내려고 할 때 잠에서 깬 아이가 재영을 밀치며 사이를 가로막는다. 재영이 무릎을 꿇은 채 고개를 숙인다. 미스터 홍이 아이를 가만히 끌어안고 자리에 눕는다. 아이는 미스터 홍의 품에서 금세 다시 잠이 든다. 아이를 안고 누운 미스터 홍과 고개를 숙인 재영의 눈이 잠깐 반짝 마주친다. 재영이 후닥닥 옷을 입더니 밖으로 나가버린다. 미스터 홍은 아이의 머리를 오래도록 쓰다듬으며 늦은 잠을 청한다.

21

날이 훤히 밝고서야 부부는 피씨방을 나와 모텔로 향한다. 남편은 느릿느릿 벽을 짚으며 걷는 아내를 기다리지 못해 모텔 골목으로 사라지고 없다. 아내는 하루하루 무거워지는 자신의 몸이 짜증스럽기만 하다.

정말, 씨발님이셔.

아내가 푸념처럼 남편을 욕한다. 겨우 모텔 마당까지 오고서야 가만히 멈춰서 호흡을 크게 한다. 이곳에 와서 처음으로 찬찬히 마당을 둘러본다. 이름모를 꽃들과 키작은 나무들이 담을 따라 빼곡하게 늘어앉아 아내를 바라본다. 마당 한 귀퉁이에는 작은 텃밭도 있다. 상추와 배추 같은 것들이 줄맞춰 심겨 있다.

아내는 온힘을 다해 계단을 오른다. 심한 진통이 자꾸 아내의 발을 부여잡지만 묵묵히 참으며 배를 감싸쥐고 걸음을 옮긴다. 카운터에 앉아 잔소리를 늘어놓는 재영도 보이지 않아서 꼭 빈집에 들어서는 기분이다. 힘겹게 201호에 도달해서 막 문을 여는데 맞은편 204호에서 수빈이 커피 쟁반을 들고 살금살금 소리없이 나온다. 돌아서는 수빈과 눈이 마주친다.

엄마야.

수빈이 놀라서 뒤로 움찔한다. 둘은 아주 잠깐 서로를 빤히 바라본다.

22

재영이 씩씩거리며 카운터에 앉는다. 모든 게 넓고 큼직큼직한 모텔의 다른 시설과는 달리 카운터는 채 한평이 안된다. 작은 상자 안의 재영이 턱을 괴고 얼굴을 감싸쥔다.

오빠, 나 이제 가.

수빈이 카운터 창문을 살짝 두드리며 이만원을 내려놓는다.

화대에서 십 퍼센트를 떼게 돼 있고 다방에서도 많은 돈을 뗄 게 분명하니 실제로 여자가 갖는 돈은 몇만원 되지 않을 것이다.

아직 안 갔냐?

꼬셔서 긴밤 끊었지요. 근데 204호 아저씨 좀 이상해.

재영이 여자가 내민 돈을 손으로 밀어낸다.

왜 그래. 내가 맘에 안 들어?

돈은 됐고 이리 좀 들어와.

재영이 카운터 창문으로 수빈의 손을 잡아끈다.

아야, 이리 어떻게 들어가. 손을 놔야 들어가지.

수빈이 좁은 카운터 안으로 들어오고 재영은 작은 창문을 소리나게 닫는다. 재영이 허리춤을 풀어내린다.

오빠도 참. 우리 계약하는 거지? 다른 애 부르면 안돼.

재영은 눈을 감은 채 귀찮다는 듯이 고개를 끄덕인다. 수빈이 재영의 성기를 손에 쥐는데 카운터 문이 활짝 열린다. 미스터 홍이 당황해서 가만히 문을 닫는다.

누구야?

재영은 대답하지 않고 가만히 수빈의 머리를 사타구니로 끌어당긴다.

23

이른 아침 미스터 홍이 아이의 엄마와 마주하고 앉았다. 미스터 홍은 묵묵히 여자가 내뱉는 말을 듣고 있다. 미스터 홍은 단 한마디도 하지 않고 간헐적으로 욕을 섞어 내뱉는 여자의 얘기를 듣고만 있다. 아이는 옷장에 숨어 떨어져나간 자물쇠 구멍으로 방 안을 엿본다.

학교도 안 보낸다며? 그 정도는 해줘야 하는 거 아냐?

………

내가 못 키운다는 거 잘 알잖아. 남편이 알면 나 끝장이야. 잘 알지? 그러니 가슴 철렁이게 하는 일 좀 만들지 말자.

………

그 사람이 죽으면서 유산을 자기한테 남긴 건 다 이유가 있어서 아니겠어? 내 맘 이해하지? 난 돈 한푼 못 받은 거 알지?

여자의 눈에서 눈물이 주르륵 흐른다. 여자는 흐르는 눈물을 내버려둔다.

살았을 때도 죽어서도 사랑받은 건 당신이니까 당신이 책임져. 나 귀찮게 하지 말고. 잘 키우라는 말은 안할게. 그러니 무슨 사고가 나더라도 내게는 연락 안했으면 좋겠어. 불안해서 살 수가 없어. 부탁하자. 진심으로.

……근데, 용수가 엄마를 많이 그리워하는 거 같아요.

자기가 엄마 하면 되잖아. 원래 그러고 싶은 거 아녔어? 연락하지 마.

여자가 주섬주섬 가방을 챙겨 일어나는데 옷장에서 아이가 나온다. 여자는 황급히 고개를 돌리며 방을 나선다.

인사라도 받고…… 용수야, 얼른 엄마한테 인사해야지.

아이가 어정쩡하게 여자의 등뒤에 대고 고개를 숙인다. 여자가 힐끔 돌아보더니 방을 나간다. 아이와 미스터 홍은 멍하니 여자가 사라진 문을 바라본다.

24

201호 아내는 진통에 한숨도 자지 못하고 몸을 뒤척인다. 진통이 확실하지만 병원에 갈 생각은 하지도 못한다. 아내는 그냥 어떻게 잘되겠지 생각한다. 남편의 말대로 저녁 먹은 게 탈이 났는지도 몰라 오래도록 변기에 앉아 있다.

야, 씨발님, 좀 일어나봐. 나 배 많이 아프셔.

아내가 기운이 다 빠진 목소리로 남편을 부르지만 이미 잠에 곯아떨어진 남편이 들을 리 없다. 아내는 변기 위에서 꼼짝도 할 수가 없다. 이번에는 지난번과 달리 배도 일찍 불러오고 통증도 자주 있어 뭔가 예감이 좋지 않은 것이 사실이었지만 아내는 애써 모른 척했다. 애만 낳으면 다시 어디론가 훌쩍 떠날 수 있을 거라 생각했기 때문이다. 아내는 기운을 내서 휴지통을 집어들어 화장실 문 밖으로 집어던진다.

에이, 진짜. 뭐야.

남편이 잠에 취해 건성으로 묻는다.

이리 좀 오셔. 애가 나오시려나봐.

남편이 흐느적거리며 일어나 화장실 문 앞에 선다. 눈을 비비며 한심한 듯 아내를 내려다본다.

변기에 앉아서 애 낳냐? 자는 사람 깨우고 지랄이.

남편이 아내를 보더니 획 침대로 돌아가 눕는다.

아내는 뭔가 말할 기운도 남아 있지 않다. 아내도 반신반의한
다. 진통이 주기적으로 오긴 하지만 애가 나올 때의 그것처럼 심
하지는 않기 때문이다. 아내는 변비를 앓고 있는 터라 그것 때문
일지도 모른다고 생각한다. 아내는 살짝 힘을 준다. 순간 묵직한
것이 변기 안으로 툭 떨어진다. 아내가 허망하게 밑을 쳐다본다.

야, 야, 나 애 낳으셨어.

남편이 뭉그적대며 화장실로 다시 간다. 아내가 변기에서 아
이를 꺼내고 있다.

게이, 진짜.

남편이 달려가 아이를 받아든다.

거꾸로 들고 등을 치셔. 애기 우시게.

남편이 아내가 시키는 대로 아이를 토닥이자 아이는 막혔던
울음을 토해낸다.

아이가 울기 시작하자 남편은 갓 태어난 아이를 씻기기 시작
한다. 샤워기를 틀어 따뜻한 물로 아이 몸에 묻은 양수와 피를 씻
어낸다.

야, 야, 야.

왜?

………

아내는 변기에 등을 기대고 앉아 일회용 면도기로 탯줄을 끊

고 있다.

왜 그러시는데?

씨발, 애가 눈하고 귀가 없어.

25

모텔은 해가 중천에 떴는데도 여느날과 다름없이 한밤중이다. 미스터 홍은 아침에 자지 못한 잠을 자느라 평소보다 늦게 일어 난다. 미스터 홍은 일어나서 옷장 문부터 열어보지만 아이는 없 다. 미스터 홍은 간단하게 샤워를 하고 젖은 머리를 묶으며 밖으 로 나간다.

재영을 부르고 아이를 불러도 아무 대답이 없다. 어디선가 고 양이 울음소리가 작게 들려온다. 미스터 홍은 마당으로 나가 꽃 밭과 텃밭에 물을 주고 이제 강해지기 시작하는 햇볕을 쬔다. 눈 을 살짝 감고 하늘을 올려다본다. 따뜻하고 강렬한 환영이 눈을 어지럽힌다. 한참을 앉아 있어도 재영도, 아이도 나타나지 않는 다. 미스터 홍은 재영과 아이를 찾기 시작하지만 어디에 숨었는 지 알 수 없다. 미스터 홍은 객실 복도를 걸어다니며 아이와 재영 의 이름을 부르지만 어두컴컴한 복도의 적막함만 되돌아온다.

미스터 홍은 카운터에서 재영이 써놓고 간 편지를 발견한다. 손가락 끝으로 편지를 만져보지만 뜯어서 읽지는 않는다. 하얀 편지봉투에 눈이 부셔 눈앞이 침침해진다. 어디선가 고양이 울음소리만 구슬프게 들려온다.

미스터 홍은 밥을 짓고 201호에 전화를 건다. 지난 저녁 허겁지겁 밥을 몰아넣던 부부가 맘에 걸렸기 때문이다. 201호는 전화를 받지 않는다. 아마도 밀린 숙박비 때문일 것이라고 미스터 홍은 생각한다.

미스터 홍이 201호 문을 두드려보지만 안에서는 아무 대답도 없다. 어디선가 구슬픈 고양이 울음소리만 들려온다. 미스터 홍은 가만히 문에 귀를 대어본다. 문은 잠겨 있다. 미스터 홍이 열쇠를 가져와 허겁지겁 문을 따고 들어간다. 역한 냄새가 문밖으로 빠져나간다. 젊은 부부는 온데간데없고 어디선가 아이 울음소리만 들린다. 미스터 홍이 침대 이불 밑에서 수건으로 둘둘 말린 갓난아이를 발견한다. 입만 정상인 갓난아이는 이불을 걷어내자 목놓아 울기 시작한다.

미스터 홍은 당황해서 어쩔할 바를 모른다. 아이를 안긴 했지만 무엇을 어떻게 해야 할지 난감하기만 하다. 아이 울음소리는 더욱 우렁차지고 미스터 홍의 등에서는 식은땀이 흐른다.

미스터 홍은 뭔가 생각났다는 듯이 얼른 웃통을 벗고 아이에게 젖을 물린다. 콩알만한 젖꼭지를 아이 입에 물린다. 갓난아이는 빈젖을 물자 신기하게도 울음을 그친다. 순해진 갓난아이의 얼굴을 보자 미스터 홍의 얼굴에도 웃음이 희미하게 번지기 시작한다.

26

아이는 옷장 안에 숨어 방 안을 훔쳐본다. 204호 남자는 벽에 걸린 선풍기에 목을 맨다. 사지를 뒤틀고 떨더니 사타구니에 오줌을 지린다. 아이는 자물쇠가 떨어져나간 구멍에 눈을 대고 밖으로 나오지 않는다.

웰컴, 마미!

아이는 빨리 자라야 했다.

창문에 손이 닿을 만큼.

창문으로 반지하방을 빠져나갈 수 있을 만큼

빨리 자라나야 했다.

아이가 반지하방을

스스로 나갈 수 있는 방법은 없었다.

문이 잠겨 있기 때문이었다.

방 안에 서서히 검푸른빛이 돌기 시작했다. 십 쎈티미터쯤 열려 있는 창틈으로 순식간에 환한 빛이 빠져나갔다. 검푸른빛. 그것은 어둠이 방 안에 내려앉기 직전에 아주 잠깐, 아이의 성장을 확인하는 희망의 빛이었다. 하루가 서서히 저물어가는 시간이었다. 천장과 맞닿은 창문은 아이의 머리가 겨우 빠져나갈 만큼 열려 있었다. 아이는 빈 과자봉지를 더 꽉 움켜쥐었다. 침대에 서서 발끝을 세우면 창밖으로 지나다니는 사람들의 신발이 겨우 보였다. 아이는 발끝을 세우고 창밖을 보려고 안간힘을 썼다. 아이는 빨리 자라야 했다. 창문에 손이 닿을 만큼, 창문으로 반지하방을 빠져나갈 수 있을 만큼 빨리 자라나야 했다. 아이가 반지하방을 스스로 나갈 방법은 없었다. 문이 잠겨 있기 때문이었다. 방 안에서는 쉽게 문을 열 수 있었지만 아이는 어떻게 해야 문이 열리는

지 알지 못했다. 그런 것을 이해하기에는 너무 어린 나이였다.

아이는 빈 봉지 안에 은밀하게 손을 집어넣었다. 봉지에 손을 넣었다가 조심스럽게 아무것도 없는 손가락을 입으로 가져갔다. 아이는 진짜 과자라도 먹는 것처럼 입을 오물거렸다. 비어버린 과자봉지 안을 아이는 아쉬운 듯 한참 들여다봤다. 아이는 빈 과자봉지를 작은 손으로 움켜쥐었다. 다시 열면 그곳엔 맛있는 과자가 꽉차 있을 것만 같은, 벌써 그런 것을 믿어버릴 만큼 아이는 컸다. 그러나 아이는 적당히 남겨서 다음 끼니를 해결할 줄을 몰랐다. 그러니 굶을 수밖에. 이젠 엄마가 돌아올 때까지 굶어야 했다.

아이는 엄마를 기다리며 배고픔을 참았다. 그런 기다림 정도는 이해할 수 있을 만큼 아이는 자랐다. 방 안은 금세 어둠으로 가득 차기 시작했다. 아이는 큰 눈을 천천히 껌벅이며 방 안을 멍하니 둘러봤다. 이때 아이의 눈은 다른 집의 세살 혹은 네살짜리 또래와는 확실히 달랐다. 방 안이 금세 깜깜해졌다. 아이가 좁은 틈에서 조용히 숨을 고르고, 가만히 어둠을 응시한다. 곧 아이는 방 안의 쓰레기와 뒤섞여 잠이 들었다. 불꺼진 반지하방의 어둠은 무엇이 쓰레기이고, 살아 있는 아이인지 구별하기 힘들게 만들었다. 아이는 침대와 벽 사이 좁은 틈에서 쓰레기처럼 구겨져 잠이 들었다.

아이는 자신이 왜 홀로 이곳에 남겨져 있는지, 알지 못한다. 무서움을 달래려 아무리 악을 쓰고 울어봐야, 아무도 자기를 돌봐주지 않는다는 것을 알 만큼 아이는 커버렸다. 아이의 엄마도 이제 다 컸으니, 빈집을 홀로 지키라고 내버려두는 것이다.

아이는 어떻게 시간이 흘러가고 있는지 알지 못한다. 어떻게 밤이 가고 아침이 오는지 알지 못한다. 한밤중에 깨면 어둠과 놀고, 날이 환할 때 깨면 창밖으로 가끔 지나다니는 사람의 발을 보며 놀았다. 가끔 널려 있는 쓰레기를 뒤적거리기도 했다. 아이는 아직 말을 하지 못했다. 그러니 갇혀 있을 수밖에. 창에 대고 갇혀 있다고 소리치면 될 것을. 아이는 말할 수 있을 때까지 빨리 자라나야만 했다.

아이는 자기가 얼마나 혼자 있었는지조차 알지 못한다. 얼마나 오랜 시간 동안 엄마를 기다렸는지, 아니 자기가 엄마를 기다리고 있었는지조차 알지 못한다. 아이의 엄마도 아이가 아무것도 모른다는 것을 알고 있었다. 그러니 혼자 내버려두는 것이다.

아이의 집 위로, 그러니까 지상에는 한 층에 두 가구씩 총 여섯 가구가 세들어 살고 있었다. 지상의 집들은 지하의 집에 아무 관심이 없었다. 그곳에 집이 있는지조차 알지 못했다. 같은 층에 사는 이웃조차도 누가 사는지 모르니 어쩌면 그것은 당연한 일이었다.

사고가 난 다음에야 이웃들은 그곳에 사람이 살고 있었다는 것을 알았다고 했다. 끔찍한 일이 일어난 뒤에 지상의 이웃들은 지하에 집이 있는 줄만 알았더라도 그런 일은 일어나지 않았을 거라고 입을 모아 말했다.

　남편과 살 만큼 살았다는 게 그녀의 생각이었다. 박진숙. 그녀
는 서른아홉에 가출했다. 인터넷 채팅으로 우연히 만난 남자와
사랑에 빠졌기 때문이다. 남매와 남편을 두고 집을 나온 지는 일
년이 되었다. 진숙씨는 남편과 이혼소송중이었다. 남편은 아내가
가출하자 기다렸다는 듯이 새 여자를 집에 들였다. 진숙씨도 채
팅으로 만난 자동차 영업사원과 동거를 시작했다. 진숙씨와 남
편, 두 사람 모두 아쉬울 게 없었다. 더 늦지 않은 나이에 서로의
사랑을 찾은 건 둘에겐 오히려 축복이었다. 문제가 있다면 재산
을 분할하는 것이었는데, 진숙씨가 가출할 때 가지고 나온 현금
이 문제였다. 자리를 잡은 고깃집 두 곳과 강남의 아파트를 가족
들 몫으로 남겨놓았으니, 십억쯤 되는 현금은 자신의 몫으로 충
분하다는 게 진숙씨의 생각이었다.

　진숙씨는 무료할 때면 가끔 채팅으로 남자를 만났다. 그녀의
오랜 취미였다. 초등학생인 두 아이는 밤늦도록 학원에 다녔기
때문에 진숙씨는 시간이 남아돌았다. 진숙씨가 가출할 무렵 아이
들이 잠깐 걱정이 되긴 했지만, 학원이 아이들을 잘 길러줄 것이
므로, 고민은 오래가지 않았다.

　채팅으로 만나는 남자들은 진숙씨를 보자마자 그녀의 아름다
움에 반해버렸다. 여러번에 걸친 성형수술로 얼굴과 몸은 주말연
속극에 단골로 등장하는 미씨 연예인을 많이 닮았다는 소리를 들

었다. 피부 역시 서른이 되면서부터 꾸준히 받은 스킨케어 덕분에 삼십대 초반의 젊음을 유지할 수 있었다. 그녀는 아주 예뻤다.

진숙씨가 만난 그 많은 남자 중에서 사랑에 빠진 남자는 평범한 자동차 영업사원이었다. 그녀의 아름다움과 재력에 비하면 보잘것없는 남자였다. 그렇지만 진숙씨가 더 적극적이었다. 남자는 돈도 많고 아주 예쁜 그녀가 평범한 자신을 사랑하는 것이 잘 이해되지 않았다. 진숙씨는 고급 쎄단을 남자에게 주문했다. 남자에게도 고급 쎄단을 선물했다.

남자는 진숙씨의 과거에 대해서는 아는 게 전혀 없었지만, 일단 살림부터 차렸다. 모든 돈은 진숙씨가 마련했다. 현금으로 가지고 나온 돈 외에도 진숙씨는 이런 날을 위해 오랜 기간 준비해온 또다른 통장이 있었다. 남자는 돈도 많고 훌륭한 외모를 가진 진숙씨를 사랑하지 않을 수 없었다. 남자는 어쩌다 자신에게 이런 행운이 찾아왔는지 믿을 수 없었다. 남자는 진숙씨가 가정이 있다는 것을 알지 못했다. 그런 것에는 관심도 없었다.

일년쯤 지나자 문제가 하나둘 생기기 시작했다. 어떻게 보면 사랑의 절차, 당연한 수순이었다. 남자는 동거에 들어간 지 얼마 되지 않아 진숙씨를 부모님에게 소개했다. 결혼하기 위해서였다. 남자는 새끼손톱만한 다이아몬드 반지로 청혼했다. 물론 진숙씨의 카드로 산 것이었지만, 진숙씨는 개의치 않았다. 진숙씨는 생애 두번째로 받는 청혼을 처음인 척, 감동스럽게 연기하느라 그런 것은 신경쓸 겨를이 없었다. 그러나 결혼할 수가 없었다. 결혼을 하면 자신의 과거가 밝혀질 것이 뻔했다. 진숙씨의 고민은 늘어갔다. 남자의 가족들은 모두 로또라도 맞은 양 좋아서 어쩔 줄을 몰랐다. 능력없는 외아들이 노총각으로 늙는 것이 부모에게는 가장 큰 골칫거리였는데, 아들이 의외의 행복을 몰고 왔기 때문이다.

남자는 진숙씨가 자신을 버리고 도망이라도 칠까봐 항상 전전긍긍했다. 결혼을 차일피일 미루는 진숙씨 때문에 불안했다. 그러나 절대로 자신에게 찾아온 행운을 놓칠 수 없었다.

진숙씨는 남모르는 고민이 하나 더 있었다. 진숙씨는 몇년 전 오른쪽 난소에 문제가 생겨 자궁적출수술을 받은 상태였다. 남자는 동거에 들어가자마자 아이를 원했다. 결혼은 좀 미루더라도 둘의 나이를 생각하면 아이는 미룰 수 없는 일이었다. 그러나 그보다도 불안을 해소하기 위해서는 그 방법이 가장 좋다고 생각했다. 더군다나 달리 피임을 하지 않는데도 아이가 생기지 않는 것이 남자는 불안했다. 병원에 가기를 원했지만, 진숙씨는 이 핑계 저 핑계 대며 미루었다. 진숙씨는 불안해하는 남자를 달래기 위해서 통장에 돈을 넣어 남자에게 건넸지만, 그것도 잠시, 남자의 불안은 해소되지 않았다.

둘은 서로 다른 이유로 상대방이 자신을 버릴까봐 두려웠다. 참다못한 진숙씨는 남자에게 거짓말을 해버렸다. 팔개월 전이었다. 불안하기는 진숙씨도 마찬가지였다. 남자가 자신의 과거를 알아채고 떠날까봐 진숙씨는 두려웠다.

남자는 뛸 듯이 기뻐했다. 남자의 가족들이 몰려와서 왁자지껄 축하를 했다. 그것이 진숙씨를 도망가지 못하게 잡아둘 수 있는 가장 확실한 보험임을 가족들도 알고 있었다.

진숙씨는 거짓말을 하고 나서 안절부절못했다. 사랑하는 사람을 실망시키기도 싫었지만, 그 이유로 남자가 자기를 떠날지도 모른다는 생각에 진숙씨는 불안해졌다. 진숙씨는 아이가 필요했다. 임신한 척 연기하는 것도 곤욕스러웠다. 진숙씨는 가짜 임신 사개월이 되었을 때, 그러니까 넉 달쯤 전에 원정출산을 핑계로 남자와 동거하던 집에서 나왔다. 남자는 불안했지만, 그 정도는 감내해야 한다고 생각했다. 남자는 진숙씨가 원정출산 때문에 미국에 간 줄로만 알고 있었다. 진숙씨는 지방의 작은 도시에 집을 얻어 은둔생활을 시작했다. 진숙씨는 갓난아이가 필요했다. 어떻게 해서든지 구해야만 했다. 진숙씨는 인터넷에 까페를 개설하고 광고를 냈다. '백일 안된 갓난아이 구함.' 반응이 신통치 않은 채 넉 달이나 흘러버렸다. 몇몇 미혼모가 신중하게 메일을 보내오기도 했지만, 진짜로 돈을 받고 자기 아이를 파는 사람은 없었다.

이제 남자가 알고 있는 예정대로라면 두 달이 채 남지 않았다. 진숙씨가 사방팔방으로 아이를 구하려고, 갓난아이를 사려고 애쓰던 중, 어느날 뜻밖의 메일이 왔다. 갓난아이를 팔겠다는 사람이 나타난 것이다.

*

순미가 술에 취해 비틀거리며 골목길을 걷고 있다. 새벽은 정신없이 흘러갔고 동이 트려면 얼마 남지 않은 시간. 겨우 골반에 걸쳐진 청바지와 배가 살짝 드러난 탱크톱. 통굽구두. 긴 생머리. 순미는 손에 쥔 검은 봉지를 흔들며 아주 천천히 골목길을 걷고 있다. 골목길에는 사람들이 몰래 갖다버린 쓰레기가 군데군데 쌓여 있었다. 백 미터쯤 되는 골목길엔 너무 많은 사람들이 살았기 때문에 그들은 자기 이웃에 누가 사는지 알지 못했다. 대부분의 어른들은 아침 일찍 일터에 나갔다가 밤이 되면 고양이처럼 조용히 집으로 돌아왔다. 낮에는 몇몇 애들이 놀이터 삼아 골목길을 뛰어다니기도 했지만, 어른들은 아이들이 누구의 자식인지 알지 못했다. 하지만 아이들은 달랐다. 누가 어느 집에 사는지 그들끼리는 정확히 알고 있었다.

순미는 사흘 만에 집으로 돌아가고 있었다. 소녀는 조그만 호프집에서 써빙 아르바이트를 했다. 어제는 술에 취해 마지막까지 남은 손님을 따라갔기 때문에 집에 올 수 없었다.

문을 열자 악취가 밖으로 몰려나왔다. 순미는 코를 쥐고, 더듬더듬 스위치를 찾아 불을 켰다. 형광등에 눈이 부셔 눈을 제대로 뜰 수 없었다. 순미는 얼굴을 찌푸리며 방 안을 두리번거렸다. 아이를 찾고 있었다. 술취한 순미는 방 안의 쓰레기와 아이를 구별할 수 없었다. 침대와 벽 사이 틈에 끼어 힘겹게 자고 있는 아이가 술취한 순미의 눈에 들어왔다. 순미는 조용히 아이 이름을 불렀다.

순미는 아이가 측은하고 불쌍했지만, 그 마음은 곧 짜증으로 바뀌었다. 순미는 달려가서 아이를 틈에서 퉁명스럽게 빼냈다. 아이 몸에서 뭔가 썩는 냄새가 났다. 아이를 침대에 누이고 바지를 벗겨내자 말라비틀어진 똥이 아이의 사타구니에서부터 발까지 덕지덕지 붙어 있었다. 순미는 아이를 내려다보며 길게 한숨을 내쉬었다.

순미는 열여섯살 때 동갑내기 남자애와 동거를 시작했다. 불러오는 배를 둘은 감당할 수가 없었다. 임신한 사실을 엄마에게 들킬까봐 집에서 나와버렸다. 처음에는 어떻게든 아이를 지우고 집으로 돌아갈 생각이었지만, 그것은 순전히 애들 생각이었다. 뒤늦게 순미의 엄마가 찾아왔지만 이미 너무 늦어버린 때였다. 순미는 만삭이었다. 보통 산모들은 진통을 열 시간씩 겪으며 아이를 낳았지만, 순미는 아무 고통 없이 금방 아이를 낳았다. 병원에서는 신기한 일이라고, 산모가 너무 어려서 진통이 찾아오지 않은 것 같다고 말했다. 출산을 앞둔 산모들은 순미를 부러운 듯 쳐다보았다.

둘은 막 입학했던 고등학교를 그만두었다. 순미는 애를 키워야 했고, 남자애는 돈을 벌어야 했기 때문이다. 순미는 시장에서 젓갈을 파는 엄마와 단둘이 살았고, 남자애는 형하고 둘이 살았기 때문에 아이를 맡길 곳이 없었다. 다행히 순미의 엄마가 작은 월셋방을 얻어주어서 둘은 살림을 살 수 있었다. 남자애는 중국집에 취직해서 자장면을 날랐다. 칠십만원이라는 돈이 아주 큰 돈이라고 생각했던 두 사람은 당황했다. 생각보다 분유값과 기저귓값이 많이 들었다. 그래도 둘은 행복했다. 어른 흉내를 실컷 내며 살 수 있었으니 말이다. 문제는 둘 다 진짜 어른이 되고부터 시작됐다. 진짜 어른이 되고 나니 어른 흉내가 재미없어진 것이다. 나이에 맞게 놀고 싶어지기도 했다. 그게 아이가 스스로 클 수밖에 없는 이유였다.

순미는 한 손으로 코를 막고 벗겨낸 바지로 아이 몸에 달라붙은 똥을 대충 닦아냈다. 사년이나 지났는데도 도무지 적응이 되지 않는 일이었다. 순미는 벗겨낸 바지를 방구석에 집어던졌다. 구석에는 과자봉지, 먹다 남은 음식, 아이의 기저귀 같은 것들이 수북이 쌓여 썩고 있었다. 순미는 침대 위를 대충 정리하고 잠자리를 마련했다. 아이와 멀찍이 떨어져 누웠다. 고단한 숨이 쏟아지자 스르르 밀린 잠이 찾아왔다.

동이 틀 무렵 아이가 잠에서 깼다. 엄마 순미는 웅크리고 잠이 들어 있었다. 아이가 천천히 다가가 순미의 머리를 쓰다듬었다. 아이는 배가 고픈데도 보채지 않고, 엄마가 잠에서 깰 때까지 기다렸다. 그 정도의 기다림은 쉬운 일이라는 것을 알 만큼 아이는 지난밤 큰 것이다.

*

먼저 돈을 부쳐주세요.

그쪽을 어떻게 믿고 돈을 줘요. 일단 만나서 아이를 보고……

일을 진행하려면 착수금이 필요해요. 아이 엄마에게 진짜로 돈이 있다는 것을 보여줘야 한다니까.

그럼, 내가 그쪽으로 돈을 가지고 갈게요.

……전화 다시 할게요.

진숙씨는 전화를 기다렸지만, 휴대폰은 다시 울리지 않았다. 진숙씨는 초조해졌다. 그들이 아이를 파는 사람들이 아니라, 경찰일지도 모를 일이었다. 진숙씨는 속으로 진짜 아이를 산 것은 아니니 괜찮을 거라고 자위하려 애썼다. 진숙씨는 개설했던 까페를 없앴다.

한밤중에 전화가 다시 걸려왔다. 낮에 찍힌 번호와 다른 것이었다.

지금, 괜찮아요?

근데 그쪽은 뭐 하는 사람들이세요?

저희야, 만나보시면 아는 거고. 지금 사무실로 와야겠는데.

사무실이라니요? 밤이 너무 늦었는데…… 여기 지방이에요. 서울까지 두 시간은 걸리는데.

당장 돈 가지고 오세요. 아니면 없었던 일로 할 테니까.

아침에 보면 되지. 돈도 찾아야 하고, 그쪽이 어떤 사람들인지도 알 수 없으니, 내일 아침 일찍 봐요.

……전화 다시 할게요.

이번에도 전화는 갑자기 끊겼다. 진숙씨는 와락 겁이 났다. 자기가 있는 곳을 상대방이 훤히 꿰뚫고 있는 듯한 생각마저 들었다. 진숙씨는 아파트 현관으로 살금살금 다가가 자물쇠를 확인했다. 전화벨이 다시 울렸다.

내일 아침에 사무실 근처로 오세요. 다시 전화 줄게요.

전화는 뚝 끊겼고, 한참 후에 문자가 왔다. '청량리역 9시.' 진숙씨는 문자를 뚫어져라 쳐다보았다. 이런 일을 하려면 자신이 먼저 강해져야 하는데, 발끝부터 올라오는 두려움은 아무리 마음을 다잡아도 어쩔 수 없었다.

이 시간에 웬일이야? 휴대폰으로 하지. 안 받을 뻔했잖아.

집에 일찍 들어왔나 확인해보려고 했지.

몸은 괜찮아? 걱정돼 죽겠네. 내가 들어갈까봐.

아니야, 아니야. 그러지 마. 여기 이모도 있고, 사촌들도 있으니까 걱정하지 마. ……근데, 애기 낳고, 좀 있다 가야 할 거 같아.

얼마나? 왜? 무슨 문제 있대?

아니, 서류랑 완벽히 되려면 좀 걸린대.

그래. 어쩔 수 없지 뭐.

성수씨, 많이 보고 싶어. 우리 행복하게 오래 살자.

무슨 일 있어?

아냐, 전화 또 할게.

거기 전화번호라도 알려줘. 답답해 죽겠어.

내가 할게. 사정이 있어서 그러니까 이해해줘.

진숙씨는 딱히 할말이 있는 것도 아니었지만, 전화를 한참 동안이나 붙잡고 있었다. 전화를 끊고 나서 진숙씨는 자신이 정말로 이 남자를 사랑하기 때문에 순정을 바치기 위해서는 꼭 이 일을 해야 한다고 생각했다. 만약 일이 잘못된다면 유산했다고 말할 참이었다. 어떻든지 진숙씨는 남자를 포기할 수 없다는 결론을 내렸다.

진숙씨는 약속한 대로 청량리역에서 아이를 팔겠다는 사람을 기다렸다. 삼십분쯤 지났을 때, 등뒤에서 누군가 말을 걸어왔다.

진숙씨는 아직 어려 보이는 남자애를 멍하니 보았다.

전화한 사람이 너니?

진숙씨의 태도는 어제와는 사뭇 달랐다. 어린 남자를 보자 진숙씨는 이상하게 걱정이 사라졌다.

아줌마, 따라와.

짧은 스포츠머리에 작은 키의 남자가 앞장서고, 진숙씨가 천천히 뒤를 따랐다. 이제는 문을 거의 닫은 청량리 사창가를 지나, 굴다리를 지나, 경동시장을 지나, 제기동 어느 골목길, 남자가 재빠르게 사라졌다. 남자가 들어간 곳, 허름한 건물 이층에 직업소개소가 있었다. 진숙씨는 잠깐 망설이다가 남자가 사라진 건물 이층으로 올라갔다.

전화로 말했던 사무실에는 낡은 소파밖에 없었다. 가운데 놓인 탁자 위에 전화기가 두 대, 창가에 널어놓은 수건, 한쪽에 벗어놓은 구두, 벽에 기대서 있는 스포츠형의 어린 남자애, 그리고 머리가 살짝 벗겨진 남자가 소파에 앉아 있었다. 맨발에 슬리퍼를 신고 있는 것을 보니 구두의 주인은 대머리인 듯했다.

아줌마가 애 필요하다는 사람이야?

뭐야? 애는 어딨어?

좀 앉아봐. 앉아서 얘길 해야지.

진숙씨는 볼 것도 없는 사무실을 계속 두리번거린다.

짧게 해. 구질구질한 거 싫으니.

아줌마, 돈 가져왔어요?

그런데 직업소개소에서 그런 일도 해요?

진숙씨는 기죽지 않으려고 대머리가 내뱉는 말끝을 기억해두었다가, 그대로 맞받았다. 반말을 하면 반말로 대답하고, 존대를 하면 존대를 붙였다.

여기 심부름쎈터야, 알고 있죠? 뭐 하는 덴 줄.

대머리가 교묘하게 말을 섞었다.

돈은 얘기 잘되면 오후에 부쳐줄게. 걱정하지 마요. 일만 잘되면 후하게 줄 테니.

대머리가 슬쩍 벽에 기대고 서 있는 스포츠형을 쳐다봤다.

딴생각 마. 아무것도 가져오지 않았으니까. 애기만 데려오면 서로 좋을 거야.

착수금 필요하단 말 잊었어?

진숙씨가 가방에서 종이 한장을 꺼냈다.

이게 뭐야?

차용증이야. 일이 잘못되면 돌려받아야지 않겠어?

심부름쎈터 직원들은 아무 말도 없었다.

그래, 서로 믿자. 좋았어.

대머리가 차용증에 도장을 찍었다.

언제 줄 수 있어? 시간이 얼마 없어.

곧 연락할게, 아줌마.

허튼 생각은 하지 마. 일이 끝나면 착수금의 열 배를 줄게.

진숙씨는 탁자에 수표를 던져놓고 사무실을 나왔다. 다리가 후들거렸지만, 그들에게 두려움을 들키지 않기 위해 서둘러 나왔다. 모처럼 서울 하늘은 높고, 햇살은 맑았다.

아이에게서 나는 더러운 냄새 때문에 순미는 아이를 안을 수 없었다. 아이는 자꾸 밀어내는 엄마를 향해서 다가섰다. 순미는 잠이 덜 깬 채로 가만히 일어나 앉았다. 아이가 천천히 다가와 순미의 무릎에 앉았다.

더럽게, 진짜.

순미가 아이를 퉁명스럽게 밀쳐냈다. 아이가 침대 위로 나동 그라졌다. 아이가 엄마를 멍하니 쳐다보았다. 손에 쥔 빈 과자봉지만 만지작거렸다. 지난밤, 아이는 엄마의 눈치를 볼 수 있을 만큼 큰 것이다. 아이는 마주앉아 있는 엄마가 자기를 안아주기를 가만히 기다렸다.

순미가 일어나더니 밖으로 나갔다. 아이는 엄마가 사라진 문을 멍하니 바라보았다. 손에 쥔 빈 봉지를 쳐다봤다. 아이는 천천히 일어나 문 쪽으로 슬금슬금 다가갔다. 아무것도 주지 않고 나가버린 엄마를 원망할 수 있을 만큼 아이는 큰 것인지도 모른다. 아이는 배가 고팠다. 어제 오후부터 아무것도 먹지 못했다. 아이는 먹을 게 있는지 방 안 쓰레기들을 이리저리 뒤적였다. 네살 된 아이는 이미 아이 같지 않았다.

순미가 음식을 사가지고 와서 침대에 털썩 주저앉더니, 들고 온 봉지에서 만두와 김밥을 꺼내 아이에게 내밀었다. 아이가 엄마 눈치를 보더니 슬금슬금 음식 앞으로 다가섰다. 아이는 배가 무척 고팠다.

어린 엄마가 만두를 집어 아이에게 건넨다. 뜨거운 만두를 들고 아이는 어쩔 줄을 모른다. 순미는 텔레비전 위의 검은 봉지를 발견했다. 순미는 어제 사온 만두와 김밥을 기억하지 못했다. 순미는 뭔가 생각났다는 듯이 화장실로 들어갔다. 아이는 또 엄마가 없어진 것은 아닌지 먹던 만두를 입에 대고 화장실을 멍하니 쳐다봤다. 곧 순미가 걸레 같은 수건에 물을 적셔 나왔다. 아이는 막 두 개째 만두를 집어먹었다.

순미가 물수건으로 아이 몸을 닦았다. 얼굴을 닦고, 손을 닦고, 바지를 벗기고 구석구석 똥딱지를 닦아냈다.

형수, 혼자 있을 수 있지? 착하지, 우리 형수.

아이는 만두 먹는 일에 정신이 팔려 있었다. 아이는 엄마가 자기를 혼자 내버려두어도 울면서 보채지 않았다. 혼자 집을 지키기 시작한 맨 처음, 며칠을 빼고는 아이는 웬만해선 울지 않았다. 아이가 세상에 태어나서 가장 먼저 터득한 게 체념이었다. 그런 것을 아이도 느끼고, 생각할 수 있다는 게 신기한 일이었다.

아이는 먹을 것을 주면 엄마가 곧 집을 나간다는 것을 알고 있었다. 아이는 천천히 배를 채운다. 한끼 식사가 끝나면 엄마가 집을 나간다는 것을 아이는 알고 있다. 아이는 시간을 느낄 수 없으니 기다림이 긴지, 짧은지 알지 못할 것이다. 순미는 아이가 아무것도 모른다는 사실을 잘 알고 있었다.

씨발.

순미가 내뱉는 욕설을 알아들었는지 아이 눈이 똥그레진다.

순미는 몇년째 소식도 없는 남편에게 외마디 욕을 내뱉었다. 동갑내기 남편이 있다고 해서 형편이나 상황이 나아질 리 없다는 것을 알면서도, 모든 짐을 자신만 떠안은 것 같아서 억울했다. 순미에게 아이는 인생의 실수이자, 짐이고, 과거의 시간과 미래를 독식하는 흡혈귀처럼 생각되었다. 처음엔 아이를 둘러업고 사라진 남편을 찾아다닌 적도 있었다. 어린 남편은 매번 잡혀주지 않았다. 그에겐 책임감은커녕 가족에 대해 아무런 동정심도 없었다. 순미는 매일 눈을 뜨면 사라진 남편에게 저주를 퍼부었다.

아이는 만두와 김밥으로 배고픔을 달래고, 순미는 부족한 잠을 청했다. 자기 전에 잠깐 방을 치워야겠다고 생각했지만, 마음뿐이었다. 쓰레기는 날이 갈수록 방 안을 점령해갔다.

*

대머리와 스포츠형은 갓난아이를 찾아나섰다. 벌써 보름째 허탕을 치고 있었다. 갓난아이를 주문한 진숙씨는 하루에도 몇번씩 독촉전화를 해왔다. 진숙씨가 다른 심부름쎈터에 의뢰해 두 사람의 신병을 확보해놓은 상태라 발을 뺄 수도 없었다. 동종 업종에 종사하는 사람들을 누구보다도 잘 알고 있었다.

갓난아이를 구하는 일은 쉽지가 않았다. 아이 있는 집에 들어가 몰래 훔쳐내올 수도 없었고, 혹 누군가 버린 아이를 낚아챌 수도 없는 일이었다. 제정신이 아니고서야 어떤 엄마가 어디 갓난아이만 혼자 놔두겠는가. 그들만 모르고 있었다.

처음엔 산부인과 근처를 얼쩡거렸다. 그러나 그곳이 갓난아이들을 가장 특별히 관리하고 보호한다는 것을 일주일이나 지나고서야 깨달았다.

착수금으로 받은 이천만원은 이미 쓰고 없었다. 대머리는 카드빚을 갚았고, 스포츠형은 경마장에 가서 하루 만에 다 날렸다. 돈을 모두 쓴 다음에 그들은 전화번호를 바꾸고 잠수를 탔다. 이런 일에 있어서는 그들도 베떼랑이었다. 그런데 잠수탄 지 하루 만에 다른 심부름쎈터에서 그들을 잡으러 왔다. 진숙씨가 고용한 직원들이었다. 보름이 지나면서 착수금으로 받은 이천만원은 삼천만원의 빚으로 늘어났다. 돈을 다시 되돌려줄 방법도 없거니와 아이를 구해다만 주면 이억이라는 돈을 벌 수 있으니 대머리와 스포츠형은 선택의 여지가 없었다. 대머리가 스포츠형에게 제안을 했다.

왜 그걸 몰랐지?

뭘?

애기엄마랑 같이 훔치면 되는 것을.

납치 아냐?

어쨌든 인마.

엄마는 어떻게 하게?

……어떻게 되겠지.

아기엄마와 아이 모두를 납치하는 일도 쉽지 않았다. 그들도 이런 일은 처음 해보는 것이었다. 주로 빚쟁이들을 쫓아다니며 괴롭히는 일이 대부분이었지, 사람을 납치해본 적은 없었기 때문에 슬슬 겁이 나기 시작했다. 사람은 겁이 나면 흥분하게 마련이다. 그리고 계획한 모든 일은 엉망진창이 되고 만다.

대머리와 스포츠형이 갓난아이를 찾아 서울 시내와 지방을 돌아다닌 지도 한달이 지났다.

빚은 오천만원이 됐다. 이제 콩팥이라도 팔아야 했다. 그들은 해결사들을 피해 도망갈 수 있는 곳이 이 반도 안에는 없다는 것을 누구보다도 잘 알았다. 심부름센터 직원의 빚 독촉은 날이 갈수록 심해졌다. 진숙씨의 전화도 매일 걸려왔다. 이 모든 일이 대머리와 스포츠형 때문인 양 전화에 대고 화풀이를 했다.

둘은 자포자기 심정이었다. 대머리와 스포츠형은 낡은 봉고차에 몸을 싣고 정처없이 떠돌았다.

비가 추적추적 내리기 시작했다. 어슴푸레하게 날이 저물고 있었다. 대머리가 갑자기 차를 세웠다.

왜?

쟤네 어떠냐?

스포츠형이 차창을 내리고 백미러를 보았다. 어떤 여자가 한 팔로 아이를 안고 한쪽 어깨엔 기저귀가방을 멘 채, 우산을 들고 힘겹게 걸어가고 있었다.

여기서 하게? 차들이 이렇게 많은데?

누가 관심이나 있냐? 애가 어려 보였어.

그래도 좀.

빨리 차에 태워. 거의 다 왔잖아.

내가?

씨발, 콩팥 팔래?

에이, 진짜.

스포츠형이 일단 승합차에서 내렸다. 슬쩍 애기엄마를 쳐다봤다. 여자는 아이가 비에 맞지 않게 하기 위해서 우산을 앞으로 깊숙이 내리고 걷고 있었다.

스포츠형이 소리나지 않게 승합차 뒷문을 열었다. 여자는 아무것도 모르고 땅만 내려다보며, 오직 아이가 한방울의 비도 맞지 않게 하려고 애썼다.

스포츠형이 여자를 차에 태운 것은 순식간의 일이었다. 여자는 짧은 비명 한마디도 내지르지 못하고 승합차에 올라탔다. 아이를 손에서 놓칠까봐 상황을 파악할 정신이 없었다. 갓난아이를 가슴에 안은 여자는 놀라서 아무 말도 못하고 한참 동안 큰 눈만 껌벅였다.

스포츠형이 사시미칼을 꺼내들었다.

가만히 있어. 애기고 뭐고 다 죽으니까.

여자는 아이를 더 꼭 가슴에 끌어안았다.

아이만 다치지 않게 해주세요.

흥분한 스포츠형과는 달리 여자는 침착했다. 그것은 엄마만이 가질 수 있는 용기였다.

형, 이제 어떡해?

좀 있어봐. 일단 애기 좀 봐봐.

스포츠형이 아이를 감싼 담요를 들추려 하자 여자가 완강히 저항하기 시작했다. 갓난아이가 잠에서 깨 울기 시작했다. 울음소리만 듣고도 아기가 백일도 안됐다는 것을 알 수 있었다. 여자가 스포츠형을 밀치고 정신없이 문 쪽으로 다가갔다. 대머리가 재빨리 도어록을 걸었다. 스포츠형이 얼른 일어나 여자가 차에서 내리지 못하게 끌어당겼다. 모든 게 순식간에 일어난 일이었다. 아이를 안은 여자는 필사적으로 달리는 차의 문을 열려고 했다. 그러면 그럴수록 스포츠형의 손아귀 힘은 세졌다. 필사적이던 여자가 천천히 바닥으로 허물어졌다. 아이의 울음소리는 승합차 안을 가득 채우고, 아무 정신도 없게 만들 만큼 우렁찼다.

형, 이상해.

뭐가?

애기엄마가.

대머리가 룸미러를 통해 뒷좌석을 쳐다봤다. 스포츠형이 천천히 애기엄마를 뒤집었다. 여자의 몸이 축 처졌다.

어쩌다 그랬어? 이 병신아.

아이를 가슴에 꼭 안고 죽은 엄마의 손에서 우는 아이를 빼내기가 쉽지 않았다. 스포츠형이 능숙하게 아이를 안자 아이는 곧 울음을 그쳤다.

대머리와 스포츠형은 아무 말도 하지 않았다. 그들이 탄 차는 고속도로를 타고 진숙씨가 살고 있는 곳으로 향했다. 스포츠형은 멍하니 죽은 애기엄마를 내려다봤다.

우린 좆 됐어, 인마.

대머리가 속도를 높이며 한숨처럼 내뱉었다. 아이는 고속도로를 달리는 동안 한번도 깨지 않고 순하게 잠을 잤다.

*

햇살은 점점 짧아져 밤과 낮의 길이가 같아졌다. 가을이 오고 있었던 것이다. 아이는 혼자 있는 것에 점점 더 익숙해졌다. 아이는 스스로, 성장을 멈추지 않았다. 아이는 여름이 지나는 동안 똥과 오줌을 한곳에 볼 수 있게 되었다. 사타구니에 똥딱지를 붙이고 있는 일은 이제 아주 가끔 있는 일이었다. 순미는 스스로 크는 아이가 대견하기만 했다. 아이는 점점 더 혼자 있는 시간이 많아졌다. 아이는 이제 발끝을 세우지 않고서도 창밖을 구경할 수 있었다.

순미는 오랜만에 아이에게 줄 선물을 들고 아르바이트가 끝나자마자 집으로 향했다. 술도 마시지 않았다. 아이에게도 친구가 생겼으니, 뭔가 홀가분한 마음마저 들었다. 순미의 집으로 향하는 발걸음이 빨라졌다.

아이는 언제나 같은 모습으로 침대와 벽 사이 틈에 끼어 자고 있었다. 아이가 엄마의 따뜻한 품 대신 항상 의지하는 곳이었다. 넉넉했던 틈이 이제는 아이가 들어가서 자기에는 비좁아 보였다. 순미는 자는 아이를 깨웠다.

형수야, 엄마가 선물 사왔어. 일어나봐.

아이가 좀처럼 잠에서 헤어나지 못했다. 아이는 언제나 배고픔과 어둠에 대한 두려움에서 벗어나야 했기에 깊은 잠을 잤다. 순미는 이틀에 한번 집을 찾았다. 어떤 때는 삼일에 한번 집을 찾왔다. 순미는 집에 들를 때마다 아이를 위해 먹을거리를 넉넉히 사가지고 왔다. 과자나 우유, 빵 같은 것을 침대에 풀어놓으면 아이는 배고플 때마다 그것을 알아서 챙겨먹었다.

아이가 눈을 비비며 일어났다. 아이에게 달라진 것이 있다면 지난여름처럼 엄마를 반가워하지 않는다는 것이다. 사육장에 갇힌 동물처럼 주인의 손만 쳐다보았다. 아이는 일어나서 엄마의 손부터 확인했다. 엄마 손에는 아무것도 들려 있지 않았다. 엄마 손에 먹을거리가 없다는 것은 아이에게는 참으로 두려운 일이었다. 대신 생전처음 보는 것이 아이 앞을 어정거렸다. 아이의 눈이 휘둥그레졌다.

형수야, 친구야. 사이좋게 지내야지.

검은 강아지가 아이에게 다가갔다. 미니핀셔. 크기는 아주 작았지만 도베르만을 닮은 새까만 개였다. 아이는 엄마와 자신 말고 살아 움직이는 것을 이렇게 가까이서 보기는 처음이었다.

순미가 아이에게 강아지를 선물한 이유는 따로 있었다. 순미에게 남자친구가 생겨서 예전만큼 집에 자주 올 수 없게 되었기 때문이다. 아이도 클 만큼 컸다고 생각했다. 순미가 네살배기 아들을 둔 엄마인 것은 사실이었지만, 이제 갓 스물을 넘긴 여자이기도 했다. 스무살은 하고 싶은 것을 포기하기 힘든 나이였다. 순미는 미니핀셔를 믿고 의지했다. 순미는 강아지와 아이가 노는 모습을 보자 흐뭇해졌다.

아이는 가을이와 단둘이 살게 됐다. 아이와 가을이는 서로 의지하며 지냈지만, 먹을거리를 지키기 위해 필사적으로 대립했다.

가을이는 아이보다 빨리 성장했다. 가을이 먹을거리를 따로 챙겨주지 않았기 때문에 가을이는 쓰레기를 뒤적거렸다. 먹을거리가 없는 가을이는 가끔 아이가 싸놓은 똥을 핥아먹거나, 상해서 못 먹는 음식찌꺼기 같은 것을 먹기도 했다. 몸집이 작을 뿐이지 이미 데려올 때부터 가을이는 성견이나 다름없었다. 아이는 여전히 말을 하지 못했다. 가을이의 몸은 날이 갈수록 날렵해졌다. 낙엽이 본격적으로 지기 시작할 무렵, 드디어 상황이 역전되기 시작했다. 지하방의 서열이 바뀐 것이다.

아이는 가을이의 이빨이 그렇게 날카롭게 변하고 있는 것을 알지 못했다. 아이는 가을이가 무서웠다. 순미가 있을 때는 음식 근처에 얼씬도 하지 않았지만, 순미가 먹을거리를 던져놓고 집을 나가면 가을이는 그것을 독식했다. 과자봉지나 김밥을 집는 손을 가을이는 사납게 물어뜯었다. 아이는 여전히 말을 못했기 때문에 개가 무섭다는 말을 할 수 없었다. 가능하면 엄마가 있을 때 많이 먹어두는 방법밖에 없었다. 가끔 아이의 몸에 나는 상처를 순미는 대수롭지 않게 생각했다. 그냥 둘이 놀다가 그러려니 생각했다.

방 안의 평화는 깨지고 침대 위의 먹을거리를 두고 아이와 가을이는 매일 생존을 위해 싸웠다. 가을이는 날로 사나워져서 아이는 결국 침대에서도 쫓겨났다. 아이는 예전보다 굶는 날이 더 많아졌다. 가을이는 동종보다 몸집이 컸지만, 다른 개에 비하면 작은 편이었다. 작은 강아지로밖에는 보이지 않았다. 가을이는 눈치도 아이보다 빨라서 순미가 돌아오면 갖은 재롱을 부리곤 했다. 아이는 엄마에게서 가을이를 떼어놓으려고 애썼지만, 순미는 아무것도 알지 못했다. 아이는 점점 더 말라갔다.

순미는 가을이를 집에 데려다놓은 다음부터 들어오지 않는 날이 더 많아졌다. 남자친구와 따로 살림을 차렸기 때문에 자주 올 수가 없었다.

가을이는 아이보다 영리해졌다. 어린아이보다 개가 환경과 상황에 빠르게 적응한 것이다. 개라는 동물은 아량이라는 것이 없었다. 과자 부스러기 하나도 아이에게 뺏기지 않았다.

아이는 먹지 못해서 힘이 하나도 없었다. 움직이는 것도 힘들어졌다. 순미가 오면 굶주린 배를 채우기 위해 허겁지겁 먹어치웠다. 가을이는 쓰레기가 쌓여 있는 방구석에서 잠자코 아이를 지켜보았다. 순미는 아이가 쑥쑥 크려고 먹는 양이 늘었다고 생각했다. 순미가 들고 오는 식량은 예전보다 늘어났지만, 아이는 예전보다 더 극심한 굶주림에 시달렸다. 순미는 이제 집에 와서도 자고 가는 날이 드물었다. 든든한 강아지가 있으니 걱정이 덜했다. 먹을거리만 내려놓고 다시 나가는 경우가 대부분이었다. 아이가 굶고 있다는 것을 엄마는 알 리 없었다.

*

진숙씨가 곤히 자고 있는 아이를 받아들었다. 비가 그치자 기온이 크게 떨어졌다. 반팔 옷을 입은 스포츠형의 이빨이 달그락거렸다. 진숙씨가 리모컨으로 자기가 타고 온 차의 트렁크를 열었다. 시커먼 저수지가 그들을 묵묵히 올려다보고 있었다. 저수지를 끼고 도는 도로에는 지나다니는 차도 없었다. 스포츠형이 차 트렁크에서 돈가방을 꺼냈다.

저기……

담배만 피워대던 대머리가 말문을 열었다. 스포츠형이 낑낑대며 돈가방을 승합차에 실었다.

액수는 틀림없어.

진숙씨가 뒤돌아가면서 퉁명스럽게 내뱉었다.

그게 아니라, 일이 좀 생겨서.

진숙씨가 걸음을 멈추고 돌아봤다. 스포츠형은 여전히 이빨을 달그락거리며 차문 옆에 엉거주춤 서 있고, 대머리는 담배를 발로 비벼껐다.

무슨 일인데?

그게, 일로 좀……

진숙씨가 아이를 덮은 담요를 추스르며 천천히 그들에게 다가 갔다. 스포츠형이 승합차 뒤로 가서 온몸을 덜덜 떨며 저수지에 오줌을 누었다.

헉. 이, 이게 뭐야?

대머리가 황급히 진숙씨의 입을 막았다.

어쩌다 그렇게 됐슈.

진숙씨가 승합차에서 한발 뒤로 물러났다.

생각 좀 더 해주슈. 어떻게 될지도 모르는데.

진숙씨가 슬금슬금 뒤로 물러났다.

내, 내일 돈 부칠게. 난 모르는 일이야. 시킨 적도 없고.

진숙씨가 자기 차로 뛰기 시작했다. 스포츠형은 천천히 쭈그리고 앉았다. 진숙씨의 차가 황급히 저수지를 빠져나갔다.

재수없게 고만 좀 떨어.

······오줌싸면서 생각한 건데, 저수지에 빠뜨릴까.

······그냥 묻자.

그게 더 간단하잖아.

배 타고 가운데까지 가야잖아, 인마. 가서 업고 와, 빨리.

대머리가 버럭 소리를 질렀다.

둘은 저수지 근처 야산을 오르기 시작했다. 저수지 둘레에 빙 둘러진 철망을 따라 산을 올라갔다.

사람들 안 다닐까?

모르지. 여기가 어딘지도 모르는데, 내가 어떻게 알아.

스포츠형이 자꾸 밑으로 처지는 시체를 연방 고쳐 업었다.

에이, 모르겠다.

여기 묻게?

둘은 산중턱쯤에 시체를 내려놓고 땅을 파기 시작했다. 둘은 미친 듯이 땅을 팠다. 땅을 파다 말고 대머리가 저수지를 바라보았다.

이쯤 하면 명당이다, 야.

저수지가 한눈에 들어오고, 멀리 산능선이 겹쳐 보였다. 스포츠형이 삽을 놓고 같이 저수지 쪽을 바라보았다.

뭐 하는 여자였을까?

그냥 재수없었던 애엄마지.

둘은 말없이 다시 땅을 파기 시작했다. 아무도 찾을 수 없도록, 동물들이 허튼 짓을 할 수 없도록 깊은 구덩이를 팠다. 가지고 온 침낭에 시체를 넣어서 매장했다.

땅을 메우자마자 스포츠형이 허겁지겁 산을 내려가기 시작했다.

야.

대머리가 스포츠형을 불러세웠다.

절이라도 하고 내려가야지. 넌 싸가지가 없냐.

둘은 나란히 서서 두 번 절하고, 황급히 산을 내려갔다.

한달 후, 진숙씨는 건강한 사내아이를 데리고 남자에게 돌아갔다. 남자는 좋아서 어쩔 줄을 몰랐다.

남자 쪽 식구들은 아이가 남자를 쏙 빼닮았다며 좋아서 어쩔 줄을 몰랐다. 아이가 또래들보다 훨씬 컸지만, 모두 다 남자를 닮아서 그런 거라고, 귀골이 장대한 운동선수가 될지도 모르겠다고, 저마다 칭찬을 늘어놓았다.

진숙씨는 자신의 오랜 수고가 헛되지 않은 것에 감사하며, 사랑이 가득 담긴 눈으로 남자를 바라보았다.

*

분명히 아직 가을이어야 했으나, 이상기온 현상으로 전국은 꽁꽁 얼어붙었다. 정말 이상한 날씨였다. 월동 채비를 하지 못한 곳곳에서 피해가 속출했다.

아이와 가을이가 살고 있는 집도 꽁꽁 얼어붙었다. 엄마는 일주일째 집에 오지 않고 있었다. 진즉 먹을거리는 떨어지고 없었다. 아이는 침대 위에서 꼼짝하지 않았다. 간혹 가을이가 창에 대고 짖어댔다. 가을이가 짖을 때면, 골목길을 걸어가던 사람들은 슬쩍 창 쪽을 한번 바라보았다.

일주일이 또 지났지만, 아이는 침대 위에서 여전히 꼼짝하지 않았다. 가을이는 더욱 사나워져서, 창밖으로 사람이 지나가지 않아도 계속 짖어댔다.

골목길에서 노는 아이들 사이에 이상한 소문이 돌았다. 어느 집 지하방에 어린아이 귀신이 산다는 것이었다. 정확히 그 집을 알고 있는 아이들도 늘어났다. 골목길에 사는 아이들은 무리를 지어 창문으로 집 안을 엿보기 시작했지만, 미처 방 안을 들여다보기도 전에 개 짖는 소리에 놀라 모두들 쏜살같이 흩어져버렸다. 골목길에 사는 어른들도 지하방 창문에 무리지어 있는 아이들을 자주 목격했다. 그중 하나가 경찰에 신고를 했다. 살짝 열린 창틈으로 본 방 안은 쓰레기장을 방불케 했다.

경찰이 문을 열고 방으로 들어갔을 때, 이미 아이의 몸은 부패해 있었다. 가을이는 얌전히 방구석 쓰레깃더미에 앉아 먹을 것을 기다렸다.

사건의 전말은 엉뚱하게 밝혀졌다. 스포츠형과 대머리는 진숙 씨에게 끊임없이 돈을 요구했다. 이것을 눈치챈 남자의 가족들이 흥신소 직원들을 고용해 그들이 돈을 뜯어내고 있다는 것을 알고는, 경찰에 고발한 것이다.

순미는 집에 돌아올 수 없는 이유가 있었다. 유치장에 있었기 때문이다. 순미는 만나는 남자친구와 함께 마약을 투약하다 잡힌 상태였다. 유치장에 갇히고서야 아이가 있다고, 돌봐줄 사람이 없다고 사정했지만, 마약사범의 말에 귀기울이는 경찰은 아무도 없었다.

납치살인사건과 방임으로 굶어죽은 아이에 대한 사건이 동시에 발생한 관할경찰서는 정신없이 바빠졌다.

경찰서에서 순미와 스포츠형이 마주쳤다. 순미가 수갑을 찬 채로 스포츠형에게 달려들었다.

개자식, 다 너 때문이야.

스포츠형은 멍하니 순미를 쳐다봤다.

니가 여기 웬일이야?

진숙씨와 대머리가 슬쩍 둘을 쳐다보았다. 경찰서에 있는 사람들도 무슨 일인지 눈이 휘둥그레져 둘을 쳐다봤다.

애가 애아빠야?

경찰이 놀란 듯 물었다.

저 자식이 굶겨죽인 거예요. 저는 잘못 없어요.

진숙씨가 갖고 있던 돈은 원래 남편이 돌려받았다. 진숙씨의 동거남은 아이를 경찰에 인계하고 사라졌다.

아이는 입을 실룩거리며 깊은 잠을 자고 있었다. 애가 깰까봐 경찰서 안의 사람들은 너나 할 것 없이 목소리를 낮추었다.

매일
기다려

한번도 뒤돌아보지 않았다.

노인이 리어카를 끌고

뭐다시피 골목을 내려갔다.

따뜻한 날씨가 고마웠다.

전철역도 있고 지하도도 있었다.

원래 그랬던 것처럼

노인의 집은 여전히 많았다.

1

    지난밤 가까스로 추위를 모면한 사람들이 하나둘 공원으로 모여들었다. 이른 아침, 마림공원은 모여든 사람들로 금세 부산해졌다. 사람들은 서로 눈을 마주치는 것을 꺼렸고, 먼저 밥을 먹으려고 서두르지도 않았다. 언제나 준비된 음식은 남았으므로 줄을 설 필요도 없었다. 공원을 어슬렁거리다가 밥을 타는 사람이 없으면 슬쩍 배식구 앞으로 가 얼쩡거리면 그게 암묵적인 차례였다. 자원봉사자들도 길게 눈길을 주거나 위로의 말을 건네지 않았다. 동정의 눈길은 오히려 사람을 쫓는 결과를 낳았다. 자원봉사자들이 무심하게 국에 밥을 말아 탁자에 올려놓으면 사람들은 누가 가져갔는지 모르게 슬그머니 밥을 채가곤 했다.

사람들은 자기 밥그릇을 들고 조용히 공원 여기저기에 자리를 잡았다. 서로 등을 돌리고 선 채로 먹는 사람들이 대부분이었다. 차디찬 바닥에 옹기종기 둘러앉아 밥을 먹는 사람은 아무도 없었다. 자원봉사자들이 마련한 스티로폼 자리는 무용지물이 되어 사람들이 서 있기만 비좁게 만들었으므로 며칠 만에 치워졌다. 사람들은 서로 아무 말 없이 조용히 밥을 먹고 어딘가로 사라졌다. 언제나 마림공원 무료급식은 삼십분도 안되어서 끝이 났다.

제가 왜 할아버지를 따라가야 돼요?

나, 나쁜 사람 아녀. 며칠째 보니께 불쌍해서 그러지.

연주는 벤치에 앉아 몸을 떨며 무료급식소가 사라진 자리를 멍하니 쳐다보았다. 연주는 며칠째 아침이면 마림공원을 찾아왔지만 선뜻 급식소에서 밥을 탈 용기가 나지 않았다. 실제로는 그곳이 무료급식소인지도 알지 못했다. 연주는 멀리 떨어져서 허겁지겁 밥을 먹는 사람들을 부러운 눈으로 쳐다보곤 했다. 사람들이 사라지면 슬그머니 벤치에 앉아 급식소에서 자신을 봐주길, 부르길 기다렸지만 아무도 연주에게 관심을 갖는 사람은 없었다. 그것 또한 암묵적인 약속이었다. 도움을 청하면 도와주지만, 찾아다니며 도움을 베풀지는 말자는 것이 작은 교회가 무료급식을 시작하며 내세운 한 조건이었다. 물론 연주는 그런 것 따위를 알리가 없었다. 다만 노인만이 며칠째 공원 구석에 움츠려 있는 연주를 눈여겨보았을 뿐이다.

노인이 연주에게 급식소에서 받은 콩나물국밥을 내밀었다.

집에 가서 같이 먹자고 그려. 어여 가자, 아가. 이렇게 추운데……

연주는 이빨까지 달그락거리며 몸을 떨었다. 연주는 주로 상가건물 층계에서 잠을 잤는데 그곳도 지난밤엔 자물쇠가 채워져서 밤새도록 잘 곳을 찾아 거리를 떠돈 터였다.

니 껏도 타났어.

검정 비닐봉지 안에는 일회용 스티로폼 국그릇 두 개가 포개진 채 식지 않도록 랩으로 포장되어 있었다.

연주는 망설였다. 노인의 호의를 거절하기에는 배가 너무 고프고 추웠기 때문이다. 집을 나온 몇개월간 별의별 일을 다 겪은 후여서 연주는 노인이 겁나거나 하지는 않았다. 다만 언제나 그랬듯이 호의를 가장한 탐욕스러움이 연주의 신경을 살짝 긁었을 뿐이다. 연주는 어떻게 되든 상관없다고 생각했다. '기껏해야 한 번 자주면 되겠지' 하는 마음이 드니 오히려 가뿐했다. 날이 밝았지만 추위는 여전했고 무엇보다 날밤을 꼬박 새우기에 연주는 너무 어렸다. 쏟아지는 졸음을 연주는 참을 수가 없었다.

할아버지 집 멀어요?

아녀, 바로 저 골목으로 조금만 올라가면 되여…… 아가, 얼른 일어나자. 몸에 얼음 배기겠다.

연주가 떨리는 몸을 주체하지 못하며 겨우 고개를 들어 공원 맞은편 언덕배기에 빼곡한 집들을 바라보았다. 연주는 천천히 일어나 노인을 따라나섰다. 노인은 비닐봉지가 흔들리지 않도록 조심하며 앞장서 걸었다. 천천히 좁은 골목으로 들어서는 노인의 굽은 어깨가 언뜻 으쓱거리는 것처럼 보였다.

2

    연주가 노인의 집에 얹혀산 지도 한달이 지났다. 연주의 얼굴은 작은 접시보다도 작았다. 유난히 큰 눈만 껌뻑이며 일을 마치고 돌아온 노인을 앉혀놓고 연주는 물었다.

    할아버지, 왜 나한테 잘해줘?

    집에는 안 돌아갈텨? 어른들 걱정헐 것인디.

    솔직히 나한테 바라는 거 있지? 손만 대봐, 아주 죽었어.

    연주는 온종일 아무것도 하지 않고 노인의 반지하방에 틀어박혀 잠만 잤다. 노인의 집으로 들어온 지 한달이나 지났지만 연주의 생활패턴은 전혀 달라질 기미가 보이지 않았다. 집밖으로 나가는 일도 거의 없었고, 온종일 누워 있다가 가끔 일어나 텔레비전을 우두커니 보고 앉아 있거나 노인이 차려놓은 밥을 먹었다.

    노인은 박스나 종이, 빈병 들을 주워다 팔았다. 모든 게 흔해진 세상이라 하루벌이는 생각보다 괜찮았다. 밤새 박스와 빈병을 주워 아침에 고물상에 팔면 이삼일은 너끈히 살 수 있는 돈이 생겼다. 노인은 평온하고 넉넉해진 삶에 감사했다. 더군다나 자신이 도움을 줄 사람이 있다는 것만으로도 노인은 뿌듯하고 따뜻한 마음이 들곤 했다.

    근디 아가, 먹은 밥상은 좀 치워야지. 그냥 두면 냄시가 배봐서……

    연주는 들은 척도 하지 않고 고개를 돌려 텔레비전에서 눈을 떼지 않았다. 오래된 14인치 컬러텔레비전에서는 아홉 명으로 이루어진 남성 댄스그룹이 현란한 춤솜씨를 선보이고 있었지만 사람의 얼굴도 분간이 힘들 정도로 화면은 흐릿했다. 노인은 조용히 밥상을 치우고 설거지를 했다.

오래된 연립주택 반지하는 계절에 상관없이 언제나 눅눅한 습기를 가득 안고 있었다. 재개발지구에 속해 있는 연립은 철거될 날이 이제 서너 달밖에는 남지 않은 아주 오래된 구닥다리 집이었다. 노인이 이곳으로 이사온 지는 일년이 조금 넘었다. 철거일이 확정되고 보상문제와 전매권 이전도 이미 이루어진 상태여서 동네는 텅 비었다. 삼백여 가구가 넘게 살던 동네엔 이제 노인을 포함해서 이십여 가구도 남지 않았다. 이제 동네엔 아이들이나 젊은 사람이 하나도 없었다. 이젠 정말이지 갈 곳 없는 지친 인생들만이 쓸쓸히 철거일을 기다리며 겨울을 나고 있었다.

사람들이 하나둘 집을 버리고 동네를 떠나갈 때 노인은 간단한 짐을 가지고 텅 빈 동네로 들어왔다. 비탈진 산동네에 다닥다닥 붙어 있는 집들은 건너편 아파트단지에서 보면 훌륭한 전경을 만들어냈다. 집집마다 밝히는 백열등, 형광등, 가로등 불빛은 아름다운 야경을 자아내 건너편 아파트단지는 주위의 다른 곳보다도 월등히 시세가 높았다.

끝없이 이어지는 작은 골목길 끝에 성대연립주택은 그나마 좀 번듯해 보이는 축에 속했다. 사람들이 집을 비우면 가스와 전기를 끊었기 때문에 집이 비었다고 해서 아무나 들어가 살 수도 없었다. 남겨진 동네 사람들과 교회집사의 특별한 배려 속에 평생

거리를 떠돌던 노인은 번듯한 반지하집을 얻을 수 있었다. 물론 철거일까지 한시적인 배려였다. 노인은 추운 겨울만 피하자고 생각했는데 뜻밖에 일년이나 누린 횡재에 감사할 따름이었다.

아가, 밖에 안 나가고 싶으냐? 돈이 없어 그르냐?

연주가 천천히 고개를 돌려 노인을 올려다보았다. 노인은 설거지를 마치고 욕실에서 걸레를 빨아 나오는 중이었다.

어.

기회가 사라질까 싶어 연주는 얼른 대답했다. 노인은 대답은 않고 묵묵히 방을 닦기 시작했다. 낡은 장판은 여기저기 찢어지고 때가 타서 아무리 닦아도 깨끗해 보이지 않았지만, 노인은 아침저녁으로 부지런히 방바닥을 닦았다.

3

연주가 사라졌다.

점심때가 돼서야 집에 돌아온 노인을 맞은 건 새벽에 차려놓고 나간 밥상뿐이었다. 노인은 넋을 놓고 멍한 채로 밥상을 덮어놓았던 신문을 슬쩍 들춰보았다. 새벽에 무료급식소에서 타다 놓은 육개장이 냄비에 고스란히 남아 있었다. 이젠 연주를 영영 못 볼 것 같은 마음이 들어 노인은 괜스레 찔끔 서운한 눈물 한방울을 찍어냈다.

노인은 아랫목에 박아두었던 밥공기를 가져왔다. 그러고는 얼음장처럼 차가워진 육개장에 다 식은 밥을 말아서 먹기 시작했다. 양은냄비를 방바닥에 내려놓고 무릎을 세워 감싸고는 꾸역꾸역 목구멍 속으로 밥을 밀어넣었다.

……집으로 갔겠지.

노인이 입을 오물거리며 남는 입으로 중얼거렸다. 밥을 먹은 뒤에도 헛헛했는지 밥공기에 소주를 가득 부어 물 대신 마셨다. 노인은 김이 새어나가지 않도록 페트병 마개를 힘주어 닫았다. 평소 같으면 밥을 다 먹기 무섭게 설거지를 끝마쳤지만 노인은 밥상을 한쪽에 밀어놓고는 방바닥에 그대로 누웠다. 새벽에 들어왔을 때 곤히 자고 있던 연주의 모습이 떠올랐다. 연주가 자던 이불에는 몸만 빠져나간 자국이 선명했다. 언제나 이불 속에서 웅크리고 있던 연주가 생각나서 노인은 다시금 마른눈물 한방울을 흘렸다.

노인은 온기 없는 방바닥에 누운 채로 멍하니 방 안을 둘러보았다. 가져온 짐이 없으니 없어진 물건도 없었다. 못에 걸어두었던 연주의 점퍼가 사라졌고 그만큼 가려졌던 벽이 휑하니 남았다. 노인이 갑자기 벌떡 몸을 일으켰다.

야가 잠깐 나간 거 아녀? 그럼 그렇지……

노인이 서둘러 밖으로 나갔다. 동네는 언제나 그랬던 것처럼 쥐죽은 듯 조용했다. 사람들이 돈 되는 거라면 남김없이 떼간 후여서 동네에 온전한 집은 한 채도 없었다. 아직 사람이 살고 있는 집마저도 하룻밤 새 대문이나 유리창 같은 것이 사라지곤 했다.

텅 비어버린 동네엔 골목길을 오가는 사람도 없었고 주인을 잃은 개 한마리조차 없었다. 노인은 골목길 끝에 쭈그려앉아 연주를 기다렸다. 서서히 취기가 오르기 시작했다. 새벽에 잠깐 집에 들르긴 했지만 노인은 지난밤을 꼬박 새운 채였다. 노인이 주머니를 뒤져 꼬깃꼬깃한 돈을 꺼냈다. 지난밤 일해서 번 만육천원이었다. 노인은 꼬깃꼬깃해진 지폐를 손바닥으로 눌러 정성스럽게 폈다. 큰맘 먹고 만원이라도 쥐여줘서 놀다오라고 밖으로 내보낼 생각이었는데, 노인은 퍽 아쉬운 생각이 들었다. 며칠 전 용돈을 바라던 연주의 표정이 생각났기 때문이다.

갸가 미안해서 말도 못 꺼냈을 것인디……

미처 배려를 못해준 것이 생각하면 할수록 연주에게 미안하고 아쉬웠다. 노인은 쭈그려앉아 연주를 기다렸지만 왠지 돌아올 것 같지 않았다. 노인은 꼼짝도 하지 않고 흉물스럽게 남아버린 빈 집들만 우두커니 오래도록 바라보았다.

4

겨울 하늘은 노인이 잠깐 잠든 사이 순식간에 태양을 거두어갔다. 노인은 잠에서 깨고서도 한참 동안을 누운 채로 깜깜한 창문만 멍하니 쳐다보았다. 습관적으로 잠에서 깨자마자 옆에서 웅크리고 잠든 연주의 이불을 여며주곤 했었는데 자기도 모르는 새에 배어버린 버릇 때문에 더욱 허전한 마음이 들었다.

노인이 어기적어기적 일어나 수돗물 한사발을 숨도 쉬지 않고

들이켜다가 우뚝 멈추었다.

아가……

노인은 다급하게 현관문을 열었다. 낯선 바람이 노인의 볼을 갈랐다. 세찬 겨울바람이 반지하로 몰려 내려왔지만 노인은 몸에 들어서는 한기도 잊은 채 멍하니 어둠속을 응시했다.

이렇게 추운디 어디를 간겨……

노인이 마른 입맛을 다시며 문을 닫았다. 자물쇠를 채우고 가만히 서 있었다. 입 안에서는 계속 쓴맛 같은 게 돌았다. 쓸쓸히 돌아서던 노인이 잠가두었던 자물쇠를 다시 열어놓았다.

노인이 주섬주섬 옷을 입기 시작했다. 평소 같으면 이미 하루 벌이의 반은 해놓았을 시간이었다. 동네와 거리에서 나오는 폐품이라는 것이 일정해서 조금만 시간이 늦어도 선점을 놓치기 쉬웠다. 노인은 옷을 다 입고서도 밖으로 나갈 생각을 하지 못하고 멍하니 앉아 있었다.

노인은 평생 혼자 떠돌며 살았다. 젊을 적에 여자가 없었던 것은 아니었지만, 언제나 먹고사는 일에 치여 결혼 같은 것을 꿈꿔본 적이 없었다. 가정은 한몸 먹고사는 것 다음이었다. 노인의 기억 속엔 아주 어릴 적부터 부모가 없었다는 것과 그것으로 인해 아주 어릴 적부터 거리를 떠돌며 하루하루를 힘들게 살았다는 것이 전부였다. 가족이라는 것은 단지 부러움의 대상이었지 자신에게 절실한 것은 아니었다. 성인이 되어서도 다른 사람들은 같은 막노동을 하면서 장가도 가고 아이들도 낳아 작은 집이나마 마련했지만, 노인은 그 어떤 것도 쉽지 않았다. 벌이는 언제나 한달치

월세와 세끼 밥을 먹는 데도 모자람이 많았다.

　가족이나 사랑, 그런 것보다도 노인은 돈이 있으면 행복했다. 편하게 잘 수 있는 방 한칸과 세끼의 밥, 그것이 평생 행복의 유일한 조건이었다. 노인에게도 행복했던 시절이 있었다. 건설 붐이 일어 일손에 대한 대우가 좋았던 시절이다. 공사장에서 장기 기숙하며 일한 결과 유일하게 몇년 일한 돈이 모아졌다. 매일 열리는 화투판만 조심하면 되었기 때문에 그쪽으로는 얼씬도 하지 않았다. 노름하는 인부들은 돈이 떨어지면 일당으로 받은 부표까지 되팔아 노름을 했다. 당시 월급은 일당으로 부표를 나누어주고 월말이나 공사가 끝나면 돈으로 바꾸어주는 식이었으니 인부들이 가진 현금은 부족할 수밖에 없었다. 노인은 현금이 부족한 노름꾼들에게 부표를 싼값에 사들여 많은 돈을 모았다. 몇년 새 번듯한 집 전세금 정도가 모아졌다. 처음 만져보는 목돈이라 돈 간수하는 게 매일 일이었지만 노인은 처음으로 희망 같은 것이 생겨서 마냥 싱글벙글거렸다. 사는 데 그렇게 많은 돈이 필요치 않았으므로 어디에 쓸지 노인은 고민스러워졌다. 현금을 매일 껴안고 다니기도 여간 불편한 것이 아니었다. 그러나 행복한 고민은 며칠 가지 못했다. 그해 처음 생긴 경마장을 구경갔다가 일주일 만에 한푼도 남김없이 돈을 모두 날려버렸기 때문이다. 노인은 매일 베팅을 하며 속으로 '어떻게 모은 돈인디' 하며 탄식했다. 잃은 돈을 아무리 잊으려 해도 잊어지지가 않았다. 힘들게 벌었으니 잃은 돈에 대한 애착도 심하게 마련이었다. 그러나 무엇이든 애착이 심하면 그만큼 잃기 쉽다는 것을 노인은 몇십년이 지난 후에야 깨닫게 되었다.

노인이 입었던 옷을 도로 벗기 시작했다. 도무지 일하러 나갈 마음이 생기지 않았다. 지금 나간다고 해도 공칠 게 분명하기도 했지만 무엇보다 일나간 새에 연주가 돌아올지도 모른다는 생각이 들어서였다. 노인은 갑자기 돌아올 연주를 위해 밥을 짓고 싶어졌다. 그러면 꼭 밥을 먹으러 돌아올 것만 같았다.

노인은 조용히 쌀을 씻기 시작했다.

노인의 쌀 씻는 소리가 서걱서걱 칼 같은 겨울바람 소리를 잠재웠다.

5

왜 이리 오랜만에 오셨어요? 어디 아프셨어요?

······그냥, 뭐시기 일이 좀······

일주일 만에 마림공원 무료급식소에 나타난 노인에게 한 자원봉사자가 살짝 알은체를 했다. 노인은 혹 일나간 새에 연주가 돌아올까 싶어 일도 나가지 못하고 밤낮없이 온종일 허물어져가는 동네만 바라보며 지냈다.

노인이 맘을 다잡고 일을 나가기 시작한 것은 생각지도 못한 일을 알고 난 후였다. 노인은 찢어진 장판 밑에 하루하루 번 돈을 모아놓았는데, 그제 방을 닦다가 돈이 모두 없어졌다는 것을 알게 되었다. 노인은 속으로 차라리 잘됐다 생각했다. 그래도 돈을 가져가면서 편지 한장 남기지 않은 것은 좀 서운하기도 했다. 지난밤 노인은 일주일 만에 자리를 털고 일을 나갔다. 그새 세워두었던 리어카 바퀴가 바람이 빠져버려 노인은 밤새 애를 먹었고 폐품도 거의 줍지 못했다. 밤새 공친 유난히 허기진 날이었다.

자원봉사자가 두 그릇의 국밥을 탁자에 내놓자 노인은 한 그릇만 슬그머니 가져온 비닐봉지에 담았다.

……양이 줄어서.

노인이 쑥스럽게 말을 흐리면서 재빠르게 몸을 돌려 발걸음을 재촉했다.

노인은 골목길에 들어서자 속도를 줄이고 천천히 걷기 시작했다. 어둡고 좁은 골목길 끝을 무심히 바라보았다. 그새 또 가로등이 없어져서 먼 가로등 불빛을 보며 조심히 발걸음을 옮겼다. 군데군데 아직도 동네를 떠나지 못한 사람들의 집이 보였다. 노인은 어둠속 골목길을 천천히 걸으며 누군가 전선을 잘라가면 정말 큰일이라고 생각했다. 구리는 꽤 값이 잘나가는 폐품이어서 불안한 마음이 들기도 했지만, 설마 누가 그런 짓까지 할까 싶어 애써 걱정을 떨쳐버렸다. 이미 가스관 같은 것은 잘려나가 동네에 가스 새는 냄새가 진동했다. 그래도 가스관을 떼어간 사람들이 일말의 양심은 남았는지 본관은 남겨두어 가까스로 추운 겨울을 나고 있는 형편이었다. 노인은 그나마 남은 그들의 양심에 골목길을 지날 때마다 진심으로 감사했다.

골목길 끝이 가까워오자 또다른 불빛이 보이기 시작했다. 두런두런 사람 말소리도 들리는 것 같았다. 노인은 우뚝 걸음을 멈추었다. 그나마 골목길 끝은 가로등이 남아 있어 희미한 윤곽이라도 확인할 수 있었다. 몇명이서 담배를 피우고 있는 모양이었다. 날이 따뜻했을 적엔 가끔 불량스러운 청소년들이 빈 동네에 들어와 말썽을 부린 적이 여러번 있어 노인은 슬쩍 겁이 나기 시작했다. 아니면 몇개 남지 않은 가로등을 떼어가려고 온 사람들일지도 모를 일이었다. 날이 서서히 밝고 있었으므로 그들은 아닐 거라는 생각이 들었다. 노인의 집은 반드시 골목길을 지나가야 했으므로 어찌해야 좋을지 판단이 서지 않았다. 노인이 조용히 호주머니를 뒤져보았지만 동전 몇개밖에는 없었다. 돈 좀 빼앗기는 것이야 대수로운 일이 아니었지만 몸에 해라도 입으면 꼼짝없이 며칠은 쉬어야 했으므로 노인은 그것이 걱정되었다. 그렇지만 늙은이를 두고 무슨 일이야 나겠냐 싶어 노인은 오래도록 참았던 발걸음을 초조하게 떼기 시작했다.

연주가 돌아왔다. 친구 둘과 함께.

연주와 친구들은 몸을 벌벌 떨며 쭈그려앉아 담배를 피우고 있었다. 노인은 놀라서 아무 말도 하지 못했다. 친구들은 노인을 보고서도 담배를 계속 피웠다. 노인의 눈엔 그런 것이 보일 리 없었다. 기쁘고 흥분해서 오직 연주만 놀란 눈으로 바라보았다.

미안해, 할아버지. 말도 없이 나가서……

개, 괜찮여. 괜찮여.

노인은 어안이 벙벙했다. 놀라고 기뻐서 눈물이 찔끔 눈가에 맺혔다.

나, 추워.

연주가 이빨을 달그락거리며 몸을 떨었다.

미안, 미안타, 내가. 노인네가 주책없이 너 올 줄도 모르고 문을 잠그고 나갔고만.

친구들이야.

그제야 노인은 연주 옆에 어정쩡하게 서 있는 친구들을 둘러보았다. 연주와 비슷한 또래의 두 아이가 노인을 보며 동시에 까딱 고개를 숙였다.

그려, 그려. 얼매나 추워. 어여 가자, 아가.

노인은 서둘러 연주를 감싸며 앞장서고 친구들이 뒤를 따랐다. 노인은 연주가 돌아온 것이 꼭 꿈만 같아서 연주의 차가운 등을 갈라진 손으로 살짝 보듬어보았다.

6

아이들이 돌아온 지 열흘이 지났다. 땅딸막하고 뚱뚱한 아이가 열일곱 현숙이었다. 현숙은 삼총사 중에서 가장 나이가 많아 언니 노릇을 하곤 했다. 두 아이는 현숙의 지시에 언제나 대꾸 없이 절대복종했다. 은영은 나이에 비해 꽤 성숙한 티를 냈는데 그게 현숙에게 미움을 사곤 했다. 연주와는 두살, 한살 차이가 났지만 연주는 그녀들에 비하면 아직 아무것도 모르는 완전 어린애였다. 셋은 일정한 시간에 화장을 하고 외출을 했다. 주로 노인이 자고 있을 때 외출했다가 노인이 일을 나간 후에 슬그머니 집으로 기어들어왔다.

노인은 늘그막에 복이 터졌다고 생각했다. 따뜻한 집이 있고 자기를 기다려주는 아이들이 있고 당분간 굶을 걱정이 없으니 비로소 이런 것이 행복이 아닌가 생각했다. 행복의 조건인 집과 돈이라는 것도 가족이 있을 때 더욱 그 가치가 빛난다는 것을 이제 겨우 어렴풋이 알 것만 같았다.

가족의 탄생. 노인은 뭐라도 해주고 싶어서 아이들 곁을 떠나질 못했다.

일 안 나가? 왜케 찐따를 붙어. 짱나게.

현숙이 퉁명스럽게 내뱉었지만 노인은 못 들은 척 묵묵히 방을 닦았다. 아이들이 내뱉는 싫은 소리도 정겹게 들리고 귀엽기만 했다.

니네 할아버지 원래 저래?

노인은 일하는 시간을 바꾸려고 마음먹었다. 아이들과 함께할 시간이 부족했기 때문이다. 물론 밤에 일하는 것보다 벌이는 신통치 않았지만 세 아이들을 보고 있는 게 그보다 좋았다. 물론 현숙이라는 아이는 나이답지 않게 되바라지고 퉁명스러워 마음에 꼭 들어차는 것은 아니었지만, 연주와 비슷한 환경과 처지가 불쌍하게 생각되어 노인은 좋은 마음을 가지려고 애썼다. 하루아침에 세 아이의 가장이 된 것이 그리 나쁘게 생각되지는 않았다. 노인이 버는 돈이라는 게 한달에 오십여만원 정도였지만 네 식구가 먹고 자는 데는 부족함이 없으리라는 생각이 들었다. 아이들은 하루에 두 끼밖에는 먹지 않았고 아침은 무료급식소에서 넉넉히 받아먹으면 됐으니 노인은 하루에 한 끼 정도만 아이들을 챙겨주면 될 일이었다.

화투나 한판 치자.

현숙이 담요를 판판히 깐 다음, 누워 있는 두 아이를 일으켜세웠다.

나 하기 싫어. 돈도 없고.

외상으로 해.

판을 깔자마자 연주는 바짝 붙어앉았으나 은영은 등을 돌려 돌아누웠다. 두툼한 볼에 가려 가늘게 찢어진 현숙의 눈이 반짝 은영을 째려보았다.

연주야, 문 닫아.

연주가 잽싸게 일어나 방문을 조용히 닫았다. 설거지를 멈추고 뒤돌아보던 노인과 잔뜩 겁먹은 연주의 눈이 잠깐 마주쳤다. 현숙은 문을 닫자마자 날쌔게 달려들어 은영을 깔아뭉갠 다음 이불을 덮어씌웠다.

다리 잡아.

연주가 발버둥치는 은영의 다리를 어정쩡하게 잡았다. 현숙은 은영의 배에 걸터앉아 무차별적으로 주먹을 날리기 시작했다.

니가, 요즘, 들, 맞아서, 개긴다, 했어, 이런, 씨발.

현숙은 주먹을 날릴 때마다 말을 끊어 같이 날렸다. 입술을 앙 다물고 숨을 코로 거칠게 내뿜으며 주먹질을 멈추지 않았다. 은 영이 고함을 지르며 어떻게든 빠져나오려고 애썼지만 현숙의 완력을 능가하지 못했다. 발악하며 내지르는 비명소리마저도 이불

밖으로 새어나오지 못하고 점점 숨이 막히게 했다.

뭔 일 난겨? 아가, 아가……

뒤늦게 알아차린 노인이 급하게 방문을 두드렸다. 현숙이 주먹을 멈추자 은영도 곧 잠잠해졌다. 은영은 녹초가 된 몸을 늘어뜨렸다. 현숙이 천천히 배에서 내려와 이불을 걷어젖혔다. 은영이 몸을 떨며 두려움에 찬 눈으로 올려다보았다.

또 개겨, 이년아. 다음엔 얼굴에 도표 그어줄 테니.

방구석에 쪼그리고 앉은 연주를 현숙이 째려보았다. 잘 봤지, 하는 표정이었다. 연주가 눈을 피해 조용히 고개를 숙였고 현숙은 방문을 활짝 열어젖히고 밖으로 나갔다.

왜들 그러냐. 가족끼리……

노인이 다급하게 들어와 늘어진 은영을 일으켜세웠다. 현숙은 담배에 불을 붙이며 현관문을 신경질적으로 닫고 나가버렸다. 순식간에 밀려들어온 찬바람이 집 안에 남은 세 사람을 얼어붙게 만들었다.

7

현숙과 은영이 사라졌다. 벌써 이틀째였다. 노인은 두 아이가 없어지자 모아둔 돈이 모두 그대로인 것을 확인하고 가슴을 쓸어내렸다. 노인은 속으로 원래 제모습을 찾았으니 잘된 일이라 생각했다. 연주는 아이들이 없어지자 내처 잠만 잤다. 노인이 자고 있는 연주의 머리를 천천히 쓸어내렸다.

가들은 이제 안 오는 거지?

………

아가, 뭐 먹고 싶은 거 없냐?

연주는 귀찮다는 듯이 이불을 머리 위로 덮어썼다. 이제 모든 것이 제자리로 돌아온 듯 보였다. 노인은 원래대로 밤에 일을 나가기 시작했고 무료급식소에서 눈치를 보지 않아도 되었다.

우리 둘이 잘 살자, 아가.

연주가 이불을 걷고 벌떡 일어나 앉았다. 노인은 놀라서 움찔 뒤로 물러나 앉았다.

할아버지, 돈으로 주면 안돼?

돈……?

뭐 사준다며. 돈으로 줘. 내가 알아서 사먹을게.

말하면 내가 일나갔다가……

그냥 줘. 돈. 나 놀고 싶단 말이야.

노인이 침침한 눈을 껌벅이며 연주를 멍하니 바라보았다. 연주가 마주앉은 노인의 호주머니를 뒤지기 시작했다. 떼를 쓰는 연주를 노인이 가만히 붙잡았다. 연주는 신경질 가득한 얼굴로 금방 울음이라도 터뜨릴 것만 같았다.

가, 가만있어봐. 아가.

노인이 찬장 안에 감춰둔 돈을 꺼내와 연주에게 내밀었다.

만원? 지금 장난해? 씨발, 장난하냐고.

연주가 노인이 내민 손을 쳐내며 버럭 고함을 질렀다. 노인은 머쓱해져서 방바닥에 떨어진 지폐를 주워 이번엔 두 장을 연주에게 내밀었다.

치사하고 쫀쫀하게.

연주가 냅다 노인이 내민 돈을 채더니 바쁘게 외출 준비를 시작했다.

아가, 추운게 옷 따땃이 입고……

상관 마. 돈도 조금 주는 게.

노인은 방 한가운데 서서 신경질적으로 이리저리 왔다갔다하는 연주를 멍하니 쳐다보기만 했다. 노인이 내민 돈은 지난밤 벌어들인 전부였다. 밤새 쉬지 않고 리어카에 폐품을 한짐 가득 채워야 벌 수 있는 돈이었다. 연주는 바람같이 사라졌다. 고맙다는 말도 없이.

노인은 다른 날보다 일찍 거리에 나섰다. 연주가 나간 후에 노인은 한참을 앉아서 셈을 했는데, 갑자기 걱정이 되기 시작했다. 연주에게 준 돈이 문제가 아니라 지난번 연주가 가지고 나간 돈과 한달여 넘게 맘고생하며 일을 쉬고, 또 아이들이 돌아오고 열흘 넘게 일을 게을리한 것이 문제였다. 모아놓은 돈을 세어보니 여유가 하나도 남지 않았다. 노인은 맘을 다져먹었다. 한 가정의 가장이라고 생각하니 열심히 일해야겠다는 각오가 저절로 생겨났다. 아직 해가 지려면 멀었는데 노인은 리어카를 밀고 폐품을 주우러 나갔다. 오늘부터는 리어카 두 짐을 해야만 했다. 오후부터 내일 아침까지 쉬지 않고 일해야지 사만원을 벌 수 있었다. 노인의 걸음이 바빠지기 시작했다.

오늘은 좀 먼 곳까지 가볼 생각이었다. 그러나 마음뿐 몇걸음 걷지 않았는데도 벌써 숨이 차올랐다. 노인은 잠시 리어카를 놓고 바닥에 앉아 시원찮은 다리를 쉬며 숨을 골랐다.

8

아이들이 돌아왔다. 연주와 현숙과 은영, 그리고 그녀들의 친구들까지 여섯. 밤새 술을 마셨는지 집 안 여기저기 소주병이 굴러다녔다. 집으로 들어오기 전 집앞에 세워진 오토바이를 보고 무슨 일인가 싶었는데, 아마도 데려온 남자아이들의 것인 모양이었다. 좁은 방 안에 아이들은 둘씩 짝을 이뤄 자고 있었다. 방구석 하나씩을 차지하고 이불을 머리 위로 덮어쓴 채로 잠들어 있었다. 방 한가운데에는 그들이 먹다 만 안주며 소주병들이 어지럽게 놓여 있었다. 노인은 할말을 잃고 멍하니 자고 있는 아이들을 바라보았다. 노인은 발밑에 떨어져 있는 여자아이의 속옷에 시선을 놓아버렸다.

아가, 이게 뭔 일이여.

노인이 더듬더듬 말해보았지만 누구 하나 일어나는 아이가 없었다. 노인은 아직 어린애들이라고만 생각했는데 당돌한 어른 흉내에 당황해서 어찌할 바를 몰랐다. 노인은 찬찬히 연주가 어디 있는지 살폈다.

아직 아가들이 뭔 일이여.

노인은 한숨처럼 중얼거리며 문 옆에서 자고 있는 아이들의 이불을 슬쩍 들춰보았다. 현숙과 한 남자애가 서로 등을 돌리고 자고 있었다. 두 아이 모두 하의만 벗은 채였다. 노인은 갑자기 겁이 나기 시작했다. 순진하고 착하기만 한 연주가 못된 아이들을 만나서 물들어버린 것만 같은 생각이 들었다.

아가, 아가.

노인이 다급하게 연주를 불렀지만 어느 누구 하나 미동도 하지 않았다. 아이들은 만취상태로 잠든 지 얼마 안된 듯했다. 노인은 겁이 나고 다리가 후들거려서 이젠 이불을 들출 수도 없었다. 큰 소리로 부르며 아이들을 흔들어보았지만 아이들은 잠에서 깨지 못했다.

노인은 무릎을 괴고 우두커니 앉아 아이들이 깨기를 기다렸다. 몸은 천근만근 무겁기만 했다. 어제 오후부터 아침까지 쉬지 않고 거리를 헤맸지만 그가 벌어온 돈은 고작 만원이 조금 넘었다. 모르는 동네에 나갔다가 봉변까지 당한 하루였다. 트럭을 몰고 다니며 아파트단지를 훑는 젊은 넝마들이었는데 그 동네에서 줍지 않은 박스며 유리병들까지 모조리 압수를 당한 것에 분이 풀리지 않는 하루였다. 너희들도 우리 동네에 와서 가스관까지 떼어가지 않았느냐며 항변을 해보았지만 어쩔 도리가 없었다. 버려지는 쓰레기에도 이미 임자가 정해져 있는 세상이니 이제 노인은 무얼 해먹고 살아야 할지 아득하기만 했다.

노인은 혹 아이들이 깨지 않나 오분에 한번씩 방을 들여다보았지만 아이들은 아주 깊은 잠에 빠져 하루를 보내고 있었다. 누

114

구의 전화인지 모르게 계속 전화벨이 울려댔지만 아이들은 그 소리마저도 듣지 못했다. 노인은 차디찬 거실 바닥에 이불도 없이 모로 누웠다. 가시지 않는 한기가 여전히 몸을 떠날 줄을 몰랐다.

노인이 일어났을 땐 이미 밖이 어둑해져 있었다. 잠깐 눈을 붙인 거 같은데도 한나절이 지나 있었다. 노인은 서둘러 일을 나가야 했지만 몸이 말을 듣질 않았다. 차디찬 바닥에서 잔 것이 몸을 더욱 힘들게 했다. 관절마다 뻣뻣하게 굳은 느낌이 들었다. 노인은 힘겹게 일어나 방을 들여다보았다. 여전히 아이들 모두 자고 있었다. 세워두었던 술병이 엎어져 이불이며 방바닥은 소주로 흥건했다. 웬만해선 화를 내는 법이 없는 노인도 화가 나기 시작했다.

이제들 일어나.

노인이 별안간 고함을 버럭 질렀다.

아이 씨, 누구세요, 할아버지는?

남자애 하나가 일어나자 잠들어 있던 나머지들도 부스스 눈을 뜨고 쳐다보았다.

아이, 짱나.

현숙이 일어나더니 쾅 문을 닫고 잠가버렸다. 노인은 화들짝 놀라 뒷걸음질만 쳤다.

이제 일어나서 밥 먹어야지. 아가.

노인이 힘없이 문에 대고 말했지만 안에서는 키득거리는 소리만 들렸다.

누구야?

재네 할아버지.

우리 할아버지 아니라니깐.

근데 괜찮냐?

이런, 쓰바라시. 난 죽었다. 몇시냐, 지금?

괜찮어. 원래 착해. 할아버지.

야, 짱께 오늘 또 출근 안했어? 얼른 배달가야지, 짱께 씨.

닥쳐, 이 씹새야. 가스 남은 거 있냐?

저거 커서 뭐가 될지 몰라. 일어나면서부터 가스 불 생각부터 하냐, 인간이.

저건 커봐야 뽕쟁이지.

그럼 넌? 열여섯 먹어서 벌써 그렇게 남자를 밝히니 뻔하시겠네.

아, 배고파. 라면 없어? 니네 집?

우리집 아니라니깐.

그럼, 누구네 집이야, 도대체.

저 할아버지 집인데, 원래 주인도 아냐.

노인은 아이들이 무슨 말을 하는지 잘 알아들을 수 없었다. 닫힌 방문 앞에서 어쩔 줄을 모르고 가만히 서 있었다.

할아버지.

안에서 노인을 부르는 소리가 들리며 문이 살짝 열렸다. 노인은 열린 방문 사이로 비죽 얼굴을 내밀었다.

여기, 라면 여섯 개.

난 두 개.

나도.

에이, 여기, 라면 모두 열 개.

노인은 무슨 말인지 알아듣지 못한 듯 열린 방문 사이로 침침한 눈만 껌벅였다.

배고프다고 우리.

현숙이 일어나 앉으며 퉁명스럽게 내뱉었다. 이불 사이로 살짝 두툼한 허벅지살이 드러났다. 노인은 얼른 시선을 피했다.

구, 국밥이……

싫다고. 라면 먹고 싶다고.

아가, 아가.

노인은 현숙의 말을 무시하고 연주를 불렀다. 연주는 귀찮다는 듯이 이불을 머리 위로 덮어썼다.

연주가 먹고 싶은데, 내가 대신 얘기하는 거야.

라, 라면이 없는디.

없으면 얼른 가서 사다 끓이면 되지. 도대체 할아버지는 하는 일이 뭔데?

문틈에서 노인의 얼굴이 슬그머니 사라졌다. 말이 너무 빠르고 퉁명스러워서 하나도 귀에 들어오지 않았다. 노인의 얼굴이 사라지자 현숙이 발로 문을 차서 쾅 소리 나게 닫았다. 방 안에서 깔깔거리는 웃음소리가 방문을 넘어와 노인의 귀를 간질였다.

노인은 말없이 라면을 사러 밖으로 나갔다. 어기적어기적 골목길을 내려가기 시작했다. 호주머니에 밤새 번 만원이라도 있어 다행이라고 생각했다. 연주의 친구들이니 그쯤의 대접은 당연한 것이라고 생각했다.

9

겨울이 지나고 있었다. 일곱이나 되는 식구가 반지하 작은 집에서 겨울을 나고 있었다.

할아버지, 오늘 점심은 피자가 어때? 우리는 그렇게 하기로 결정했는데.

한 남자애가 말하자 할아버지는 순순히 지난밤 벌어온 돈을 주섬주섬 꺼내주었다. 노인은 남자아이들의 이름이 도무지 외워지지 않았다. 그게 그놈 같아서 노인은 언제나 이름과 얼굴이 헷갈렸다.

내가 누구라고 그랬지?

………

남자애들이 물을 때면 노인은 아예 말을 모르는 사람처럼 흐릿한 눈만 껌벅였다. 노인은 남자애들이 장난치고 있는 줄을 꿈에도 생각지 못했다. 남자애들은 언제나 이름을 바꿔 말해서 노인을 골려먹고 있었다.

노인은 여섯 아이들의 먹을거리를 대느라 허리가 휠 지경이었다. 하루에 스무 시간씩 쉬지 않고 일해도 식욕 왕성한 여섯 아이들의 끼니를 대기에는 역부족이었다. 아이들은 매일같이 피자나 햄버거, 치킨이나 라면 같은 것으로만 끼니를 때웠다. 노인은 이제 지친 몸을 누일 공간도 없었다. 보일러가 들어오지 않는 부엌한 귀퉁이에 이불도 없이 주워온 박스를 두툼하게 깔고 잠깐씩

새우잠을 자고 일을 나갔다. 한집에 살았지만 언제나 아이들에 둘러싸여 있는 연주와 말 한마디 나누기도 힘들었다. 그래도 노인은 기분이 나쁘지 않았다. 멀리서 연주를 보고 있거나 방에서 들려오는 목소리를 들으면 이상하게 힘이 나고 마음이 편안해졌다.

점점 따뜻해지는 날씨 때문에 노인은 걱정이 앞섰다. 그만큼 철거일이 가까워지고 있기 때문이었다. 노인은 이년 동안 힘들게 백만원을 모았다. 따로 집세가 나가지 않았기 때문에 가능했다. 돈은 이사할 집의 보증금으로 쓸 생각이었다. 노인은 밤마다 일하면서 틈틈이 이사갈 만한 동네를 알아보는 중이었다. 연주만 데리고 이사를 하는 게 속으로 아이들에게 미안하긴 했지만 그로서도 어쩔 수 없었다. 남자애들이야 어떻게 됐건 연주가 좋아하는 여자애들만이라도 같이 살 방을 알아봤지만 노인이 가진 능력 이상이었다.

날이 갈수록 아이들이 노인에게 요구하는 것은 많아졌다. 매일 벌이로 아이들의 요구를 들어주는 것도 한계에 다다랐다. 연주와 현숙의 신경질은 날이 갈수록 심해졌다. 연주는 투정부리는 것도 밉지 않았지만 현숙은 달랐다. 연주는 타이르면 곧 포기하고 돌아섰지만 현숙은 어떻게 해서든 원하는 것을 얻어내고야 말았다. 집 안 이곳저곳을 뒤지며 노인에게 갖은 쌍욕을 퍼부어댔다. 피자를 사준 지 얼마 되지 않았는데 또 현숙은 노인에게 돈을 달라며 떼를 썼다.

하여튼 엉큼한 노친네, 내 이럴 줄 알았다니까. 있으면서 왜 거짓말을 하는 건데?

현숙이 욕실 안에 숨겨둔 돈을 찾아가지고 나왔다.

노인에겐 가끔 횡재수가 있는 날이 있었다. 사람들이 가전제품이나 건축자재 같은 것을 재활용품으로 내놓았을 때인데, 그것으로 버는 돈은 따로 모아두곤 했다. 현숙은 고추장 단지나, 장판 밑, 하수관 같은 곳에 숨겨둔 돈을 들고 와서 노인 얼굴 앞에 흔들어댔다.

오, 예!

아이들은 보물찾기의 승리자처럼 환호성을 지르며 돈을 들고 휑하니 나가버렸다. 노인은 아이들의 뒷모습을 허무하게 바라보았다. 멍하니 앉아 있는데 뭔가 놓고 나갔는지 연주가 다시 들어왔다.

아가, 아가, 잠깐만 나랑 얘기 좀 허자. 급허게……

연주는 노인의 손을 뿌리치며 본 체도 안했다. 신발을 신으려는 연주를 노인이 다급하게 붙잡았다.

잠깐, 잠깐이면 돼.

아, 왜? 오빠들 기다린단 말이야.

노인은 엉거주춤 서서 연주의 손을 붙들었다. 노인이 현관문을 열고 밖을 살폈다. 아이들이 없는 것을 확인하자 노인은 더듬더듬 말을 하기 시작했다.

그게, 그것이……

아이, 짜증나. 아, 뭐?

연주가 퉁명스럽게 노인에게 대꾸했지만 노인은 찬찬히 연주를 바라보며 말을 이어나갔다.

저기, 이사를 가야는디. 여 집이 곧 철거돼서 말이여.

근데?

너랑 둘이 갈 집을 봤는디. 친구들한테는……

둘이? 싫어. 내가 왜.

아가, 집으로 돌아갈 것이 아니믄 말여 나랑……

웬 상관이야? 돈도 없으면서. 거지가 뭔 상관이야.

도, 돈 있어. 비밀인디, 보증금 모아둔 거 있어. 우리 둘 살 돈 내가 모아놨어. 아가, 그러니께……

노인이 목소리를 낮추어 소곤거렸다.

아, 몰라.

연주는 노인의 말을 끝까지 듣지 않고 밖으로 나가버렸다. 이젠 제법 따뜻해진 바람이 슬그머니 노인의 몸을 감쌌다. 노인은 멍하니 연주가 나간 문을 바라보았다. 그래도 연주가 원래 방식이 그래서 그렇지 아주 싫은 마음은 아닌 것 같아 다행스러운 마음이 들었다.

10

겨울은 이제 자취를 감추었다. 그러나 아직 봄이라고도 말하기 어려운 늦겨울과 초봄의 중간쯤, 철거일이 결정되었다. 일을 마치고 돌아와보니 문앞에 작은 통지서가 붙어 있었다. 너무 갑작스러워서 노인은 어지럼증 같은 것이 밀려왔다. 아이들은 아랑곳하지 않고 초저녁부터 거나한 술판을 벌였다. 아이들의 닦달에 못 이겨 족발을 사다준 것이 한시간쯤 전이었다. 처음부터 그랬지만 노인의 말이라곤 눈곱만큼도 관심이 없는 아이들이었다. 연주도 노인이 처음 봤을 때보다 많이 변해 있었다. 제법 여성다운 티가 나기 시작했고 성격은 전보다 훨씬 신경질적으로 변했다. 외모는 점점 은영을 닮아가고 성격은 현숙을 닮아가는 것 같았다. 철거일은 사흘 후였다. 아이들은 아는지 모르는지 철없이 어른 흉내내기에 바빴다. 노인이 문가에 슬쩍 걸터앉아 아이들이 벌이는 술판을 쳐다보았다.

아, 왜? 할아버지도 먹고 싶어? 사줬다고 티내는 거야?

아녀, 아녀. 그런 게 아니라, 내가 할말이 있어서.

아 뭐, 담배 피우지 말라고? 술 먹지 말라고? 알았어. 알았으니까 일이나 나가.

아이들은 다시 웃고 떠들며 빠르게 술잔을 비웠다.

집을 낼모레 철거한댜. 그니께 니들도 이제 집으로 돌아가라고.

돌아갈 집이 우리가 어딨어? 장난해, 지금?

아이들은 아무 상관 없다는 듯이 여전히 웃고 떠들며 부산스러웠다.

이사간대, 할아버지. 돈도 있대.

연주가 무심코 내뱉은 말에 일순 조용해졌다.

너도 가?

아니, 몰라.

배신자. 그래만 봐. 씨발. 할아버지 혼자 가. 연주는 우리랑 다닐 거야.

노인은 무슨 말을 하려다가 입을 다물어버렸다.

근데, 돈이 있다고?

현숙이 한참 후에 되물었다. 노인은 뭔가에 덴 것처럼 화들짝 놀라며 머리와 양손을 설레설레 흔들었다.

없어, 없어. 무신 돈이.

노인은 황급히 자리를 떴고, 아이들도 목소리를 죽이며 방문을 닫았다. 노인은 평소보다 일찍 일나갈 준비를 서둘렀다. 아이들의 술판은 새벽이 다 가도록 끝날 줄을 몰랐다.

아침, 일을 마치고 집으로 돌아왔을 때 아이들은 둘씩 짝지어 잠들어 있었다. 노인은 토끼발로 다니며 널브러져 있는 술병과 쓰레기를 치웠다. 이젠 일상적인 일들이 돼버려 그리 놀랄 것도 신기할 것도 없었다. 노인은 술병과 쓰레기를 치우고 아이들의 이불을 여며주었다. 찬찬히 들여다보면 예쁘지 않은 아이가 없었다. 아직 어린애들이고 불우한 환경 때문에 철이 없는 것이 걱정스러울 뿐 심성이 곱지 않은 아이는 없는 것 같았다. 노인은 가만히 한 아이마다 이마를 짚어보고 쓰다듬었다. 아이들이 술에 취해 자는 날이면 언제나 노인은 한 아이마다 머리를 쓰다듬어주곤 했다.

날이 훤히 밝자 노인은 힘겹게 잠을 청했다. 날씨가 제법 따뜻해져서 이젠 박스 위에서 어려움 없이 잘 만했다. 노인은 지난밤 이사할 집을 정해놓았다. 폐품을 넘기는 고물상에서 소개를 해주었는데, 도시 외곽에 있는 비닐하우스 집이었다. 보증금은 없고 권리금만 백만원인 것이 마음에 좀 걸리긴 했지만, 지금 아이들 모두 데려갈 수 있을 만큼 큰 비닐하우스란 말에 노인은 결정을 본 것이었다. 노인은 뿌듯한 마음에 오래도록 잠을 쉬 이루지 못했다.

11

누군가 등을 툭툭 발로 차는 바람에 노인은 잠에서 깨 벌떡 일어났다. 반지하집에 스타킹을 뒤집어쓴 삼인조 강도가 들었다. 노인의 목에 과도를 들이대며 돈을 요구했다. 노인은 곁눈질로 방 안의 아이들을 쳐다보았다. 남자애들은 집을 나간 지 이틀이 됐고 여자애들만 집에 남아 있었다.

보, 보다시피 아, 아무것도 없슈.

강도들이 노인을 끌고 방으로 들어갔다. 여자애들은 벽에 등을 기대고 무릎을 세운 채 나란히 앉아 있었다.

애, 애들은 아, 아직 어린 애들이유.

노인이 겁에 질려 더듬더듬 말을 이었다. 노인은 무서워서 고개를 들지 못하고 바닥만 보며 말했다.

씨발, 돈 내놓으라니까. 돈 안 주면 저애들, 국물도 없을 줄 알아. 돈 있는 거 다 알아.

어, 없슈. 돈.

넌 왜 웃어?

순식간에 시선이 은영에게 모아졌다. 연주와 현숙은 덤덤히 고개를 숙이고 있었는데 은영은 입을 손으로 가리며 키득거렸다.

아니에요. 그냥 스타킹 쓴 모습이 웃겨서.

잠잠했던 연주와 현숙도 강도들을 올려다보더니 키득거렸다.

장난해? 지금? 야, 너 일어나 옷 벗어.

강도 중 한 명이 은영을 일으켜세워 옷을 벗기려고 했다.

어이구, 어이구, 이게 웬일이여. 아직 애들이라니께.

그니까 돈 줘버려요, 그냥. 가만히 있을 거야? 우리 다 죽는다잖아.

현숙이 노인을 쏘아보며 퉁명스럽게 말했다. 연주는 묵묵히 고개를 숙이고 말이 없었다.

도, 돈 없다니께.

있잖아, 보증금. 그게 우리보다 아까워?

아니, 그건 우리 모두가 살 집……

야, 쟤부터 끌고 나가 해치워. 한명이 은영을 밖으로 데리고 나가고 곧 거실에서 우당탕거리며 비명소리가 들려왔다.

정말 안 줄 거야? 은영이 죽잖아. 다 할아버지 때문이야. 나중에 경찰 오면 그렇게 말할 거야.

현숙이 고함치며 노인을 재촉했다.

아, 안되는디. 참말로.

노인이 망설이며 엉거주춤 일어섰다.

그, 근데 여기 없슈. 바, 밖에 묻어놨슈.

거짓말, 지금 머리 쓰는 거야?

따라와보면 되잖유. 집 뒤 나무 밑에다가……

허튼 짓 했다간 알지?

강도가 노인의 목에 칼등을 바짝 붙였다.

노인이 맨손으로 땅을 파기 시작했다. 정신없이 한참 흙을 긁
어내자 땅속에서 책보로 싼 돈이 나왔다. 삼인조는 돈을 받자마
자 쏜살같이 골목길을 뛰어내려갔다.

노인은 벌벌 떨리는 몸을 주체 못하며 집으로 들어와 아이들
을 살폈다. 아이들은 태연하게 노인을 쳐다보았다.

어디 다친 데들 없자? 아가?

그래도 얼마나 다행이야. 돈이야 다시 벌면 되잖아.

현숙이 제법 어른스럽게 노인의 등을 토닥였다. 노인은 그 자
리에 다리가 풀려 주저앉고 말았다.

철거날 아침. 원래 짐이 없었으니 싸고 말고 할 것도 없었다.
노인은 간소한 세간을 리어카에 실었다. 아이들은 철지난 겨울옷
을 그대로 입고 있었다. 노인과 여자애들은 쭈그려앉아 우두커니
철거하는 풍경을 바라보았다. 크레인에 매달려 있던 큰 쇠구슬이
밑으로 떨어지자 낡은 빌라는 힘없이 주저앉았다.

이제 가자.

현숙이 말하자 아이들이 자리를 털고 일어섰다. 노인도 엉거
주춤 따라 일어섰다.

어디로 가는겨? 아가, 집으로 돌아가는 거여?

노인은 아이들을 같이 데려갈 수 없는 처지가 한탄스럽고 미

안하기만 했다.

우리가 알아서 할게. 잘 살아, 할아버지.

현숙과 은영이 돌아서 골목을 내려가기 시작했다. 골목 끝에 남자애들이 오토바이를 탄 채 기다리고 있는 모습이 보였다. 돌아서는 연주를 노인이 붙잡아 세웠다.

잘 갖고 있다가 꼭 필요할 때 써, 아가.

노인이 꼬깃꼬깃한 지폐 몇장을 내밀자 연주가 얼른 받아 주머니에 찔러넣었다.

안녕.

연주가 밝게 웃으며 노인에게 손을 흔들었다. 노인은 서운하고 아쉬워서 주책없이 흐르려는 눈물을 참고 또 참았다.

근데, 할아버진 어디로 가?

연주가 돌아서 물었다.

……그게 나 말이여, 밥 타는 디 있을 거여. 어, 거기 있을 거여, 맨날.

연주가 천천히 고개를 끄덕이더니 골목길을 내려갔다. 한번도 뒤돌아보지 않았다.

노인은 리어카를 끌고 뛰다시피 골목을 내려갔다. 따뜻한 날씨가 고마웠다. 전철역도 있고 지하도도 있었다. 원래 그랬던 것처럼 노인의 집은 여전히 많았다.

조대리의
트렁크

여자는 얼굴에

드문드문 곰보자국이 있었는데

그것이 자신과 꼭 어울린다고 생각했다.

조대리는 가능성있는 여자를 찾아야 했다.

예쁜 여자들의 호감을

받아본 적이 없는 그였기 때문이다.

올해로 서른일곱이 된 그는

매일아침 마음이 급하다.

조대리가 가로 메고 있던 가방에서 조그만 우산을 꺼내 펼쳐든다. 부슬부슬 비가 내리기 시작한다. 주황색 우산을 높이 들었다가 힘없이 어깨에 내려놓는다. 조대리는 신화약국 사거리 한 모퉁이에 쪼그리고 앉아서 지나치는 차를 멍하니 쳐다보거나 가끔 휴대폰을 열어 메씨지를 확인한다.

신화약국 사거리는 몇년 전까지만 해도 시내 한복판이었다. 신화약국은 말 그대로 신화적인 존재였다. 소도시에서 유일무이한 대형약국. 아픈 사람들이 약을 사기 위해 새벽버스를 타고 모여들던 곳, 병원에 갈 형편이 안되는 사람들이 값싼 진통제와 항생제를 얻기 위해 줄을 서던 곳이었다. 사람들은 신화약국의 약발에 익숙해져서 웬만한 병원이나 의사를 우습게 생각했다. 꼭 주사 맞을 일이 없다면 웬만한 병은 신화약국에서 해결이 된다고 믿기 때문이었다. 약국은 신도시개발과 구시가의 몰락으로 침체 일로로 들어서기 시작하더니, 급기야 의약분업의 어퍼컷을 맞고 한방에 쓰러졌다. 사람들은 지금도 신화약국 사거리라고 부르긴 하지만, 이제 어디에서도 그 흔적을 찾아볼 수 없다. 대신 그 자리에 편의방이 삼백육십오일, 이십사시간 불을 밝히고 있다.

빗방울이 튀어 바지를 적시지만 조대리는 꿈쩍도 하지 않는다. 조대리가 입고 있는 낡은 베이지색 바지와 회색 체크무늬 남방이 금세 비에 젖는다. 조대리는 거세지는 빗줄기, 어둠속으로 천천히 스며든다.

조대리는 쪼그리고 앉아서 휴대폰만 뚫어져라 들여다본다. 초저녁이지만 오가는 차도 뜸해 빗소리만 요란하다. 신도시에서 쉴 새없이 대리를 부르는 문자가 뜨고 지워지지만 조대리는 일어설 생각을 않는다.

비가 많이 오는데 들어와서 기다리세요.

편의방 그녀다. 조대리가 인적도 드문 곳에서 손님을 기다리는 이유다.

괜찮슈. 아직 뽕알은 아주 괜찮슈.

네?

안 젖었다고.

조대리는 앉은 채로 편의방 그녀를 올려다보며 빙긋이 웃는다. 어둠속에서도 조대리의 반쯤 깨진 앞니는 밝게 빛난다. 조대리는 자신의 불쌍 작전이 먹혀들었다고 생각한다. 좋아서 우산을 빙그르르 돌려본다.

어머.

그녀가 우산에서 튀는 물을 뒤집어쓰더니 횡하니 신화편의방으로 돌아간다.

조대리가 신화약국 사거리로 출근을 시작한 지 삼일째다. 그녀를 발견한 지 나흘이 지났다. 여자는 얼굴에 드문드문 곰보자국이 있었는데 그것이 자신과 꼭 어울린다고 생각했다. 조대리는 가능성있는 여자를 찾아야 했다. 예쁜 여자들의 호감을 받아본 적이 없는 그였기 때문이다. 올해로 서른일곱이 된 그는 매일 아침 마음이 급하다.

물방울이 좀 튀었다고 토라져 들어간 그녀에게 조대리는 서운한 마음이 든다.

성깔이 잡놈 좆 같슈.

조대리가 내뱉는 서운함이 빗소리에 묻힌다. 편의방으로 들어간 그녀가 보이지 않자 조대리는 엉거주춤 일어나서 편의방 안을 살핀다.

비가 본격적으로 내리기 시작한다. 빗방울은 더욱 굵어져 앞도 잘 보이지 않는다. 조대리는 천천히 편의방 쪽으로 다가간다. 가까이 다가가도 그녀가 보이지 않자 얼굴을 유리문에 붙이고 노골적으로 안을 살핀다.

젊은이들이 모두 빠져나간 구읍에서 편의방은 늙은 주민들에게 무용지물이다. 거꾸로 편의방 입장에서도 늙은 주민들은 아무 도움이 되지 못한다. 주변에 밤늦도록 문을 여는 술집이 있는 것도 아니고, 피씨방이 있는 것도 아니다. 다만 근처 골목에는 이젠 허물 수도 없는 오래된 여관들만 들어앉아 있다. 편의방은 그곳에 들른 사람들이 이용할 수 있는 최소한의 편의시설인 셈이다. 고불고불한 골목에 자리잡고 있는 오래된 여관들은 뭔가 떳떳하지 못한 사람들이 숨어들기 좋은 곳으로 노름꾼들이나 학생들, 여관에 드나들기에는 민망한 나이가 되어버린 연인들이 주로 드나든다. 편의방에는 다른 곳에 없는 것들도 잘 구비되어 있다. 몰래 중국산 비아그라를 팔기도 하고 꼬리곰탕을 비롯한 간단치 않은 야식을 팔기도 한다. 더불어 노름꾼들이 가져오는 상품권을 현금으로 바꾸어주기도 한다. 한쪽 구석에는 탁자와 의자가 놓여 있어 술도 먹을 수 있다. 여관에 여자를 대려는 다방들도 편의방에 로비를 해야 한다. 편의방 주인이 깡패 두목이라는 소문도 있고, 여관 주인이라는 소문도 있다. 어쨌든 여관에서 필요한 소일거리나 소품들을 편의방에서 모두 관장하고 있다.

조대리가 유리에 얼굴을 붙이고 여자를 찾지만 보이지 않는다. 안경 안으로 번지는 빗물을 손으로 연방 훔쳐보지만 편의방 안은 잘 보이지 않는다. 여자는 수건으로 젖은 머리와 얼굴을 닦으며 유리문 밖의 조대리를 물끄러미 바라본다.

조대리는 두툼한 렌즈의 안경을 벗고 눈을 찡그린다. 작은 우산은 거센 빗줄기를 감당해내지 못한다. 조대리는 금세 흠뻑 젖어버린다. 조대리는 여자가 자신을 향해 다가오는 것도 알지 못한다.

들어오시라니까요. 손님도 없는데.

갑자기 열린 문 때문에 놀란 조대리가 한발 뒤로 물러선다.

이제 뽕알까지 젖어버렸슈.

큭, 말씀이 재밌으셔.

여자의 웃음에 조대리는 마음이 풀린다. 조대리가 문가에 선
여자를 피해 조심스럽게 편의방 안으로 들어선다.

밖에서 볼 때하곤 달러유.

저요?

아니, 가게 말유.

조대리가 슬쩍 여자의 얼굴을 살핀다. 가까이에서 보니 여자
의 얼굴은 박색이 아니다. 얽은 자국도 심해 보이지 않는다. 생각
보다 여자의 모습이 준수해서 조대리는 긴장하기 시작한다. 힐끔
쳐다보니 수두자국이 아니라 여드름자국 같다. 밝은 곳에서 보니
여자는 키도 훤칠하고 이목구비도 뚜렷하다.

사람 잘못 봤슈.

네?

이거 얼매나유?

생각보다 예쁜 여자의 외모에 조대리는 마음이 상한다. 얼른
아무 과자봉지나 집어들고 여자의 시선을 피하며 유리에 비친 여
자를 힐끔거린다.

펑.

조대리는 유리에 비친 여자를 보며 과자봉지를 요란하게 뜯는
다. 여자는 깜짝 놀라서 눈을 질끈 감는다. 봉지 밑이 터지며 부
서진 과자가 바닥으로 떨어진다.

여자가 쭈뼛쭈뼛 뒷걸음질치더니 카운터로 가버린다. 조대리

는 쪼그려앉아 떨어진 과자를 주워담는다. 송곳 같은 비가 편의
방 유리문을 세차게 때린다.

과자를 주워담던 조대리가 뚜벅뚜벅 여자에게 다가간다. 여자
는 잔뜩 겁을 먹은 것이 분명하다. 더 물러설 곳이 없는데도 벽
쪽으로 바짝 붙어선다. 휴대폰만 만지작거리며 조대리의 시선을
피한다.

미친년 가랑이맨치로 툭 터졌슈……

큭, ……그렇게 하세요.

조대리는 다른 과자봉지를 집고서 똑같은 방법으로 뜯는다.
펑. 바람 빠지는 경쾌한 소리가 빗소리를 잠시 잊게 만든다.

조대리는 맥주를 꺼내와 마시기 시작한다. 마음을 크게 먹고
들어오긴 했지만 그다음엔 어떻게 해야 할지 생각한 바가 없어
급한 마음에 맥주부터 마시기 시작한다.

술 마시면 안되는 거 아니에요?

두 사람은 진열된 상품 때문에 서로의 얼굴을 볼 수 없다. 유
리에 비친 서로의 모습을 힐끔거리며 어색한 대화를 나눈다.

조대리의 대답이 없자, 여자가 천천히 다가온다. 조대리는 단
숨에 맥주를 마셔버린다.

오늘 운전 안할 거예요?

그게, 아니라, 꺼억, 할규.

조대리가 허겁지겁 입을 손으로 막았지만 이미 나올 건 다 나
온 뒤다. 여자가 살짝 고개를 돌리며 미소짓는다.

큭, 뭘 꺽 해요?

일이 제 좆만치로 쓸 일이 없슈.

네?

아니, 아직 시작하긴 이르다는.

여자가 조대리 앞에 앉아 맥주를 자기 앞으로 끌어당긴다. 여자도 단숨에 맥주 한잔을 마신다.

나쁜 사람 아닌 거 알아요.

조대리의 볼이 금세 벌그스름해진다. 조대리는 똑바로 쳐다보는 여자의 시선을 피하며 유리에 비친 여자 모습을 힐끔거린다.

몇이세요?

애기는 없슈.

조대리가 정색하고 바로앉으며 여자에게 말한다.

크크. 아니, 나이요.

삼십칠……인디, 몇이요?

여자는 대답 대신 맥주를 한잔 더 따라 마신다. 비는 이제 세상의 모든 것을 부숴버릴 것같이 내린다. 조대리는 맥주를 마시는 여자를 찬찬히 훑어본다. 자세히 보니 생각보다 나이가 많아 보인다. 여자는 곳곳에 세월의 흔적을 고이 간직하고 있다. 조대리는 속으로 여자의 나이가 많은 것이 그중 다행이란 생각이 든다. 여자의 목에는 날카로운 칼자국이 나 있다. 그것은 매우 선명해서 흉터라는 생각을 들게 하기보다 잘 간 칼날처럼 보인다. 조대리는 순간 자신도 모르게 여자의 목으로 손을 가져간다.

이보세요, 뭐 하세요. ……매일 일도 없는 이곳으로 출근을 하세요. ……제가 일 잡아줄까요?

참, 이쁘게 맞았슈.

건당 오천원씩만 떼줘요.

피가 많이 튀었겠슈.

여자는 조대리의 손길을 내버려둔다. 조대리는 말을 듣는지 마는지 목에 난 칼자국을 신기한 듯 뚫어져라 쳐다보기만 한다.

이따가 시간 있슈?

어서 웰컴 모텔로 가요. 거기 대리 부른대요. 이백사호.

잘 아는 콩나물국밥집이 있는디. 아침은 거서 먹거든요.

싫지 않은 눈치라 조대리도 용기를 내어본다. 여자가 지그시 조대리를 쳐다본다.

조대리는 여자에게 등이 떠밀려 억지로 일을 하러 간다. 여자에게 처음 받아보는 호의에 어쩔 줄을 모른다. 조대리는 빗길을 씩씩하게 걸어간다. 유리문 안의 여자를 힐끔거리며 깜깜한 골목길로 들어선다.

철벅거리는 골목길을 걷던 조대리가 편의방 쪽으로 뛰기 시작한다.

저, 저기, 전화번호 좀……

*

모텔 주차장에 들어서자 검은 고급승용차가 라이트를 깜빡인다. 조대리는 손으로 라이트 빛을 가리며 천천히 다가간다.

대리?

차에서 한 남자가 내리며 퉁명스럽게 내뱉는다. 조대리는 엉거주춤 남자가 건네는 차키를 받아든다. 남자가 신경질적으로 조대리가 받치고 있던 우산을 뺏어든다.

부른 지가 언젠데 이제야 오는 거야?

비, 비가 많이 왔슈.

조대리는 문을 닫으며 투덜거리는 남자를 룸미러로 힐끔거린다. 기껏해야 자기 또래로밖에는 보이지 않는데 신경질적으로 내뱉는 반말에 기분이 상한다.

그걸 내가 몰라? 그러니까 빨리 와야 할 거 아냐. 진짜 짜증 나게.

어, 어디로?

조대리는 긴장하거나 겁을 먹으면 말을 더듬는다. 여자들 앞에서는 오히려 자연스럽지만 남자의 경우에는 정반대이다. 남자들과 이야기를 나눌라치면 언제나 긴장되고 겁이 난다. 조대리는 그 이유를 알 수 없어 괴롭다. 조대리는 동성과의 대화나 관계가 자연스럽지 못해서 언제나 실패한다고 생각한다. 그래서 학교를 다닐 때도 따돌림을 받았고, 사회에 나와서도 원활한 관계를 유지할 수 없었다. 가급적이면 여자만 상대하는 직업을 찾으려 노력했지만 쉬운 일이 아니었다.

일단 남현아파트로 가.

나, 남현동이요? 여가 나, 남현동인디……

그곳은 걸어서 오분도 되지 않는 거리다. 남자가 말한 일단이라는 말에 조대리는 슬슬 걱정이 되기 시작한다. 조대리는 미적거리며 룸미러로 남자를 힐끔거린다. 남자도 룸미러를 통해 조대리를 바라본다. 눈이 마주치자 조대리는 어찌할 바를 모른다.

얼마면 돼? 대리를 꼭 술 먹었을 때만 부르라는 법 있냐? 뭘 그렇게 신기하게 쳐다보는 건데? 자.

남자가 수표 한장을 앞좌석으로 던진다. 조대리가 던져진 수표를 뻔히 본다.

왜 너무 많아?

조대리가 말없이 얼른 수표를 집어 지갑에 넣는다. 차는 출발한 지 일분도 안돼서 목적지에 도착한다. 차가 멈춰섰지만 남자는 내릴 생각을 하지 않는다. 팔짱을 낀 채 눈을 꼭 감고 있다. 조대리는 잠자코 남자를 거울로 쳐다보기만 한다. 조대리는 남자가 어딘지 모르게 귀티가 나게 생겼다고 생각한다. 실제로는 어두운 차 안이어서 얼굴이 잘 보이지 않는데도 말이다.

자유?

뒷좌석의 남자는 대답도 미동도 없다. 조대리는 안절부절못한다. 빨리 일을 끝내고 여자에게 돌아가고 싶은 마음밖에 없는데, 처음부터 일이 꼬이기 시작하는 것이 불안하기만 하다. 정적이 흐르는 둘 사이에 비만 요란하게 승용차를 때린다. 어색한 침묵이 계속된다. 조대리는 심란한 빗소리가 있어 다행이라고 생각한다.

한 삼십분쯤 걸릴지도 몰라. 빨리 끝날 수도 있고. 트렁크 좀 열어봐.

네에, 어, 얼른 댕겨와유.

조대리는 무심히 트렁크를 열고 남자는 차에서 내린다. 남현

아파트는 지어진 지 삼십년쯤 된 오래된 아파트다. 조대리는 아주 오래전 아파트에 살았던 친구들이 생각났다. 이젠 이름도 가물거리는 초등학교 친구들이었다. 그때만 해도 이곳에 사는 아이들은 부러움의 대상이 되곤 했다. 당시만 해도 시내에서 유일무이한 곳이었다. 조대리가 사는 동네 아이들 대부분은 아파트 같은 것을 실제로 본 적도 없는 촌놈들이었다. 아파트에 사는 친구가 있는 것만으로도 골목에서는 우쭐거릴 만한 자랑거리가 되던 때였다. "아파트로 놀러 갔다 왔어." 조대리는 동네 골목길로 돌아와 친구들에게 자랑스럽게 얘기하곤 했다.

아, 댁규. 최댁규. 이덕순⋯⋯

조대리는 소리내어 아주 오래전 친구들 이름을 불러본다. 친구들 이름을 부르자 금방이라도 그들이 아파트에서 내려올 것만 같다. 조대리의 얼굴에 살며시 미소가 번진다.

갸 아부지가 선생이었는디. ⋯⋯이제 돌아가셨을지도 모르겠어요.

조대리는 혼자서 빗소리에 맞장구친다. 남자가 아파트로 들어간 지 한시간이 지났는데도 돌아오지 않는다. 조대리는 슬슬 지루해지기 시작한다. 앉은 채로 기지개를 켜다 말고 지갑을 뒤져 남자에게서 받은 수표를 확인한다.

어이고, 백만원.

조대리의 입가에 웃음이 가득하다.

세월은 많은 것을 변모시키지만 그대로 남겨놓는 것들도 있다. 도시가 발전하고 변한다는 것은 없던 것들이 많이 생긴다는 것이지, 원래 있던 것들이 다른 것으로 바뀐다는 말은 아닐지도 모른다. 오래된 골목길은 여전히 미로로 남아 있고, 오래된 아파트도 헐리지 않고 서 있다. 오래된 아파트를 헐고 새 아파트를 짓는다고 해도 입주할 사람은 만무할 것이다. 이제 아무것도 남지 않은, 아니 변한 것이 없는 구시가와 새 아파트는 어울릴 수도 없고, 사람들 또한 필요로 하지 않는 것이다. 불편한 사람들은 신도시로 이주하면 그만이다.

조대리는 자기가 나고 자란 곳에서 지금도 살고 있다. 평생 그 작은 골목길을 떠난 적이 없다. 조대리의 이웃들은 거의 바뀐 적이 없고, 더러 있다 해도 이사를 간 것이 아니라 늙어 세상을 떠난 자들뿐이다.

텅.

갑자기 트렁크에 무엇인가를 싣고 닫는 소리에 놀라 조대리는 급히 백미러를 쳐다본다. 하지만 어두워서 아무것도 볼 수가 없다. 동시에 흠뻑 젖은 남자가 차에 탄다.

모, 몰랐슈.

출발해.

어, 어디로……

남자는 숨을 몰아쉬며 아무 말이 없다. 시간은 이제 한밤중을 향한다. 비는 갈수록 더 거세지고, 라디오에선 점점 늘어나는 수해 현황을 알려주고 있다. 조대리는 은근히 홀로 남겨두고 나온 노모가 걱정된다. 비가 많이 오면 물먹은 기와가 질금질금 물을 토해내 방 안에 대야를 받쳐야만 하는 오래된 집도 걱정되기 시작한다.

물구경이나 갈까?

네에? 무, 무신 물귀경을……

대아저수지로 가.

지, 지금 나, 난리가 났는디……

괜찮아. 가다가 힘들면 돌아오면 되지. 얼른 출발해.

………

아, 왜?

저, 거, 거시기, 그믄 좀 잠깐만 어디 좀 드, 들렀다가……

어딜?

………

잠깐?

조대리가 눈치를 보며 고개를 천천히 끄덕인다. 남자가 고개를 돌려 창밖을 바라본다. 조대리는 어찌할 바를 모르고 부지런히 움직이는 와이퍼만 바라본다.

안 가냐?

어, 어디로?

아, 들를 데 있다며.

아, 아, 네에.

두 남자가 탄 차가 물길을 가르기 시작한다. 도로 곳곳에 물이 고여 있어 차가 지나칠 때마다 서로 큰물을 주고받는다. 앞유리에 물타작이 있을 때마다 조대리는 깜짝 놀라며 급브레이크를 밟는다.

거, 참, 아저씨, 뻴구야? ……정신차려, 아저씨.

조대리는 입술을 물며 운전대를 꽉 움켜쥔다.

조대리가 사는 동네에는 벌써 서서히 물이 차고 있었다. 작은 골목길들은 수로로 변해 많은 물들이 동네 어귀로 쏟아져나오고 있었다. 조대리가 동네 어귀에 급히 차를 세운다.

거, 걸어갔다 와야겠슈.

조대리는 룸미러로 남자를 보며 대답을 기다리지만, 남자는 잠이 든 것인지 눈을 감고 아무 말 없이 가끔 한숨만 내쉰다. 한참을 기다리던 조대리가 슬쩍 문을 연다. 남자는 여전히 꼼짝도 하지 않는다. 조대리는 차문을 열고도 남자 눈치를 보며 망설인다.

안 가냐? 뭘 그렇게 눈치를 보니?

남자가 눈을 감은 채로 말한다.

아, 암말도 없어서유.

조대리는 이제 남자의 노골적인 반말에도 기분이 나쁘지가 않다. 오히려 자신을 하대하는 것이 편하게까지 느껴진다.

골목에는 이미 발목까지 물이 차 있다. 조대리는 우산도 없이 집을 향해 뛰기 시작한다. 조대리는 막 첫걸음을 떼며 잠시 고민한다.

그냥 튀불까.

조대리가 큰 소리로 중얼거린다. 한밤중인데도 골목길에 다닥다닥 붙은 집들 모두 훤히 불을 밝히고 있다. 유일하게 조대리의 집만 불이 꺼진 채로 유령처럼 서 있다. 조대리는 깜깜한 암흑의 집으로 들어선다. 퀴퀴한 냄새가 먼저 조대리를 맞는다. 완전한 어둠이 집 안에 들어서 있다. 군데군데 꺼지고 솟아 삐걱거리는 마루를 지나 조대리는 구석진 방으로 들어간다.

방에 들어서자 구린내가 진동한다. 불을 켜니 조대리의 노모는 깊은 눈을 껌뻑이며 아랫목에 반듯이 누워 있다. 방바닥에는 천장에서 떨어진 물이 흥건하다.

또 쌌슈?

조대리는 노모에게 채웠던 똥기저귀부터 갈아준다. 노모의 앙상한 몸이 드러난다. 조대리는 정성스럽게 늙은 엄마의 몸을 닦는다. 조대리의 노모는 눈을 껌뻑이며 천장만 바라본다.

조대리는 능숙하게 기저귀를 갈아준 다음 큰 양동이를 가져와 물이 떨어지는 곳에 받친다. 조대리는 볼록하게 내려앉은 천장을 난감한 듯 가만히 올려다본다. 살짝 벌어진 틈새에서 물이 뚝뚝 떨어진다. 천장은 곧 무너질 것처럼 보이지만 언제나 그래왔으니 별 걱정이 되진 않는다. 지은 지 삼십년도 넘어 성한 곳이라고는 한군데도 없는 집이다.

배 안 고프쥬? 얼렁 댕겨올겨. 불꺼쥬?

노모는 돌아가 굳은 입을 오물거리며 힘들게 고개를 가로젓는다. 오므라들고 굳어 펴지지 않는 손으로 힘들게 휘이휘이한다.

조대리는 골목의 다른 집들처럼 모든 불을 켜놓고 성급히 집을 나선다. 비의 기세는 당당하고 활기차기만 하다. 오래된 유령 같은 집들은 우두커니 서서, 거세게 쏟아지는 비를, 힘없이 맞고 있다.

*

이 동네 살어요?

느닷없는 남자의 존대가 조대리는 오히려 부담스럽다.

네에, 쭈, 쭉 살었슈.

두 남자를 태운 검정 쎄단은 힘겹게 도로를 질주한다. 소심한 조대리의 탓도 있지만 많은 비 때문에 차는 좀처럼 속도를 낼 수가 없다. 저수지는 도시에서 그리 멀지 않은 곳에 있다. 평소 같으면 저수지까지 가는 데 한시간이면 충분한데 막상 출발하고 나니 도로사정도 그렇고 날씨도 좋지 않아 시간이 얼마나 걸릴지 짐작할 수가 없다. 조대리는 난감할 뿐이다.

학교는 어디 나왔는데?

무, 무신 핵교를…… 고딩핵교 말유? 원승 나왔슈.

어이고, 동문이네. 몇횐데요? 참, 내가 몇회지?

……그것이 사십이회유. 오래됐신게.

조대리는 룸미러로 남자의 표정을 살핀다. 남자가 조대리 등 뒤로 바짝 붙어앉는다. 어두워서 잘 볼 수는 없지만 남자의 말을 듣고 보니 거울 속의 남자의 얼굴이 낯익은 것도 같다.

몇년생인데?

육구 닭띠유.

어라, 동창인가보네. 이름이 뭐라고 했지? 말 안했나?

조용순인디.

조용순, 조용순, 그래, 생각나는 거 같다. 반갑네. 정말 반갑네. 여기서 이렇게 만나고.

　………

　조대리가 어색하게 웃으며 화답한다.

　바, 반갑네. 근디 이름이……

　나 삼반 장영수야. 생각나나? 나 모르는 사람 없었는데.

　……어, 이, 이름 들으니 드, 들어본 거 같네. 내, 내가 워낙 내, 내성적이어서.

　괜찮아. 오래됐는데 그럴 수도 있지. 대학은 어디 나왔는데?

　남자는 본격적으로 호구조사에 들어가는데, 조대리는 아무리 생각해도 남자의 얼굴도 이름도 낯설다. 조대리는 아무리 기억하려 해도 기억나지 않는 남자가 신기하게 생각된다. 조대리가 학교 다닐 때 공부를 잘하지는 못했지만, 친구들에 대한 기억력 하나는 남다르기 때문이다.

　K대학교 어, 어업과 나왔슈.

　아, 어업과. 우리 때 전국 최고 경쟁률이었는데, 거기. 당시에 아마 칠십 대 일이 넘었지?

　………

　조대리가 멋쩍게 웃으며 머리를 긁적인다. 조대리가 나온 어업과는 남자의 말대로 당시 전국 최고의 경쟁률을 자랑했다. 학교도 그렇고 과도 별볼일없는 삼류 지방대에 비전도 그저그런 과였지만 경쟁률로 따지면 합격하기란 신기에 가까운, 신화에 가까웠다. 조대리는 언제나 자랑삼아 입시 경쟁률을 만나는 사람마다 늘어놓곤 했는데, 그것을 알아주는 사람을 만나니 우쭐해진다.

우리 반에서도 한 삼십명은 거기 썼을걸. 원서 쓴 사람만 봤지 합격한 사람은 처음 보네. 허허.

………

조대리는 남자가 늘어놓는 칭찬이 싫지 않다. 남자 말대로 정말 어업과에 뜻이 있어 가는 학생은 거의 없었다. 지원한 학생들 대부분은 점수를 놓고 아무리 고심해도 전국 어느 대학도 갈 수 없었다. 조대리가 다니던 학교에서 같이 시험 본 학생들도 오십여 명이 넘었는데, 꼴등이었던 조대리 혼자만 합격하는 신화를 남겼다.

남자는 중얼중얼 말이 많아진다. 조대리는 빗소리 때문에 남자가 하는 말을 잘 알아들을 수 없지만 가끔 맞장구를 쳐준다.

학교 다닐 때 공부만 했더니 친구가 없어요, 씨발. 아무리 기억해내려 해도 생각이 안 나요, 씨발. 계속 여기서 살았으면 친구들도 꽤 많겠네. 부러워요, 씨발.

……뭐 그렇쥬, 나두.

야, 무슨 동창끼리 존댓말이야. 반말해, 반말. 이름이 뭐라고 했지? 용관? 아, 용순이라고 했지. 참.

조대리도 친구 하나 없기는 마찬가지였다. 남자는 공부만 해서 친구가 없다고 했지만 조대리는 정반대였다. 공부는 반에서 꼴등을 도맡아했고, 운동도 잘하지 못했다. 조대리에게 호감을 갖는 사람은 없었다. 조대리는 언제나 자신의 부족함이 드러나는 것이 두려워서 존재감을 숨기기에 여념이 없었다. 있는 듯 없는 듯 사는 것이 편했다. 오히려 타인이 갖는 관심이나 배려 같은 것이 조대리는 견디기 힘들었다. 친한 친구도 몇명 있긴 했지만 졸업한 뒤로 본 적이 없었다. 그러나 조대리는 그들을 비롯해서 기억에 존재하는 모두를 한번도 잊어본 적이 없었다. 조대리는 지금도 틈나는 대로 졸업앨범을 뒤지며 옛 친구들을 찾아보곤 한다. 그런데 조대리의 그 명석한 기억 속에 남자만이 빠져 있는 것이다.

근데 넌 몇반이라고 했지?

……치, 칠, 칠반.

이과네 그럼. 기억 못하는 게 당연하네. 칠반이면 영식이라고 있었는데. 기억나?

그, 그럼, 잘 알지. 꽤, 꽤 친했었지.

조대리는 기억 속 공통분모가 생기자 슬쩍 남자에게 말을 놓아본다. 조대리도 물론 영식이라는 친구를 기억하고 있다. 그러나 말한 것과는 달리 얘기도 몇번 나눠보지 못한 친구였다. 조대리의 기억 속에 영식이라는 친구는 자신과는 다른 부류의 사람이었다. 영식이는 공부도, 운동도, 싸움도, 연애도, 모든 것이 일등인 존재감이 확실한 친구였다.

아, 아마 의대에 갔었는데.

어, 잘 아네, 그 씨발놈. 그 자식 완전 인간쓰레기야. 유일하게 학교 동문인데……

하, 한국대핵교 나왔슈?

나왔지. 고등학교에서 둘 갔지요. 난 상대, 그 자식은 의대. 씹

새끼, 돈 좀 해달라니까 슬쩍 발이나 빼고요, 그 새끼 개업할 때 내가 얼마나 큰 거울을 달아줬는데요. 다 그 자식 때문이에요, 이렇게 된 게. 그때 그 새끼가 삼억만 해줬어도 지금 이러진 않잖아요. 씨발놈.

네?

계속 존대야, 존댓말하지 말라니까. 왜 그래 너?

갑자기 남자의 음성이 높아진다. 조대리는 무안해져서 볼이 벌겋게 달아오른다.

넌 잘되냐? 난 잘되는 게 없는데. 뭐가 어디서부터 잘못된 건지 알 수가 없다. 난 정말 잘못한 거 없는데요. 씨발.

무, 무슨 일 있어유?

조대리는 횡설수설 말이 많은 남자 때문에 불안하다. 술에 취한 사람처럼 몸을 가누지 못하며 흐느적거리는 것도 그렇고, 감정의 기복도 심해서 영 장단을 맞출 수가 없다.

………

남자는 다시 말이 없다. 조대리가 슬쩍 거울로 남자를 힐끔거린다. 남자는 눈을 감은 채 팔짱을 끼고 있다. 아무래도 그것은 남자의 오랜 버릇 같다. 비는 앞이 전혀 보이지 않을 정도로 많이 내린다. 간간이 마주 오는 차의 라이트만 보일 뿐, 아무것도 분간할 수가 없다. 조대리는 감만으로 천천히 차를 몬다.

서울에 살겠쥬? 결혼도 했고……

…… 했었지, 결혼. 다 그 씨발년 때문이에요. 너도 마누라 있냐? 있거든 믿지 마라, 여자. 하나같이 다…… 내 인생에 그년만

없었어도 이렇게 되진 않았어요. 그래서 다른 사람은 몰라도 꼭, 복수를 해준 거예요.

네?

또 존댓말이냐. 아휴, 니 맘대로 해라. 니 인생도 참 별볼일없겠다. 그치? 왜 사냐? 재밌냐?

……그, 그냥.

시비조로 바뀐 남자의 말투에 조대리는 겁이 난다. 조대리는 군에서의 좋지 않은 기억이 떠오른다. 비꼬는 말투 다음에는 언제나 끔찍한 폭력이 기다린다는 것을 조대리는 잘 알고 있다. 비꼬는 물음에 대한 침묵의 대답은 무수한 주먹과 화를 부른다는 것을 조대리는 잘 알고 있다. 초소 근무를 같이 나간 고참들은 언제나 대답하기 난감한 질문들을 퍼붓고는 대답의 정도에 따라 폭력의 양을 정했다. 가령 느닷없이 뺨을 한대 갈기고는 기분좋으냐고 묻는 식이었다. 좋다고 말해도 맞을 테고, 나쁘다고 말해도 맞았지만, 좋다고 해야지 매의 양이 적었다. 좋다고 말하면 바보냐고 때렸고, 나쁘다고 말하면 대든다고 때렸다. 뒷좌석 남자는 오래전 고참들의 말투를 닮아 있다. 조대리는 무슨 대답이라도 해야 할 것 같아서 눈치만 살핀다.

재, 재미는 없슈. 아, 아직 결혼도 못했고. 아, 아직 인생 시작도 못했슈. 엄니도 마, 많이 아프시고.

인생을 시작도 못했다. 그럼 시작하지 마세요. 나처럼 피곤해지니까.

그, 그래도 조, 좋은 대학 나와서, 가정도 있고. 저, 저보단 낫

겄쥬.

씨발, 니가 뭘 알어? 날 알어?

………

남자가 조대리의 뒤통수에 대고 화를 버럭 낸다. 조대리가 깜
짝 놀라 급브레이크를 밟는다. 차는 미끄러지며 반쯤 돌다 선다.
놀란 것은 남자도 마찬가지다. 차가 서자 빗방울이 승용차를 때
리는 소리만 요란하게 들려온다. 조대리도 남자도 아무 말이 없
다. 조대리가 조심조심 말문을 연다.

죄, 죄송해유. 암껏도 모르고……

……내가 좀 예민해. 얼른 출발해, 사고나겠다.

남자는 다시 평정을 되찾고 있다. 조대리는 남자가 시키는 대
로 차를 출발시킨다.

거즘 다 왔슈.

두 남자는 한동안 말이 없다. 조대리는 조금 더 속력을 내어보
고 남자는 팔짱을 끼고 눈을 감는다.

넌 애가 몇이냐?

아직 결혼도 못했슈.

여자친구는 있어? 없으니까 못한 건가?

애인은 있슈.

조대리는 불현듯 잊고 있던 편의방 여자가 생각났다. 시간이
많이 지났지만 아직 자신을 기다리고 있을지도 모른다고 생각하
니 마음 한구석이 저려오는 것 같다.

잠깐 전화 한통 하고 가면 안되겄슈?

해. 그런 것도 물어보고 그러냐.

남자의 말투가 한층 부드러워진다. 조대리는 도로 한쪽에 차를 대고 여자에게 전화를 건다. 깜박이는 비상등이 두 남자의 얼굴을 깜박깜박 희미하게 비춘다.

지유. ……대리유. ……네. ……아, 친구를 만났슈. ……어디 좀 들러보자고 해서. ……고딩핵교 동창이유. 몇시에 끝나는디유? ……그때까정 늦지 않고 갈게유. 정말이지 죄송해유. ……기다려주시겠슈? ……네에.

조대리는 전화를 끊으며 남자를 본다. 어두워서 남자의 얼굴은 잘 보이지 않는다.

좋겠다. 연애도 하고. 지나고 나면 그때가 젤 좋아.

저 산 위로 올라가기만 하면, 이젠 다 왔슈.

나 작년에 이혼했거든. 그거 죽을 맛이야. 믿는 사람이 고거 하난데, 미련없이 나를 버리더라고요. 누구 때문에 이제껏 먹고 살았는데 말이야.

조대리가 천천히 고개를 끄덕인다. 산으로 이어지는 아스팔트는 거대한 물길이 되어 엄청난 물이 내려오고 있다. 조대리는 슬슬 겁이 나기 시작한다. 산 밑 도랑은 이미 차고 넘쳐 놀이며 길로 스며들고 있다.

비, 비가 겁나게 오네, 정말.

애는 어디다 감췄는지 보여주지도 않고 완전 정신병자 취급을 해요, 씨발. 나도 좋아하지 않았거든요, 붙잡고 싶지도 않고요. 근데 말이야, 여기 머릿속에서는 그래, 그래도 내 가족이니까 잘

살길 바라자 하면서도, 자꾸 가슴에선 억울하고 열이 받아 살 수가 없어요. 내 건데 내 맘대로 안되는 뭐 그런 거 있잖아.

어, 어떻게 되유 그, 그게. 사람이 소유가 되겠슈?

………

남자는 조대리가 갑작스럽게 말을 끊자 하던 말을 멈추고 조대리의 뒤통수를 뻔히 쳐다본다. 조대리도 실수한 것 같아 속력을 더 내어본다.

다, 다 왔슈. 저수지유.

저수지는 네 개나 되는 수문을 모두 열어 실로 장관을 이루고 있다. 거대한 폭포 네 개가 동시에 엄청난 물을 떨어뜨리며 굉음을 낸다. 차 안이지만 서로 하는 말이 잘 들리지 않을 정도다.

좋네. 넌 사람 같은 거 죽여봤냐?

남자의 물음에 조대리는 실없이 웃고 만다.

다, 죽여버리고 싶다. 정말. 가족이고 뭐고.

남자가 고함치듯 말하지만 조대리는 떨어지는 물만 멍하니 바라본다.

*

니 얘기나 좀 해봐라. 분위기 좋잖아.

남자가 창밖 장엄한 폭포를 가리키며 말한다. 남자는 조금 들뜬 것처럼 차 안에서 안절부절못하고 횡설수설한다.

너, 뉴 프로닉스라고 알어? 거기 내가 사장이었잖냐. 잘나갔었지, 한 십년. 붙어먹는 새끼들도 많았고. 집도 아주 좋았지. 근데 한번 꼬꾸라지니까 씨발, 회복이 안돼요. 재기라는 것을 할 수가 없어, 씨스템 자체가. 씨발, 빚은 갚아야겠는데, 벌 수가 없는데 어떻게 그 많은 빚을 갚냐고요. 사장 할 때는 한 이삼십억 별거 아니었는데, 벌 수가 없어, 씨발. 어떻게 해 그럼 씨발, 죽어야지요. 암, 죽어야지요.

………

조대리는 떨어지는 저수지 물만 넋놓고 바라본다. 집으로 빨리 돌아가야겠다는 생각밖에 없다. 불안한 남자의 심리도 그렇고 쏟아져도 너무 쏟아지는 비도 심란하기만 하다.

무, 물귀경 다 아, 안했슈?

아휴, 진짜 짜증나게. 너 바쁘냐? 어디 또 갈 데 있어? 내가 하루치 일당 넉넉하게 줬잖아. 대리, 어이 조대리, 정신차려. 대리가 뭐 하는 사람인지. 내가 아무리 니 친구지만 손님은 손님이잖아요.

…… 애, 애인 기다려서유. 죄송해유.

조대리는 룸미러로 남자의 표정을 살핀다. 아무래도 남자는 제정신이 아닌 것 같다. 뭔가 작심을 하고 온 사람 같아서 조대리는 슬슬 걱정이 된다.

벼, 별일없슈?

조대리는 생각을 바꿔 남자를 잘 달래보기로 마음먹는다.

별일? 넌 내가 좋아 보이냐? 별일 오늘 또 있었지. 흐흐흐. 어제는 전 마누라가 죽었어요. 별일이 없는 날이 없어요, 나는. 오

154

늘 여기 남현아파트에 우리 엄마 혼자 사는데, 나 다 주고 그거 하나 남겨 살고 있었는데, 그것도 넘어갔어요. 나 땜에 풍 맞아가지고 일어나지도 못하는 양반 집, 내가 또 해먹었다 오늘.

남자가 눈물을 흘린다. 조대리는 고개를 숙이고 조용히 흐느끼는 남자가 애틋하게 느껴진다.

어, 어쩌다가? 부인은.

죽을 년 죽었지요. 그건 하나도 안 슬픈데요, 이제 우리 엄마는 어쩌냐고요.

자, 잘 살믄 되쥬. 그, 근디, 여기 사람이람서 사투리를 하나도 안 쓴대유?

……참 나, 너도 별난 놈이다. 넌 지금 그게 궁금하디? 그럼 한번 써보까유?

조대리가 멋쩍게 웃는다. 어떻게든 남자를 어이없게 만든 것이 잘한 일처럼 느껴진다. 우쭐해져서 거울로 남자를 보니 남자는 다시 팔짱을 끼고 있다. 조대리는 뭔가 말하려다가 입을 다문다. 조대리는 앞에 펼쳐진 장관을 멍하니 바라본다.

나오지 말고 기다려. 트렁크 좀 열어.

남자가 차문을 열고 밖으로 나가려 한다. 조대리가 황급히 뒤돌아보자 남자는 가만히 째려보기만 한다.

남자는 트렁크에서 무언가를 꺼낸다. 조대리는 타고 있는 차가 순간 가벼워지는 것을 느낀다. 남자는 트렁크를 열어놓은 채 한참을 비를 맞고 있다. 조대리는 룸미러와 백미러로 뒤를 훔쳐보지만 사방팔방이 모두 암흑뿐이어서 아무것도 분간할 수가 없다. 다만 조금 가벼워진 차를 느낄 수 있어 무엇인가를 남자가 꺼냈다는 것만 알 수 있다. 남자가 힘차게 트렁크를 닫는다. 조대리는 슬쩍 고개를 돌려 차 뒤쪽을 쳐다본다. 희미하게 남자가 무언가를 어깨에 둘러메고 물가로 가는 것이 보인다. 조대리는 다급해져서 황급히 차에서 내린다.

남자는 뛰다시피 물이 떨어지는 쪽으로 걸어간다. 조대리는 어두워서 잘 볼 수 없었지만 남자가 어깨에 멘 것이 꼭 사람 같아 보인다. 남자의 등뒤로 긴 머리와 손이 축 늘어진 것처럼 보였기 때문이다.

안돼유.

조대리가 남자를 허겁지겁 따라가며 소리친다. 남자가 걸음을 멈추고 뒤돌아 조대리를 바라본다. 사위가 깜깜하고 비는 들어붓고 있어 조대리는 눈을 제대로 뜰 수도 없다. 희미하게 남자의 윤곽만 보일 뿐 아무것도 분간할 수 없다. 조대리는 남자가 걸어간 쪽으로 허우적대며 달려간다.

한참을 가자 남자가 숨을 가쁘게 몰아쉬며 서 있다.

뭐 한 거유? 왜 이러는규?

조대리가 안경으로 번지는 빗물을 닦아내며 소리친다. 엄청난 물이 떨어지며 내는 굉음 때문에 조대리가 내지르는 고함소리는 들리지 않는다. 미친 듯이 소용돌이치는 물을 남자는 우두커니 바라본다. 조대리가 덥석 남자 손을 잡는다. 남자가 잡힌 손을 가만히 내려다본다.

가유. 이제.

남자가 조대리를 바라보더니 고개를 천천히 끄덕인다. 조대리는 꽉 쥔 남자 손을 차로 올 때까지 놓지 않는다.

뭐유? 뭘 갖다버린규?

조대리가 차에 타자마자 씩씩거리며 묻지만 남자는 멍하니 창밖만 바라본다. 조대리는 시동을 켜고 남자가 문을 열지 못하도록 도어록을 건다.

저수지를 내려오는 길은 물위를 내려오는 것 같은 착각이 들게 한다. 조대리도 놀란 마음이 다스려지지 않아 자꾸 속력을 낸다. 저수지 아래는 이미 하천에서 물이 넘쳐 차가 거의 잠길 판이다. 조대리는 있는 힘껏 액쎌을 밟는다.

이봐유, 뭘 버린규? 도대체?

너 말 안 더듬네 이제. 흐흐. 아, 쓰레기 좀 버렸어.

사, 사람 같았는디.

그냥 쓰레기 버렸다니까, 쓰레기. 신경쓰지 마세요. 알면 피곤해져요.

참말유?

어디 갈 거냐고 안 물어봐?

집에 갈규.

아니, 대리가 손님이 가자는 델 가야지. 니 맘대로……

조대리는 입을 꼭 다물고 있는 힘껏 액쎌을 밟는다. 차는 물위를 전속력으로 달린다.

니네 엄마도 많이 아프다고 했지? 이거 보태 써라.

남자가 수표 여러 장을 앞좌석으로 던진다. 조대리는 힐끔 던져진 수표를 쳐다본다.

뭐유, 또. 왜 그러는규?

나 돈 많어. 오늘 오랜만에 만난 친구한테 고마워서 그러는
거야.

조대리는 입을 앙다물고, 남자는 팔짱을 끼고 눈을 감는다. 돌
아오는 길은 갈 때와는 다르게 금방이다. 조대리가 정신없이 속
력을 낸 탓이다. 도로에 차는 흔적을 감추었고, 오로지 두 남자가
탄 차만 위태롭게 물길을 가른다.

차는 어느새 신화약국 사거리를 지난다. 언뜻 보니 여자가 문
가에 서 있는 게 보인다. 조대리는 혹시 자기를 기다리고 있을지
도 모른다는 생각에 조바심이 인다. 주차장 한구석에 차를 세우
고 남자를 부른다. 남자는 대답도 미동도 없다.

이건 됐슈. 첨에 준 것도 과해유.

조대리는 던져진 수표를 쥐고 남자에게 건넨다.

왜 니 기억이 안 나냐? 같이 볼도 차고 공부도 하고 그랬을 텐
데. 전혀 기억이 안 나.

……그건 나도 마찬가지유. 오늘 볼라고 그랬나보쥬. 이거나
받어유.

……부탁 좀 하자. 그거 받아주라. 차도 니가 좀 가져주면 고
맙겠다.

사람이 갑자기 왜 그래유. 기분 찜찜해 안되겠슈.

……그럼, 낼 낮에 다시 가지고 오면 되잖아. 대리비 줄게. 대
리가 뭐야, 그런 일 하는 거 아냐.

조대리는 남자를 뻔히 쳐다본다. 남자는 시선을 피하며 차에서 내린다. 남자가 트렁크를 내려다보더니 가만히 손을 얹는다.

오늘 고마웠다. 내 선물이니까 잘 받아주고. 내일 보자.

조대리는 대답도 못하고 돌아서 여관으로 들어가는 남자의 뒷모습만 멍하니 바라본다.

*

조대리는 신화약국 사거리 한쪽에 차를 세운다. 여자는 여전히 문 안쪽에 서서 차도 사람도 없는 거리를 바라본다. 조대리는 차에서 내리지 않고 오래도록 여자를 바라본다. 비는 그 기세가 슬슬 꺾이기 시작하더니 곧 완전히 멈춘다. 서서히 동이 터온다. 조대리는 여자에게 다가가는 것이 망설여진다. 조대리는 남자가 남기고 간 수표를 세어본다. 백만원짜리 수표가 열 장이 넘는다. 여자에게 가기 망설여지는 것이 돈 때문만은 아니다. 어차피 내일 돌려줘야겠다고 다짐하던 차이다. 여자는 시계를 힐끔거리는 것 같다. 아직까지도 조대리를 기다리고 있는 것인지도 모를 일이다. 조대리는 천천히 미명이 시작되자 차에 시동을 걸고 신화약국 사거리를 떠난다.

집 안으로 들어서자 퀴퀴한 냄새가 먼저 조대리를 맞는다. 조대리는 켜놓고 나간 불들을 모두 끈다. 군데군데 꺼지고 솟아 삐걱거리는 마루를 지나 조대리는 구석진 방으로 들어간다.

방 안에 들어서자 구린내가 진동한다. 조대리의 노모는 깊은 눈을 껌뻑이며 아랫목에 반듯이 누워 있다. 방바닥에는 양동이에서 넘친 물이 흥건하다.

또 쌌슈?

조대리는 노모에게 채웠던 똥기저귀부터 갈아준다. 노모의 뼈만 남은 몸이 처량하게 드러난다.

깼규? 안 잔규? 잘 자야지 건강히 오래 살쥬.

조대리는 정성스럽게 늙은 엄마의 몸을 닦는다. 조대리의 노모는 눈을 껌벅이며 천장만 바라본다.

오늘 일이 많았슈. 고딩핵교 동창을 만났는디, 어찌나 반갑던지. 엄니 맛난 거 사주라고 돈도 줬슈. 이봐유.

조대리는 남자가 준 수표를 노모에게 보여준다. 노모는 천장을 바라보며 푹 꺼진 눈만 깜박인다.

조대리는 능숙하게 기저귀를 간 다음 이부자리를 정리한다.

좀 자유. 피곤해서 저도 좀 자야겠슈.

조대리는 불을 끄고 자기 방으로 건너간다. 한걸음 걸을 때마다 마루는 신음소리를 낸다. 조대리가 바쁘게 고등학교 졸업앨범을 뒤적인다. 그런데 아무리 뒤져도 장영수라는 이름이 없다.

분명 삼반이라고 혔는디.

조대리는 고개를 갸우뚱거리며 영식이라는 친구도 찾아본다. 앨범에는 같은 반 영식이도 없다. 영석을 영식이로 잘못 기억하고 있었던 것이다.

뭐댜. 뭔 일여.

조대리는 먼 꿈속을 헤매다가 온 기분이 든다. 문가에 서서 기다리던 여자가 잠 속으로 밀려들어온다. 슬슬 졸음이 몰려오고 조대리는 스르르 잠에 빠져든다.

조대리가 눈을 떴을 땐 이미 정오가 지난 뒤다. 조대리는 허겁지겁 일어나 노모에게 밥을 챙겨주고 집을 나선다. 꼭 술에 취한 기분이다. 집을 나서며 고등학교 졸업앨범도 아예 챙겨든다. 남자가 묵고 있는 여관은 걸어서 오분 거리다.

거리에는 밤새 내린 비로 습기가 가득하다. 여관 입구 골목에 사람들이 가득 모여 있어 주차장 안으로 들어갈 수 없다. 경찰차도 와 있는 것이 눈에 띈다. 조대리는 멀찍이 차를 세우고 걸어간다. 후텁지근한 습기가 자꾸 조대리를 가로막고 선다. 여관에 다다를수록 불길한 예감은 더해만 간다. 조대리는 구경하고 서 있는 한 아주머니에게 다급히 묻기 시작한다.

무슨 일 났슈?

누가 죽었댜.

누가유?

외지 사람이랴.

왜유?

모르지. 그걸 내가 어찌 알어. 목맸댜.

하얀 천을 덮은 들것이 나온다.

잠깐만유.

조대리는 소리치며 앞으로 뛰어나가 황급히 천을 들춘다. 남자가 혀를 길게 늘여 빼고 죽어 있다. 조대리는 다급하게 천을 덮는다.

아는 사람이에요?

……아, 아니유. 동창인 줄 알았는디 아녀유.

조대리는 옆구리에 끼고 있던 졸업앨범을 가슴에 품으며 돌아선다. 앨범을 만지작거리며 뛰다시피 차로 간다. 조대리는 정신없이 차를 몰아 집으로 향한다. 차를 집앞 골목에 세우고 졸업앨범을 뒤적인다. 다시 찾아봐도 장영수라는 동창은 없다. 차 안을 살피지만 남자의 어떤 흔적도 남아 있지 않다. 조대리는 무심히 트렁크 레버를 잡아당긴다. 텅. 트렁크 열리는 경쾌한 소리가 지난밤 일이 꿈이 아님을 확인시키는 것 같다. 조대리는 차에서 내려 천천히 트렁크로 간다.

트렁크엔 탈진한 한 할머니가 얌전히 웅크리고 있다. 눈이 부신 듯 뜨지 못하고 조대리를 올려다본다.

영수냐? 나 괜찮어.

노인이 겨우 입을 달싹이며 말한다. 움푹 팬 노인의 깊은 눈을 조대리가 손으로 가린다.

맞어유. 얼른 집으로 가유.

조대리는 노인을 업고 집으로 뛰기 시작한다. 뛰면서 자기 엄마보다도 더 가벼운 것 같아 마음이 무거워진다.

로망의 법칙

동기들은

로망에 가까운 K가 자신들과

별반 다를 바 없는 삶의 진척을 이룬 것에

안도하는 모습들이었다.

동기들은 매일 K가

망가져버린 똥구멍을 들여다보고 있을 것을

상상하며 미소지었다.

반동의 말로로군.

똥구멍만 들여다보는 삶.

P는 우두커니 창밖을 바라보았다. 창밖으로 부쩍 짧아진 해가 지고 있었다.

가버린 듯했던 추위가 다시 찾아와 모든 것을 꽁꽁 얼려버린 하루였다. 상인들이 추위에 떠밀려 서둘러 떨이를 외쳤다. 귀가를 서두르던 사람들이 시린 발길을 잡는 상인들을 뿌리치며 인상을 찌푸렸다. 사위가 깜깜해지자 미처 일당을 채우지 못한 상인들만 백열등을 밝힌 채 애타게 마지막 손님을 기다렸다.

P는 점점 한산해지는 시장을 오래도록 바라보았다. 먼저 퇴근하겠다며 정간호사가 들어왔지만 그는 알아채지 못했다. 저 이제 아주 가요. 정간호사가 작게 말했지만 P는 여전히 창밖을 응시한 채 딴생각에 여념이 없었다. 정간호사가 조용히 문을 닫고 나갔다.

이미 약속시간이 지났지만 P는 서두르지 않고 고단했던 하루를 느릿느릿 창밖으로 흘려보내고 있었다.

병원은 구시장 한복판에 있었다. 예전에 꽤 규모가 컸던 구시장은 근처 대형마트로 사람들이 몰리면서 이제는 겨우 그 명맥만 유지할 뿐 활기를 잃어버린 지 오래였다. 병원 아래층은 건어물 가게였다. 점포 옆으로 가파른 계단을 따라 올라가면 병원이었다. 계단 입구가 어둠침침하고 비좁아서 사람들은 쉽사리 병원을 찾아내지 못했다. 사람들은 건어물 가게에 들러 병원 입구를 확인하곤 했다. 비가 오는 날엔 어김없이 건어물에서 풍기는 짠내가 가파른 계단을 타고 병원으로 올라왔다.

P가 슬쩍 시계를 보더니 다시 창밖을 내다보았다. K와의 약속시간이 한시간을 훌쩍 넘기고 있었지만 P는 일어설 마음이 없는 듯 보였다.

P는 뭔가 생각났다는 듯이 정간호사를 불렀지만 아무런 대답도 없었다. P는 천천히 일어나 문을 열고 밖을 내다보았다. 쓸쓸하고 차디찬 어둠이 P에게 달려들었다. 아무도 없다는 것을 알아차렸음에도 불구하고 어둠에 대고 정간호사를 다시 불렀다. 그것은 어둠, 쓸쓸함에 대해 자신의 존재감을 밝히는 기회였다.

밖으로 나온 뒤에야 P는 하루종일 굶었다는 것을 알아차렸다. 점심에 시켜놓고 먹지 못한 불어터진 자장면이 떠올랐다. 겨울을 고하는 마지막 추위가 살을 파고들었다. P는 코트 깃을 세우고 찬바람을 막으려고 애썼다.

P는 K를 만나러 가는 중이었다. K는 학부를 졸업하자마자 미국으로 유학을 떠났다. P는 언뜻 K의 아버지도 의사였다는 것이 떠올랐다. 너나 할 것 없이 학업은 뒤로한 채 시대의 투사를 자처하던 시절, 홀연히 혼자 유학을 떠난 K를 씹어대던 어느 술자리도 생각났다. 은근히 질투와 시기를 뒤섞어 K를 반동으로 몰던 동기 녀석은 강남에서 잘나가는 성형외과 의사가 되어 있었다. 그야 어쨌든 K는 이미 유학을 떠난 후였으니 자신이 반동으로 몰리고 부르주아 소리를 들으며 비난받고 있다는 것을 알지 못했다. 그것은 이데올로기를 가장한 비루한 욕망의 끄트머리에 불과한 일이었다. 술자리가 있을 때마다 친구들은 역사에 대한 부채의식을 모른 척하고 외면해버린 K를 씹어댔지만, 씹으면 씹을수록 그에 대한 동경과 부러움은 곱절로 더해가는 것 같았다.

시대가 변해 역사와 이데올로기의 자유로움이 생겨나자 친구들은 쉽게 K를 잊어버렸다. 의사라는 직업은 삶이 비대해지기 쉬운 직업이 분명했다. 신성한 노동의 가치를 논하던 친구들은 골프와 여행 얘기로 바빠지기 시작했고, 전공과는 무관한 돈 잘 버는 시술에 대한 정보를 주고받는 데 여념이 없었다. 물론 초심을 잃지 않고 끝까지 대학병원에 남아 후학 양성과 고된 수술 스케줄을 소화하는 데 정신없이 바쁜 친구들도 많이 있었다. 그런 친구들은 럭셔리한 사교모임 같은 것엔 별로 관심이 없었다. 아니 어찌 보면 매일 죽음과 마주하는 인간들의 삶과 생명에 대한 매개자로서의 역할만으로도 하루하루가 고된 친구들이었다.

K의 소식이 처음 전해진 것은 그가 미국으로 떠나고 십년도

더 지난 후였다. 전문의과정을 마친 친구들이 하나둘 개원하고 자리를 잡아가고 있을 무렵이었다. 마취통증의학과를 전공한 P 는 대학병원에 그대로 남았다. 개원이 쉽지 않다는 것은 모든 과정이 끝난 후에야 알게 되었다. 꽤 인기가 좋아 성적이 높아야 선택할 수 있는 전공이었지만 모든 과정이 끝나고 나서는 진로가 쉽지 않았다.

K의 소식을 들은 것은 한 동기의 개원 축하모임에서였다. 산부인과 전공의인 동기는 처가의 도움으로 강남에 성형수술을 주로 하는 병원을 열고 친구들을 불러모았는데, 술에 취해 전공을 포기하고 돈을 좇아 사는 인생의 한탄스러움을 변명하는 데 많은 시간을 할애한 자리였다. 장가를 잘 든 친구의 엄살 따위에 다들 지겨워하고 있을 무렵 한 친구가 K의 소식을 전했다. 어떻게든 자리를 피해보고자 애쓰던 동기들이 하나둘 다시 눌러앉아 K의 소식에 귀를 기울였다. 그 친구의 처가가 쌘프란씨스코에 있는데 K가 그곳 한인타운에 치질치루 전문병원을 열었다는 소식이었다. 동기들은 로망에 가까운 K가 자신들과 별반 다를 바 없는 삶의 진척을 이룬 것에 안도하는 모습들이었다. 동기들은 매일 K가 망가져버린 똥구멍을 들여다보고 있을 것을 상상하며 미소지었다. 반동의 말로로군. 똥구멍만 들여다보는 삶. 오래전 술자리마다 K를 씹어대던 한 동기가 비아냥거리며 말을 꺼냈다. 그는 종아리알을 없애 날씬한 다리를 만들어주는 시술로 큰돈을 번 친구였다. 강남에만 두 군데 병원을 운영하고 있었다. 어느새 술자리는 자신이 기억하고 있는 K의 비열한 행적들을 밝히는 자리가 되

어버렸다. 그들이 말하는 거의 모든 것들이 과장되었음을 P는 알고 있었다. 물론 동기들도 그 사실을 알고 있었지만, 아무도 K에 대한 비난을 멈추지 않았다. 단지 치질전문 의사가 된 것이 비난받아야 할 일이 아니라는 것을 모두 알고 있었다. 그럼에도 그들이 K에 대한 험담을 멈추지 않은 것은 일종의 젊은날 꿈꿨던 로망에 대한 보상, 지금 자신들의 현실에 대한 당위성을 주장하는 일과 같은 것이었다.

실은 이 얘기를 하려던 것이야. 그 정도의 소식에 열광하면 이소식에 모두 쓰러지겠는걸. K의 소식을 전한 친구가 다시 입을 열었다. 오랜만에 K를 안주 삼아 떠들던 사람들이 일순 조용해졌다. 그 친구 말이야, K. 부인이 남자라는군. 아니, 그 친구가 부인일 수도 있겠군. 동기들은 도통 무슨 얘기인지 모르겠다는 표정들이었다. 보수적인 그곳 한인들은 K의 병원에 가서 똥구멍을 들이대고 수술받는 걸 꺼려한다는군. 그 얘기는 충격적이었다. 신기한 것은 좀전에 전공을 가지고 비아냥대던 친구들이 이번에는 아무도 K를 비난하고 나서지 않았다는 것이다. 동기들은 사뭇 진지해졌다. 그래도 쌘프란씨스코잖아. 그곳에선 게이 결혼이 합법적이라구. 문제는 뭐냐 하면 한인들인 거야. 백인이나 흑인이 게이로 사는 것은 지지하면서 자신의 동족은 안된다는 거지. K는 다시금 친구들의 로망으로 부활했다. 그것은 적어도 자신들의 위치에서 상상할 수 있는 최고의 팩션처럼 생각되었기 때문이다. 새로운 반동의 형상이로군. 한 친구의 말에 동기들은 잃어버렸던 분위기를 되찾았고, 빠르게 취하기 시작했다.

P는 K의 병원을 찾을 수 없었다. 적어도 K의 병원은 동종업계의 상식을 파괴하는 것임에는 분명했다. K의 병원은 고급주택가에 있는 듯했다. P가 쥐고 있는 주소에는 고급빌라의 동호수가 적혀 있었기 때문이다. P는 택시를 타지 않은 것을 후회하기 시작했다.

북한산 자락에 위치한 고급주택가를 오르는 길은 경사가 매우 심했다. 산에서 내려오는 칼바람에 볼이 갈라질 것만 같았다. P는 들고 있던 화분을 땅에 내려놓고 주머니에 넣어둔 주소 적힌 종이를 찾았다. 주소를 본다고 해도 집을 찾을 수 있을지는 확신할 수 없었다. P는 주위를 둘러보았다. 작은 구멍가게 같은 것도 없었다. P는 왜 이렇게 무책임하게 집을 찾아나섰는지 스스로 이해가 되지 않았다. 달랑 주소 하나 들고 집을 찾다니. P가 혼잣말을 내뱉었다. 어두운 밤길과 뼛속까지 파고드는 추위와 난데없는 배고픔까지 뒤섞여 P는 이상한 서러움 같은 것마저 들기 시작했다. 씨발 자식, 몇십년 만에 전화해서 사람을 오라가라 하고. K를 욕했지만 실제로 찾아가겠다고 말한 사람은 P였다. 직접 병원으로 오겠다는 K를 만류하며 장소와 시간을 택한 것도 P였다. P가 중얼거리며 땅바닥에 내려놓은 화분을 들고 올라왔던 길을 도로 내려가기 시작했다.

K에게서 전화가 걸려온 건 이틀 전이었다. P는 휴대폰을 사용할 일이 거의 없었다. 온종일 병원에 있으니 휴대폰으로 사적인 일을 처리할 게 없었다. 꺼져 있던 휴대폰을 켜자마자 메씨지가

쏟아져들어왔다. 아무리 들여다보아도 자신이 아는 번호가 아니었다. 모르는 전화번호에 낯선 음성. 필요 이상 친근한 상대방의 음성이 궁금해서 미칠 지경이었다. K였다. 여섯 통의 부재중전화와 음성메씨지 한 건 모두 K의 것이었다. 나 K야. 기억하니? 나 돌아왔어, 아주. 연락처 알아내는 데 애 좀 먹었는걸. 메씨지 들으면 전화 줘. 가까운 곳에 있는 듯하니…… 보고 싶고. P는 음성메씨지에 남겨진 K의 목소리가 낯설어 선뜻 그가 바로 K일 거라는 생각은 하지 못했다. 누가 내게 이렇게 친근하게 말한 걸까 고심했다. 여러번을 반복해서 들어본 끝에 다시금 맨 앞으로 가 흘리듯 남긴 자신의 소개를 들을 수 있었다. 이름을 듣고서도 그가 그 K일 거라는 확신이 들기까지는 한참이나 걸렸다. 아, 반동 K. P는 자신도 모르게 터져나온 말에 피식 웃음이 나왔다.

전화를 들여다보며 웃음짓는 P를 이상하게 쳐다보던 정간호사가 다가왔다. 무슨 좋은 일이시데? 나도 끼워주면 안되는 일인가? P가 표정을 바꾸며 황급히 전화를 닫았다. 정간호사는 남의 일에 상관하지 말고 얼른 퇴근이나 해. 자기 요즘 내게 너무 소홀한걸. 어쨌든 그럼 재미없어, 알지? P는 정간호사를 외면하며 가운을 벗었다. 휴대폰이 다시 울린 건 그때였다. P가 전화를 받기 위해 돌아섰을 땐 이미 휴대폰은 정간호사의 손에 들려 있었다. 겨우 이거였군. 정간호사가 무심히 전화기를 건넸다. P가 전화를 받아들며 밖으로 나가달라고 손짓했지만 정간호사는 팔짱을 낀 채 미동도 하지 않았다. 아직 퇴근 안했어? 이제 할 거야. 밥은? 니가 그런 것까지 신경써주는 사람인 줄은 몰랐군. 수화기 너머로 딸아이의 음성이 들렸다. P가 수화기를 손으로 가리고 정간호사를 뻔히 바라보았다. 정간호사가 휑 돌아서 진료실을 나갔다. 유니는 잘 있어? 바꿔줄까? 아내가 딸아이에게 전화를 건넸지만 피하는 듯했다. 싫다네. 알잖아, 당신 낯설어하는 거. P가 쓴 입맛을 다셨다. 목이 아리고 탔다. 아직도 내게 말 안할 거야? 거기 어딘지? 미국인 줄은 알잖아. 유니에게 더 좋은 환경으로 옮겼어. 동부 쪽이야. 서류 가능하면 빨리 처리해줘. 이쪽에서 일이 급해. 당당하기도 하군. 십년이나 뒷바라지한 사람에게 너무하다는 생각 안 들어? 알아, 당신 마음. 그런데 이제 가망없는 거 알잖아. P가 한숨만 길게 내쉬었다. 깊은 산속, 칠흑같은 어둠에 갇혀 있는 것만 같았다. 유니에게 좋은 일이잖아. 그것만 생각해. 나에 대한 감정은…… 내가 받아들일게. 빚으로 생각할게. 빚? 어떻게 갚을 건데, 마음으로만? 간편한 생각이군. 십년 동안 내 삶이라는 건 없었어. 니들 생활비며 학비 대느라고 내 삶은 없었다구. 빚? 여보, 나 곧 결혼해. P는 입을 꼭 다물었다.

누구 맘대로! 누구 맘대로? P는 전화에 대고 버럭 고함을 질렀다. 그다음엔 무슨 말을 지껄였는지 생각나지 않았다. 전화는 이미 끊긴 상태였고 정간호사가 달려와 P를 말렸다.

머리를 감싸쥔 P를 정간호사가 가만히 안았다. P는 갑자기 정간호사의 스커트를 들어올리고 허겁지겁 그녀의 몸을 탐하기 시작했다. 정간호사는 P의 거친 손놀림을 그냥 내버려두었다. 자기, 내가 있잖아. 이제 그만…… P가 거칠게 탐하던 손놀림을 멈추고 정간호사를 밀쳐냈다. 너도 날 봉으로밖에는 안 보는 거지?

내가 모를 줄 알아? 정간호사가 천천히 스커트 자락을 잡아내렸다.

P는 고급빌라 단지 앞에 서서 주소를 확인했다. 어렵게 올라간 길은 걸어서 내려오는 데 십분도 채 걸리지 않았다. P는 수위실에 들러 주소가 맞는지 확인했다. 모르고 지나쳐 올라간 것에 짜증이 밀려왔다. 빌라는 큰 도로가에, 막 주택가가 시작되는 길 초입에 위치해 있었다. 빌라 단지를 두리번거리며 간판을 찾아보았지만 어디에도 그런 것은 없었다. 간판도 없이 어떻게 병원을 찾아오라는 거야. P는 투덜거리며 계단을 올랐다. 꽁꽁 언 손에서 자꾸 화분이 미끄러지며 빠져나갔다. 계단을 오르면서도 왜 엘리베이터를 타지 않는지 후회했다. 엘리베이터를 보고서도 무심히 지나쳐 계단을 오르던 자신의 모습이 떠올랐다. 병원은 사층에 위치해 있었다. 문에 작은 팻말 하나만 붙어 있어 그곳이 병원일 거라고는 쉽게 알아차릴 수 없었다. 미소짓는 병원? P는 초인종을 누르려다가 말고 가만히 작은 팻말을 응시했다.

K의 병원은 예상대로 고급스럽고 아늑한 분위기가 흘렀다. P는 거실에 마련된 소파에 앉아 K를 기다렸다. K는 수술중이라고 했다. 언젠가 친구들이 K를 놓고 우스갯소리하던 생각이 났다. 거실 모퉁이 근사한 벽난로에서는 마른 장작이 타고 있었다. 조용한 병원 안에 마른 장작이 타며 갈라지는 소리가 유난히 정겹게 들렸다.

P는 소파에 앉아 찬찬히 병원을 둘러보았다. 거실 바닥에는 푹

신한 양탄자가 깔려 있고 벽이나 바닥에 놓인 소품들은 세련되고 씸플해서 세세한 것까지도 정성을 들인 것이 분명해 보였다. P는 자신을 맞아준 간호사의 얼굴을 꼼꼼히 바라보았다. 간호사는 도도하지도 친절이 과하지도 않아 적절하고 평범한 듯 보이지만 단아한 얼굴의 미인이었다. 수수한 간호사복까지도 완벽하게 병원 분위기와 맞아떨어지는 것에 P는 부러운 생각마저 들었다. P는 억지로 정간호사에게 짧은 미니스커트의 유니폼을 강요하던 일이 생각났다. 찾아오는 환자 대부분이 나이든 여성 환자임에도 그것을 왜 그리 강요했는지 지금 와서 생각해보니 이해가 되지 않았다.

상냥하게 웃어 보이며 간호사가 차를 내왔다. 슬리퍼를 질질 끌고 다니는 정간호사와 비교되는 것을 P는 애써 외면했다. 생각해보면 정간호사만큼 자신에게 호의적으로 대하는 사람도 없었다. 변변치 못한 월급에도 불만 없이 벌써 삼년째 궂은일을 도맡아하고 있는 여자였다. P는 고급스러운 찻잔을 멍하니 내려다보기만 했다.

아내 얼굴을 마지막으로 본 것은 오년 전이었다. 유니는 미국에 남겨둔 채였다. 학기중이었으므로 P는 아무런 의심도 들지 않았다. 보고 싶어하고 그리워하면 안된다는 강박증 같은 것이 P에게는 있었다. 의연하게 딸의 미래와 장래를 생각하며 모자람 없는 뒷바라지를 하는 것이 자신의 임무이고 자신이 가진 달란트라고 생각했다. P는 매일 두세 차례나 수술실에 들어가야 했으므로 오랜만에 한국으로 돌아온 아내와 깊은 시간을 나눌 여유도 없었다. 아내가 갑작스럽게 한국에 들어온 이유는 돈이 필요해서였다. 명문사립학교 근처로 이사를 하기 위해서라고 했다. 급작스럽게 살고 있던 아파트를 정리하고 P는 조그만 원룸으로 이사를 했다. 이사는 내가 잘했어. P가 막 수술실에 들어가려던 참에 아내에게서 전화가 왔다. 조금만 참아, 여보. 한참 있다가 아내가 말했다. 주소는 병원에 남겨놨으니 집 잘 찾구. 내 걱정 말고 유니 잘 돌봐. 수술 시작을 알리는 등이 깜박였다. 또 볼 수 있을 거야. P가 없으면 수술을 시작할 수 없었다. 언제 올 건데? P는 조바심이 일기 시작해서 아내의 통화에 집중할 수가 없었다. …… 그리고 말인데, 돈이 좀 모자라서 대출을 받았어. 미안해, 여보. 간호사가 P를 데리러 왔다. …… 됐어. 괜찮아. 아내는 공항에서 시간에 쫓겨, P는 수술에 쫓겨 허겁지겁 전화를 끊었다. 그리고 그뒤로 아내는 다시 한국에 돌아오지 않았다. 아내가 돌아간 후 대학병원 월급으로는 대출금과 미국으로 송금할 액수를 맞출 수가 없었다. P는 대학병원을 나와 이곳저곳 돌아다니며 페이 닥터로 일했지만 대학병원 수술실에서만 있던 P로서는 일반환자를 돌보는 일이 쉽지 않았다. 점점 아내가 원하는 만큼 돈을 부쳐줄 수 없게 되었고, 모자란 액수만큼 그들 사이는 멀어져갔다.

K가 수술을 마치고 수술복을 입은 채 거실로 나왔다. K는 대학 다닐 무렵 그대로였다. 그대로구나. K가 손을 내밀며 인사했다. 그것은 P가 K에게 해야 할 인사였다. P는 떨떠름한 기분을 떨치지 못한 채 아무 말 없이 K가 내민 손을 잡았다. 병원이 되게 근사하다. 병원은? 개원했다며. 이에 비하면 그냥 코딱지만하지.

언제나 어수선한 자신의 진료실이 떠올랐다. 정간호사가 정리해주지 않으면 청진기조차도 찾을 수 없는 어지러운 진료실이 생각났다. 가족은, 같이 왔어? 아니, 애엄마는 애들하고 남았어. 거기서 살고 태어난 아이들이라 좀 그런가봐. K에 대한 로망이 너무 쉽게 날아가는 순간이었다. 게이 운운하던 친구 녀석이 옆에 있다면 주먹질이라도 하고 싶었다. 그건 나하고 같네. 가족들 미국가 있구나, 어디 있는데? 안주 삼아 K의 소식을 전하던 친구 녀석의 비대한 얼굴이 떠올랐다. ……어, 동부 쪽에. P는 끝내 있는 곳을 알려주지 않던 아내의 냉담함에 화가 났다. P의 머릿속에 짧은 미국 지도가 스쳐지나갔다. P는 거짓말을 한 것이 아님에도 이상하게 거짓말하다 들킨 사람처럼 안절부절못하는 자신이 짜증났다. 동부? 어디에 있어? K가 재차 물었다. ……뉴욕. P는 자신도 모르게 귓불까지 빨개져서 겨우 대답했다. ……쎈프란씨스코에 있었다면서, 들었다. P가 화제를 바꾸려 애썼다. 어? 아니, 씨애틀. 비행기로 두 시간 거리니까 그 근처지 뭐. P는 하나도 맞지 않는 친구의 정보에 놀아난 여러 친구들이 떠올랐다. 부러움과 선망의 대상이던 K가 별볼일없어졌다는 것에 쾌재를 부르던 과거 운동권 출신 동기들이 생각났다. 오랜만인데 소주나 한잔할까? P는 당황스럽고 어색한 분위기를 탈출해보고자 K에게 제안했다. 소주, 그거 오랜만이다. 잠깐만 기다려줘. 옷 좀 갈아입고 나올게. 천천히 해.

쩍 하고 P의 마음이 갈라지는 소리가 났다. 장작이 타면서 갈라지는 소리가 유난히 P의 마음을 울리는 듯했다. 괜히 찾아온 것 같아 후회되고, 아무런 상처를 주지 않았음에도 K가 비교적 성공한 삶을 사는 것에 상처받은 자신의 모습이 너무 초라하고 비굴하게 느껴져서 P는 안절부절못했다.

　K는 오랜만에 느껴보는 포장마차의 정취에 약간 들떠 있었다. 이런 거 정말 오랜만이다. K는 주위를 두리번거리며 유리관에 얼음을 채워 만든 간이 냉장고 안을 유심히 쳐다보았다. 진열된 안줏거리들을 신기한 듯 바라보았다. P는 소주를 주문하고 K는 안주를 골랐다. 주인이 소주를 내오자 P는 K에게 권하지도 않고 혼자 술을 따라 마셨다. 이건 뭐고 이건 뭐예요? K가 손가락으로 짚으며 하나하나 주인에게 물었다. P는 연거푸 두 잔을 마셨다. 아줌마, 매운 닭발 주세요. P가 K에게 물어보지도 않고 안주를 주문했다. 그게 제일 맛있어. 하나하나 먹어보면서 시켜. K가 쌍꺼풀진 큰 눈을 껌벅이며 고개를 끄덕였다. 바로 길 건너가 P의 병원이었지만 K에게 선뜻 소개해줄 수가 없었다. 전공이 마취과라고 했지? K가 술잔을 들어올리며 말했다. 정확히 마취통증의학과지. P는 벌써 취기가 돌기 시작했다. 하루종일 아무것도 먹지 못한데다 병원을 찾느라 추위에 떨어서인지 금세 얼굴이 불콰해졌다. 오랜만이다. ……그런데 하필 왜 나야? 뭐가? 주문한 닭발이 나오고 둘은 술을 연거푸 비우기 시작했다. 그 많은 친구 중에 왜 내게 먼저 전화했냐구. 그야, 너랑 제일 친했으니까 그렇지. 아냐? P는 멍하니 소주잔만 내려다보았다. K와 가장 친했는지 P는 잘 기억이 나지 않았다. P에게 K는 그저 다른 동기 녀석들과 다를 바 없는 그냥 그들 중 하나였다. 우리가 좀 친하긴 했

지. P가 한참 만에 느릿느릿 대답했다. P는 K와의 추억을 떠올리려 애를 써보았지만 작은 일화 따위 하나 기억나지 않았다. 육년이나 같이 학교를 다녔으니 분명 사소한 일화 한두 가지는 존재할 것인데도 P는 아무것도 기억해낼 수가 없었다. 넌 여전히 이런 델 좋아하는구나. 왜 그랬잖아. 다들 맥주 맛에 빠져서 몰려다닐 때 넌 민주니, 투쟁이니 하면서 맨날 막걸릿집 순례하고. K가 향수에 젖은 듯 나긋하게 말했다. P는 K가 기억하고 있는 것마저도 확신이 들지 않았다. K가 생각할 때 그것은 자기 자신이 아니었다. 뭘, 난 운동권도 아니었는데. P가 더듬더듬 닭발을 입에 구겨넣으면서 말했다. 니가 운동권이 아니면 누가 운동권이야? 니가 내게 시위에 참여 안한다면서 비난하던 일이 생생하기만 한데. 어제의 투사가 오늘을 부정하는데? 허허. K가 기분좋은 듯 호탕하게 웃으며 술을 넘겼다. P는 뭔지 모르게 더욱 입맛이 씁쓸해졌다.

P는 아내와 딸을 만나러 꼭 한번 미국에 갔었다. 이 병원 저 병원 돌아다니다 그만두고 일거리가 없을 때였다. 아내와 딸이 미국으로 건너간 지 오년 만이었다. 그래도 그때까지만 해도 일년에 두 번 딸의 방학때는 한국에 들어오곤 했는데 P의 벌이가 줄어들고 아내가 미국에서 일자리를 잡으면서 왕래는 뚝 끊기고 말았다. 집은 LA 근교에 있었다. 둘이 살기에는 너무 외지고 크지 않아? P는 내심 걱정되어서 한인들이 많이 사는 곳에서 살길 바라며 말했지만 아내는 한인들이 몰려사는 동네에 들어가 사는 것을 끔찍하게 싫어했다. 여기까지 와서 한인들과 어울리고 싶지

않아요. 아이 교육에도 안 좋고. 아내는 철저하게 미국인으로 살길 원했다. 유니가 열한살일 때였다. 그 무렵 아내는 유니가 집에서도 한국말을 쓰지 못하도록 했다. P는 자신이 철저하게 이방인이 된 느낌이었다. 유니는 오랜만에 본 아빠에게 귓속말로 한국말을 소곤거리곤 했다. 당신은 애 교육시키는 데 도움이 되질 않아요. 아내는 유니가 아빠와 붙어 있는 것을 싫어했다. 어차피 떨어져 살아야 할 거 많은 정이 오가는 것은 옳지 않다고 생각한 때문이었다. 나도 이곳으로 들어올까? 당신이 이곳에서 뭘 할 수 있는데요? ……그냥 뭐 장사라도. 아내는 새로운 활로를 개척하기에는 이미 나이를 많이 먹었다고 생각했다. 책임감을 가져줘요. 부탁이야. 아내는 냉담하게 말했다. 같이 살을 맞대고 산 시간보다 떨어져 있는 시간이 길었으니 정이라는 것, 사랑이라는 것이 같이 보낸 시간과 정비례한다고 가정한다면 이미 둘 사이는 유효기간이 지나버린 관계였다. P는 쓸쓸히 일주일간의 미국방문을 마치고 귀국했다.

미국은 좋더냐? 좋은 것도 있고 나쁜 것도 있지. 어디나 마찬가지지. 물론 내겐 좋은 기회였지. 넌 어때? 그토록 갈망하던 민주화를 이루고 투쟁에서 승리한 기분이. 승리? 그게 왜 나의 승리냐. 나 그런 거 바란 적 없다. 니가 오해한 거지. 그건 순전히 다른 사람들의 몫이지. 내 것이 아냐. 진정으로 그런 것을 갈망한 적이 있었던가 기억이 나질 않는다. 그냥 다…… 로망이었던 거지. 로망은 현실이 되면 물거품이 되잖아. 로망의 법칙인 거지. 니 얘기 좀 해봐. 한국에서 너에 대해 말들이 많았다. 무슨 얘기가 있었는데? K가 P를 뻔히 바라보았다. P는 눈길을 피하며 대답하지 않고 술잔을 비웠다.

P병원을 드나드는 환자들은 대부분 시장상인들이었다. 병원 이름도 시장병원이었다. 환자들은 주차장도 없는 병원에 드나드는 것을 불편해했지만 P는 어떠한 것도 개선할 의지가 없었다. 특정한 병을 잘 고치는 전문병원도 아니어서 사람들은 그냥 전문의를 따지 못한 동네 의원 정도로 인식했다. 분명 병원 간판에는 통증의학과 전문의라고 쓰여 있었다. 다만 사람들은 어디가 아프고 불편하면 통증의학과에 가야 하는지 잘 몰랐고, 특히 통증이라는 말의 광범위함을 좁히지 못했다. 그래도 시간이 지나자 입소문을 타고 환자들이 드나들기 시작했다. 고단한 상인들 사이에서 물리치료를 받기에 좋은 병원으로 소문나기 시작했다.

대학병원 수술실에 오래 있었던 P에게 환자들을 다루고 유치하는 노하우 같은 게 있을 리 만무했다. P는 환자에게 딱딱했고 할말 외에는 거의 하지 않았으며 환자의 고충 같은 것도 잘 들어주지 않았다. 수술실에서 조용히 자신의 일을 하는 것이 P의 체질에 맞았지만 굳이 개인병원을 운영할 수밖에 없었던 이유는 그래도 벌이가 월급쟁이보다는 낫기 때문이었다.

선생님은 몰라요. 제가 얼마나 고통스러운지. 오른다리 무릎 아래를 절단한 환자가 찾아와 말했다. 그때만 해도 P는 환상통(幻想痛)에 대한 지식이 전혀 없을 때였다. 있지도 않은 발의 무좀을 치료해달라니 제가 하느님이라도 됩니까? P는 무심하게 말했지만 환자는 막무가내였다. 어떻게 좀 해주세요. 가려워 죽을 지경이라구요. 아니 발이 있어야 무좀약이라도 발라드릴 거 아닙니까? 환자는 있지도 않은 발을 P에게 들이밀었다. 그러니까 절단되기 전에 그 발에 무좀이 심했다는 얘기지요? 네. 그렇다니까요. 없어져도 없어지지 않는 게 있다구요. 그럼 정신과에 가보셔야 되겠네요. 정신과는 이미 다녀왔어요. 그곳에선 절 정말 미친놈 취급 한다구요. 선생님은 이해하실 수 있으시죠? 통증전문의라면서요. 통증전문의도 아니고 가려움증 정도는 참을 만한 통증입니다. 가려움도 심하면 고통이 된다구요. 어떻게 좀 해주세요. 아니 의족을 치료할 순 없잖습니까. 그래요. 그러니까 제가 고통스럽다는 겁니다. 가려운 곳을 긁을 수라도 있다면 제가 이곳까지 찾아오진 않았을 거예요. 환자의 말을 듣고 보니 일리가 있었다. 만약 정말로 없어진 발에서 통증을 느낀다면 그건 가능한 말이었다. P는 아무 말도 못하고 이런 환자를 접한 적도 없어서 어찌할 바를 몰랐다. ……모르핀이나 펜타닐 조금만 주시면 나아져요. 환자가 조심스럽게 말을 꺼냈다. 결국 그거였군요. 당장 정신과에 가보세요. 답은 거기에 있어요.

P는 매운 닭발을 오래도록 씹었다. K의 물음에 별말 하고 싶지 않은 때문이었다. 또 단지 소문으로 판명된 마당에 이러쿵저러쿵 흘러간 시간을 불러내기도 싫었다. P는 빠른 속도로 술잔을 비우고 따라 마셨다. 친구들이 나를 어떻게 기억하고 있는지 궁금한걸. K는 포기하지 않고 재차 P를 재촉했다. 어떻게 생각하긴 반동으로 생각하지. 반동? 넌 우리가 갖지 못한 걸 가졌잖아. 그러니 반동일 수밖에. 그렇게 되는 건가? 난 잘못한 게 없는데. 반

동이 잘못됐다는 얘기는 아니지. 지금 와선. 그때는 로망이 많던 시대였으니, 그랬다는 얘기지. P는 말을 마치고 끝까지 참지 못한 것을 바로 후회했다. 나도 힘들었는데 나대로. K가 씁쓸하게 소주잔을 비웠다. 왜? 그냥, 모든 게 쉽지 않았거든. 누구나 마찬가지잖아. ……어쨌든 이렇게 다시 보게 돼서 반갑다. 반동아. P가 K에게 처음으로 웃어주었다. 순탄치 못했다는 K의 말에 위로라도 받은 듯 P는 매운 곰장어를 추가로 주문했다.

널 쌘프란씨스코에서 봤다는 친구가 있었어. 아니, 직접 본 건 아니고 처가가 그쪽에 있는데 니가 그곳에서 병원을 한다는 거야. 모인 친구들은 오랜만에 들은 소식이라 반가워하고 즐거워했다. P는 사실과 다르게 과장을 섞었다. 그러나 자신의 기억이 잘못된 것일 수도 있다고 생각했다. 실제론 친구들은 P가 기억하는 것만큼 K를 싫어하거나 비꼬지 않았을 수도 있었다. 기억이라는 것은 자기 자신이 편리한 대로 또는 취향에 맞게 만드는 것이기 때문이다. K가 말없이 소주잔을 기울였다. 생각해보니 아주 오래전 일이야. 한 십년쯤 전이니까. 그런데, 그런데 신기한 소식은 니가 게이가 됐다는 거였어. 큭큭. 웃기는 놈이지. 모두 처가 덕에 살아가고 있는 자식들이. 남 모함하는 데는 인색함이 없으니. P가 혀꼬부라진 소리로 천천히 말했다. K는 여전히 말없이 술만 마셨다. 다들 니가 부러워설랑…… 너도 알지? 이 판이 처가 덕 없이는 힘들잖냐. 그것도 지들 능력인 줄 알고 착각들은, 재수없는 새끼들. 넌 그거 없이도 되는 놈이었으니까 다들 부러워한 거라고. 그러니까 그런 터무니없는 소문들을 만들어가지고. ……

맞는 것도 있어. K가 고개를 숙이고 힘없이 말했다. 뭐? 뭐가? P
는 이미 취해서 몸을 가누질 못했다. 흐릿한 눈으로 K를 똑바로
보려고 애썼지만 K의 모습은 자꾸 흔들리기만 했다.

목이 갈라질 것만 같은 갈증 때문에 P가 잠에서 깬 건 아침 아
홉시가 넘어서였다. 깨어보니 자신의 병원이었다. 지난밤 어떻게
돌아왔는지 전혀 기억이 나지 않았다. 환자를 진료하는 간이침대
에 누워 잠든 모양이었다. 지난밤 결국 엉망으로 취해버려 머릿
속은 뒤죽박죽이었다. 시계를 보자 뭔가 이상한 생각이 들었다.
정간호사가 출근을 하지 않은 모양이었다. 지난 삼년 동안 단 한
번의 지각, 결근이 없던 그녀였다. P는 눈을 비비며 병원 문을 열
고 화장실에서 세수를 했다. 드문드문 지난밤 일이 떠올랐다. 세
수를 하다 말고 멍하니 거울을 들여다보았다.
포장마차에서 P는 만취해서 몸을 가누질 못했고 K는 멀쩡하기
만 했다. 택시를 타고 가는 동안 P는 속이 울렁거려서 두 번이나
차를 세우고 토를 했다. 길가에 쭈그려앉아 토하는 P의 등을 K가
두드려주었다. 사회나 역사의 정체성보다도 내 개인의 정체성이
더 중요했어. K가 P의 등을 두드려주며 말했다. 니가 말하는 것
들이 내게는 전혀 중요한 게 아니었거든. 내가 너한테 뭘 어쨌는
데? P가 게슴츠레한 눈으로 K를 쳐다보았다. 넌 언제나 날 비판
했었잖아. 의식없는 부르주아라고 말이야. 내가? 야, 지금 같은
시대에 부르주아가 어딨어? 그럴 리 없어. 날 언제나 비판하는
니가 좋았어. 진심으로 말이야. 그래서 한국을 떠난 거고. 그럼

유학을 간 게 나 때문이라는 거야? ……난 너도 알고 있을 거라고 생각했는데. 택시기사가 길가에 서서 말을 나누는 P와 K를 못마땅한 듯 고함쳐 불렀다.

화장실에서 세수를 마치고 나오는데 어떤 남자가 대기실에 앉아 있었다. 한눈에 보아도 절단환자였다. 절단환자들은 실제로 팔다리가 없는 불편함보다도 상실감이 커서 마음의 병이 더욱 컸고 그것은 얼굴에 나타났다. 아직 준비가 덜 돼서 조금 기다리셔야 할 것 같은데요. 괜찮습니다. 기다리지요. P는 기분이 이상했다. 정간호사 없이 환자를 받은 것도 그렇고, 왠지 병원에 환자와 단둘이 있다는 것이 낯설게 느껴졌다.

P는 진료실로 들어와 수화기를 들었다. 그러나 정간호사의 전화번호가 기억이 나질 않았다. P는 정간호사에게 전화를 한 적이 없었다. P가 조용히 수화기를 내려놓고 휴대폰을 찾았다. 정간호사가 휴대폰으로 자주 전화를 했으니 거기에는 번호가 남아 있을 것 같았다. 정간호사의 전화기 전원은 꺼져 있었다. P는 꺼져 있는 전화기에 세 번이나 통화버튼을 눌렀다. 음성메씨지를 남기려는데 밖에서 기다리고 있던 환자가 불쑥 진료실 안으로 들어왔다. P는 살짝 겁이 났다.

아직 준비가 덜 됐는데. 간호사가 출근을 안한 모양인데. 오지 않을 사람의 분위기라는 게 있지요. 그 사람이 있던 자리를 보면 알 수 있거든요. 저기 대기실에 있는 데스크를 보니까 돌아오지 않을 사람 같아요. P는 성큼성큼 걸어서 대기실로 나가보았다. P가 보기에는 평소와 다른 점은 거의 찾아볼 수 없었다. 똑같은데요. 제가 보기엔. 아니 그냥 제가 보기에 그렇다는 거지요. 남자가 멋쩍은 듯이 머리를 긁적거렸다. 환자분 어디가 불편해서 오셨어요? 남자가 주섬주섬 윗도리를 벗기 시작했다. 남자는 왼팔이 없었다. 어깨 바로 밑부분부터 절단된 환자였다. 제가 팔이 있을 때는 탁구도 좀 쳤습니다. 네에. 거기가 불편하세요? P가 절단된 부분을 만져보려는데 남자가 흠칫 뒤로 물러났다. 거기가 아픈 게 아니에요. 그럼 환자분도 없어진 부분이 아프세요? 팔다리가 잘려나가도 그 자리에 머물던 기는 사라지지 않거든요. 자기장이라고도 하고. 그러니까 약 달라는 말씀이시지요? 마약성진통제는 드릴 수 없어요. 스스로 없어진 부분을 복원하려고 팔다리가 애를 쓴다는 말이죠. 그런데 며칠 전부터 신기한 일이 생겼어요. 잘려진 부분에서 점점 팔이 자라나는 거예요. 봄나무에 움이 돋듯이. 남자가 절단된 팔을 들이밀었다. 보이시죠? 절단된 부분에는 모기 물린 자국 같은 것이 있었다. 뭐에 물린 거 같은데. 아니라니까요. 그게 하루하루 지나면서 미세하게 자라나요. 제 말을 안 믿으시는군요, 선생님. 아니 그런 게 아니라. 자연에서도 그렇거든요. 잘려나간 산자락에 아파트 같은 거 짓잖아요. 산도 잘려나간 그 부분을 복원하려는 기가 있어요. 그러니까 잘려나간 부분에 터를 잡은 집은 그 기에 눌려 일이 잘 안되는 거죠. 그건 지형 환상통인가요? P가 피식 웃음을 터뜨렸다. 매립지도 마찬가지예요. 가보셨어요? 바다 매립지. 그곳에 세운 건물에 사는 사람들은 울렁증이 인대요. 밀물 썰물에 따라 하루에 몇번씩 주기적으로. 그곳에 사는 사람은 멀리해야 돼요. 성격의 기복이 심하거든요. P는 환자 차트에 큼직하게 환상통이라고 적었다. 어떻게 해드리면 되겠어요? 사람들은 상식적으로 우리 같은 환자를 이해하지 못해요. 가족들도 우리를 이해하지 못하니까. 처음 통증이 왔을 때는 나 자신도 믿을 수가 없었어요. 내가 미친 게 아닌가 겁도 났었고. 잘려나간 팔의 손가락 마디를 가위로 자르는 것 같은 통증이 왔었거든요. 전 아무것도 없는 허공을 밤새도록 주물렀어요. 그런데 문제는 이런 일을 겪는 게 나뿐만이 아니라는 얘기죠. 거의 모든 절단환자가 고통을 겪고 있는데, 우린 아무런 치료를 받지 못하고 있어요. 그야, 존재하지 않는 부분이 아프니까, 믿기 힘들죠. 저도 마찬가지구요. 다시 말하지만 마약성진통제는 드릴 수 없어요. 그게 중요한 게 아니에요. 이번에 오고 있는 통증은 예전과는 다르다는 거예요. 정말 팔이 자라나기 시작했다니까요. 남자가 다시 절단된 부분을 보여주었지만 P는 어떠한 징후도 발견할 수 없었다.

전화벨이 요란하게 울렸다. 남자가 주섬주섬 윗도리를 입기 시작하고 P는 전화를 받았다. 정간호사일 거라고 짐작했다. 저예요. 아내였다. 다시는 전화하지 않을 거라고 생각했는데. P가 수화기를 손으로 가리고 남자를 쳐다보았다. 죄송하지만 밖에서 좀 기다려주세요. 개인적인 일이라서. 남자가 서둘러 윗도리를 걸치고 밖으로 나갔다. 유니에게 문제가 생겼어요. …… 유니가 한국으로 돌아가겠다고 떼를 써요. 그렇다면 보내야겠군. …… 당신이 좀 말려줘요. 내가 왜 그래야 하지? …… 여보, 책임감을 좀 가져줘요. 유니는 저와는 별개의 문제예요. P는 잠자코 아내의 말을 들었다. 가족문제에 있어서는 언제나 확신이 없는 P였다. 결혼한다는 남자, 뭐 하는 사람이야? ……그냥 작은 가게를 운영해요. P가 가늘게 한숨을 내쉬었다. 언제부터야? ……이년쯤 돼가요. 준비를 잘하셨군. 여보, ……미안해요. 그리고 부탁해요. 유니에게는 책임감있는 아빠로 남아줘요. ……그 사람 말이야, 유니에게 좋은 아빠가 돼준대? ……합리적이고 책임감있는 미국사람이에요. 백인? ……네에. 그런 취향인 줄은 몰랐군. 유니를 위해서였어요. ……저기 여보, ……서류 좀 처리해줘요. 급해서그래요. P는 대답하지 않고 한참을 망설였다. 오래 고민하고 생각했지만 P는 이혼에 대해서는 확신이 서지 않았다. 그냥 이렇게 유지하는 것만으로도 성공적이라고 생각했다. ……그래. ……고마워요. 그리고 유니 양육비는 이제 반만 보내면 돼요. P는 한참 동안 말이 없었고 아내도 마찬가지였다. 전화기 너머로 가늘게 내쉬는 숨소리만 서로 오고갔다. ……결혼 축하해. P는 떨리는 음성으로 아내에게 말하고는 전화를 끊어버렸다.

P의 가슴속에 자꾸 아내가 한 말이 울림으로 남았다. 책임감있는 아빠로 남아줘요. 밖에서 기다릴 남자가 궁금해서 P는 대기실로 나가보았지만 남자는 사라지고 없었다. P는 대기실 의자에 털썩 주저앉았다. 정간호사가 일을 보던 데스크를 멍하니 바라보았다.

지난밤 K는 이태원의 한 술집으로 P를 데려갔다. K는 인사불성인 P를 어둠침침한 구석의 한 자리에 앉혔다. 여긴 어디야? P가 잠깐 정신을 차려 물었다. 내 가게야. 니 가게? 그럼 너 술집

사장이야? 응. 취미로 그냥. K가 물을 건넸지만 P는 그대로 고꾸라져서 소파에 길게 누워 잠이 들었다.

얼마나 잤을까. P는 소란스러움에 잠에서 깼다. 게슴츠레 눈을 뜨고 주위를 둘러보았다. 눈이 부셔서 모든 것을 한눈에 알아볼 수 없었다. 어둠속 저 멀리 바 위에서 한 여자가 노래를 부르고 있었다. P는 눈을 비비며 여자를 바라보았다. 붉은색 조명이 여자에게 쏟아졌다. 몸에 꼭 끼는 분홍색 원피스를 입고 있었다. 붉은 조명이 점점 밝아지자 P는 정신이 번쩍 들었다. K였다. K가 분홍색 원피스를 입고 여장을 한 채 노래를 부르고 있었다. K는 P 쪽을 손으로 가리키며 사랑과 이별의 노래를 불렀다. P는 정신을 차리고 주위를 둘러보았다. 열 명쯤 되는 남자들이 서로 엉켜서 K의 공연을 보고 있었다. P는 모든 게 선명해지자 슬쩍 술집을 나왔다. K의 노랫소리가 P의 등뒤로 바짝 따라붙었다.

P는 천천히 일어나 주사실로 걸어갔다. 깨진 유릿조각이 주사실 입구에서부터 대기실까지 흩어져 있었다. P는 천천히 주사실 문을 열었다. 주사실 안은 난장판이 돼 있었다. 마약성 의약품을 보관하는 캐비닛이 박살나 있었다. P는 데스크로 달려가 약품보관 차트를 가지고 왔다. 정간호사가 약품을 관리했기 때문에 P는 병원에 무슨 약품이 얼마나 있는지 알지 못했다. 코데인, 모르핀, 펜타닐 등 마약성진통제만 모두 사라졌다. 한사람이 매일 사용한다면 반년을 사용할 수 있는 엄청난 양이었다.

P는 멍하니 진료실 의자에 앉아 정간호사를 기다렸다. 전화를 다시 해보았지만 정간호사의 휴대폰 전원은 꺼져 있었다. P는 음

성메씨지를 남기려다가 머뭇거리며 전화를 끊었다. 자기에겐 내가 있잖아. 정간호사가 하던 말이 귓가에서 맴돌았다. P는 그녀가 한 말을 이제 와서야 믿고 싶어졌다.

P는 멍하니 앉아 있다 전화벨이 울리자마자 전화기를 집어들었다. 정간…… 어제는 잘 들어갔어? 조심스러운 K의 음성이 전화기 너머에서 들려왔다. 어젠 내가 너무 많이 취해 필름이 완전히 끊겼다. 오랜만에 즐거웠는데. ……아무것도 기억 안 나? 포장마차에서부터 기억이 끊겼어. 나도 늙었나봐. 이태원에 갔던거 기억 안 나? 이태원? P는 모른 척 딴청을 피웠다. 왠지 그렇게하는 것만이 모든 것을 제자리로 돌려놓을 수 있는 방법 같았다. 아무것도 기억이 안 나. 어떻게 너랑 헤어지고 집에 돌아왔는지. P는 시답잖은 얘기로 걱정하는 K를 안심시켰다. 자주 연락해. 그래 너도.

마약류 약품이 없어졌으니 얼른 경찰에 신고해야 했지만 P는 망연자실 멍하니 앉아 있기만 했다. P는 정간호사를 기다렸다. 사람이 떠나면 떠나간 자리를 스스로 복원하려는 기가 흐른다는 절단환자의 말이 생각났다.

P가 전화를 걸어 정간호사의 휴대폰에 음성메씨지를 남겼다. ……진통제가 몽땅 없어졌어, 정간호사…… 마음속으론 돌아와달라고. 날 떠나지 말아달라고 말하고 있었지만 P는 우물쭈물 시답잖은 소리만 중얼거리다 전화를 끊어버렸다.

P는 책상에 놓인 차트를 멍하니 들여다보았다. 차트엔 지형 환상통이라고 크게 적혀 있었다.

루시의
연인

준호는 엘리베이터 안 숫자판만

아무 생각 없이 바라본다.

모두 자기를 버렸다는 생각에

준호는 눈물이 나려는 것을

억지로 참고 참는다.

루시,

그렇게 신나할 것까지는 없잖아.

무슨 일인지도 모르고……

그럴 리 없어.

오후 두시, 준호는 외출 준비를 시작한다. 불편한 다리를 부지런히 욕실로 옮긴다. 걸을 때마다 사타구니 쪽 가랑이에서 참을 수 없는 통증이 인다. 조용히 화장실 문을 닫고 한숨을 내뱉는다. 몇걸음 바삐 걸었을 뿐인데 이마에 땀이 송골송골 맺힌다. 준호는 변기에 앉아서 천천히 바지와 팬티를 내린다. 똥이 마려운 것도 아닌데 한동안 숨을 고르면서 변기에 앉아 있다. 준호는 심한 변비로 고생하고 있었지만 배변을 위해 어떠한 노력도 하지 않는다. 매일 샤워를 하기 전에 십분가량 변기에 앉아 있는 것이 그가 배변을 위해 들이는 유일한 노력이다. 점점 느슨해지는 괄약근이 문제였다.

　준호는 변기에 앉은 채로 발목에 걸쳐져 있는 바지와 팬티를 벗는다. 준호는 모든 것에 규칙을 정해놓고 그것에 따라 하루일과를 보낸다. 오후 두시부터 시작하는 배변과 샤워도 그의 중요한 일과 중 하나여서 샤워를 하는 순서도, 시간도 언제나 변함이 없다. 준호는 오랫동안 자기 몸에 비누질을 여러번 해댄다.

샤워를 마치고 거실로 나왔을 땐 아버지가 소파에 앉아 있었다. 준호는 아버지를 피하진 않았지만 마주앉아 얘길 나누거나 하지도 않았다. 아버지도 애써 외면하는 아들을 불러앉히지 않을뿐더러, 어쩌다 마주앉을 기회가 생겨도 가급적 아무 얘기도 하지 않았다. 준호가 원치 않는 걸 알기 때문이다. 아버지는 힘겹게 발톱을 깎고 있다. 정년퇴직 후 하루가 다르게 부쩍 나온 배 때문에 아버지는 앉아서 몸을 구부리기가 힘들다. 준호는 아버지 앞에서 최대한 의젓하게 걸으려고 노력한다. 준호의 다리는 점점 항아리 모양으로 변해가고 있다. 팔(八)자로밖에 설 수 없는 발 때문에 준호의 걸음걸이는 노력하면 할수록 더 우스꽝스러워지곤 한다. 아버지도 거실을 힘겹게 가로질러 방으로 뒤뚱뒤뚱 걸어가는 준호를 보지 않으려 애쓴다.

준호는 가랑이에 힘을 줄 수 없어 똑바로, 11자로 설 수 없다. 언제나 바지에 똥싼 사람처럼 엉덩이를 밑으로 반쯤 빼고 구부정하게 뒤뚱뒤뚱 걷는다. 준호가 한번 내딛는 보폭은 십여 쎈티미터에 불과하다. 보통 사람이 한걸음에 내디딜 수 있는 보폭을 준호는 열 발짝 이상 바쁘게 뛰어야만 한다.

엄마, 어디 갔냐?

막 방문을 열고 들어가려는 준호에게 아버지가 묻는다. 물론 아버지는 엄마가 외출한 것을 알고 있다. 준호는 엄마가 외출하기 전 현관에 서서 아버지와 나누던 얘기가 생각난다. 그냥 집에 있으라니까. 쟤가 다리만 저렇지 정신은 멀쩡한데, 그런 여자를 받아들이겠어? 아니 그럼 어떤 멀쩡한 여자가 걸음걸이가 저런 남자를 만나겠어요? 당신은 잠자코 가만히 있어요. 계속 애를 방 안에만 둘 순 없잖아요.

잘 모르겠어요.

별일 없으면 나랑 얘기 좀 하게 이리 와서 앉아봐라.

……저, 나가봐야 해요.

그러지 말고 이리 와봐. 할 얘기가 있어.

준호는 아버지 말을 못 들은 척 방으로 들어가 서둘러 문을 닫고 걸어잠근다. 방으로 들어오자마자 큰 트렁크에서 조심스럽게 루시를 꺼낸다.

갑갑했지? 미안해, 루시. 조금만 참아. 그쯤은 너도 내게 참을 줄 알아야지.

루시, 그녀는 전신인형이다. 루시는 어찌 보면 괴상한 형상을 하고 있다. 남자들의 자위용 쎅스인형으로 가랑이를 벌리고 누운 모습이다.

난 관심없어…… 걱정 마. 널 버리는 일은 없을 테니. 부모님 마음을 너도 이해 못하는 건 아니겠지? 그럼 안돼. 우리 부모님도 네가 마음에 들도록 잘 보여야지. 곧 내가 말할게. 조금만 기다려.

준호는 루시를 침대에 앉힌다. 루시의 벌거벗은 몸을 가려주기 위해 엄마의 옷을 훔쳐다가 입혔다.

알았어. 곧 예쁜 옷 한벌 사줄게. 남자친구가 그쯤 못하겠니? 근데 너 오늘 왜 그렇게 신경질적이야? 나한테 화났어? ……매일 이 시간에 외출하는 거 잘 알잖아. 그 여자 때문이 아니라 책 빌리러 가는 거잖아. 너 말고는 관심없어. 알지?

루시는 금발이다. 서양여자의 실제 머리카락으로 만든 것이어서 풍성해 보이고 윤기가 흐른다. 씰리콘으로 처리된 루시의 몸은 사람의 것과 거의 비슷하다. 준호가 다가가 루시에게 입을 맞춘다.

너만 사랑해. 믿어줘.

루시의 표정은 오묘하다. 입을 반쯤 벌리고 있는데 두껍고 큰 입술 때문에 더욱 괴상해 보인다. 루시의 입은 구강성교를 즐기게 하려고 과장되게 만들어졌다. 물론 준호도 루시의 입을 사용한 적이 있었지만, 루시를 진정으로 사랑하게 된 후부터는 그런 짓 따위는 하지 않는다.

루시의 얼굴은 작은 마론인형처럼 예쁘지 않다. 루시를 만든 사람은 미처 거기까지는 생각지 못하고 기능적인 것에만 신경을 쓴 모양이다. 루시의 얼굴에서 입을 제외한 나머지는 희미하기만 하다. 눈은 흐릿하게 대충 유성펜으로 그려져 있고 코는 그 흔적이 미미할 정도로 조금 솟아 있을 뿐이다. 준호는 루시의 얼굴을 가만히 쓰다듬는다.

오빠, 갔다 올게. 조금만 기다려. 뭐 읽고 싶은 책 없니? 오늘 밤에 읽어줄게…… 그런 문학책들은 그곳에 별로 없어……『사랑의 죄악』? 근데 네가 어떻게 싸드를 아니? 그런 책은 정신건강에 좋지 않아, 루시. 적당한 게 있으면 구해올게…… 알았어, 금 방 올게. 아버지에게 들키면 안되니까 꼭 숨어 있어야 해.

루시의 몸은 보통 사람의 반밖에 되지 않는다. 젖혀진 다리는 어깨와 붙어 있어서 몸길이는 백팔 쎈티미터밖에 되지 않아 성인 의 반토막이다. 준호가 루시를 트렁크에 담고 작은 자물쇠를 채 운다. 트렁크를 힘들게 침대 밑으로 밀어넣는다.

다음에 데리고 갈게, 루시…… 미안해. 밖에 아버지 계시잖아.

준호는 조용히 밖으로 나와 방문을 잠근다.

다녀오겠습니다.

잠깐, 이리 와서 앉으래도.

……죄송해요. 늦었어요.

무슨 약속이라도 있는 거냐?

………

준호는 대답 대신 발에 슬리퍼를 꿰고, 현관문을 밀고 밖으로 나간다.

준호야, 양말이라도 신고……

아버지는 준호가 사라진 현관문을 멍하니 쳐다보다 담배를 찾 는다.

하나밖에 없는 아들만 생각하면 아버지는 가슴이 먹먹해진다. 자라면서 말썽 한번 부린 적 없고, 부모 말에 거역 한번 한 적 없 는 아들이었다. 공부도 곧잘 해서 K대 영문과에 수석으로 들어갔 을 땐 점잖은 아버지도 동료교사들에게 아들 자랑을 숨기지 않았 다. 아버지는 베란다로 나가 쪼그려앉아 감추어두었던 담배를 천천히 피우기 시작한다.

모든 것이 뒤엉켜버린 것은 팔년 전, 준호가 전방으로 입대하고 얼마 지나지 않아서였다. 백일휴가를 다녀간 준호가 울면서 전화를 걸어왔다.

아버지, 다리가 아파 죽겠어요.

어디를 얼마나 다쳤는데. 무슨 사고라도 난 거야?

아버지가 깜짝 놀라 물었지만 준호는 울기만 할 뿐이었다. 아버지가 다급하게 재차 물었다.

……그게 아니고, 다리가 찢어졌어요.

아니, 그럼 꿰매면 되지 그런 일을 가지고 울고 그래.

아버지는 당황했지만 큰 사고가 아니라서 다행이라고 생각했다. 군생활이 힘들어서 착실한 아들이 투정을 부린다고 생각했다.

그런 게 아니라 다리가 찢어져서 걸음을 못 걷겠어요.

준호는 말을 마치고 흐느꼈지만, 아버지는 도통 무슨 말인지 알아들을 수가 없었다.

의무실에서 못 꿰맬 만큼 많이 찢어진 거냐?

아버지, 그게 아니라……

아버지는 담배를 비벼끈 다음, 베란다 창을 열고 내려다본다. 바쁘게 찔끔찔끔 걸어가는 준호의 모습을 씁쓸하게 바라본다.

준호는 전방으로 갓 입대한 신병이었다. 밖에서 듣던 것과는 달리, 생각 외로 군생활은 재미났다. 한 소대만 떨어져 생활했기 때문에 이십여명 남짓한 소대원들은 모두 정이 넘쳤다. 운동신경이 별로이던 준호는 가끔 실수를 하기도 했지만, 고참들은 준호를 나무라지 않고 따뜻하게 대해주었다. 본격적인 봄이 시작되자 소대원들은 태권도 승단시험을 준비했다.

백 퍼센트 합격률의 전통이 깨지지 않도록 고참들이 신경 좀 쓰기 바란다.

소대장은 '백 퍼센트 합격률'에 힘을 주어 말했다. 소대장이 내무반을 나가자마자 고참들은 준호를 위한 특별훈련에 들어갔다. 운동에 소질이 없는 준호만 합격한다면 백 퍼센트 합격률의 전통을 이번 승단시험에도 별 무리 없이 달성할 수 있기 때문이었다. 일단 준호에게 가랑이를 벌린 채 벽을 보고 앉게 했다. 아무것도 모르는 준호는 친절한 고참들이 뭘 하려는지도 모르고 순순히 시키는 대로 했다.

이게 우리 소대 백 퍼센트 합격률의 노하우야.

준호의 아버지뻘 군번이 되는 가장 친한 임상병이 말했다. 특별훈련은 임상병 말고도 셋이나 더 달라붙었다.

자, 준비하고…… 하나, 둘…… 셋.

순식간에 벌어진 일이었다. 고참 둘은 양쪽에서 준호의 다리를 잡아당겼고, 임상병과 또다른 고참은 준호를 있는 힘껏 벽 쪽으로 사정없이 밀어붙였다. 처음에 대략 구십도 정도밖에 벌어지지 않던 다리는 양쪽에서 잡아당기고 뒤에서 밀어붙여, 준호의 몸이 벽 쪽으로 가까워질수록 벌어지는 각도가 넓어졌다. 말 그대로 다리가 찢기는 아픔이 찾아오고 준호는 벽을 손으로 짚고 버텨보았지만 건장한 네 명의 완력을 이길 수는 없었다.

으악.

마침내 외마디비명과 함께 준호의 다리는 백팔십도로 쫙 찢어졌다. 뒤에서 구경하던 소대원들은 내무반을 뒹굴며 박장대소했다.

으하하하. 백팔십도가 아니라 한 이백도로 찢어진 거 같다, 야.

고참들이 웃으면서 잡고 있던 손의 힘을 뺐지만 준호는 벽에서 떨어질 수 없었다. 그런 고통은 처음 느껴보는 것이었다. 준호는 몸을 벌벌 떨며 가만히 있었다. 다리를 찢었던 고참들이 준호를 벽에서 떼어냈다. 그런데 벌어진 다리가 오므라들질 않았다.

원래 하루 정도는 그러다가 괜찮아져.

임상병이 준호의 어깨를 토닥이며 말했지만, 준호는 다리에 아무 느낌도 들지 않았다. 다음날, 시간이 지나도 통증은 가시지 않았고, 며칠이 지나도 양쪽 무릎은 서로 닿지 않았다. 준호의 다리는 근육만 찢어진 게 아니라 신경도 같이 찢어져 영원히 복구 불가능한 다리가 된 것이다. 다리는 항아리 모양으로 휘어졌고, 승단시험은커녕 군생활을 지속할 수도 없게 되었다. 준호는 의가사제대를 했고, 특별훈련에 가담했던 친절한 네 명의 고참들은 영창에 가게 되었다.

준호씨 오늘은 십분 늦었네. 안 그래도 기다리고 있었는데.

일이 좀 있었어요. 왜요?

부탁했던 거, 지난주에 얘기했잖아. 제목이…… 『백년의 고독』, 마르께스.

아, 그거. 정원씨 먼저 읽어요. 전 예전에 본 책이에요.

쳇, 어렵게 구해다놨더니. 준호씨 아니면 이런 책 빌려갈 사람 없다고. 이 동네엔.

정원이 미적미적 돌아서는 준호를 보며 입을 삐죽거린다. 정원은 준호가 매일 가는 책대여점인 '맑은 책집'의 여사장이다. 정원은 여름을 빼고는 언제나 무릎 자국이 선명하게 도드라진 빛바랜 청바지에 감색 스웨터를 입는다. 스웨터에는 색깔과 어울리지 않게 커다란 오리 한마리가 등 전체에 박혀 있다. 처음 본 날도 같은 옷을 입고 있었다. 학생, 학생, 나 속눈썹 다 탔지? 정원이 책방에서 뛰쳐나와 준호를 붙들고 물었다. 정원이 숨을 내쉴 때마다 풍기는 오이비누 냄새가 준호를 아찔하게 만들었다. 정원이 석유난로에 불을 켠 채로 석유를 넣다가 작은 화상, 속눈썹만 타는 사고를 당했던 날, 준호는 정원을 처음 보았다.

준호씨 맨날 나 보러 오는 거 맞아, 그치?

준호는 못 들은 척 정원의 시선을 피할 수 있는 구석으로 몸을 숨긴다.

이리 나와, 준호씨. 심심한데 나랑 놀아줘.

정원은 쓰고 있던, 돗수가 전혀 없는 뿔테안경을 벗어 개켜놓은 목도리 옆에 놓는다. 목도리 옆에는 빨간색 털장갑이 나란히 놓여 있다.

준호씨, 얼른 와서 시 얘기 좀 해줘.

오년 전 겨울, 맑은 책집은 아파트상가 건물 일층 맨 구석에 웅크리고 자리잡았다. 겹겹이 설치된 미닫이 책장에 빽빽하게 꽂힌 책들은 다섯 평도 안되는 맑은 책집을 맑지 못하게, 마음을 갑갑하게 만들었다. 정원과 그녀의 남편 김철수는 책대여점으로 무슨 떼돈이라도 벌 것처럼 기대에 부풀었다. 그러나 아파트단지라고 해야 십삼층짜리 건물 두 동밖에 없는 아파트상가의 책대여점은 초등학생부터 중고등학생들이 즐겨 찾는 만화방으로의 전업이 불가피했다. 정원의 남편 김철수는 한때 나 홀로 열렬한 문학청년이었던 자로서 대놓고 아파트 주민의 수준에 대해 불평불만을 쏟아냈지만, 실제로 그가 주장하는 수준의 책들은 대여점에 있을 리 만무했다. 자신이 망한 이유는 주민들의 수준이 낮아서 책을 찾지 않기 때문이라고 했다. 아무도 책대여점을 한다고 깔보는 사람이 없었지만, 남편은 이런 일을 할 사람이 아님을 공공연하게 떠들곤 했다. 오천여권에 달하는 대부분의 무협, 판타지, SF씨리즈 소설과 잡다한 만화책 대부분이 일생토록 한번도 간택받지 못한 채 미닫이 책장 안에서 썩어야만 하는 운명이 자기의 시와 닮았다고 불평했다. 책이 서가에서 썩는 건 순전히 독자들 때문이라는 얘기하고 같았다.

근데 이건 무슨 내용이야? 나도 이 장사 하니까 좀 아는데, 이건 영 읽히지가 않네.

건성으로 책을 넘기던 정원이 준호에게 묻는다.

『사랑의 죄악』이라는 책 없죠?

한동안 책장 뒤에 박혀 있던 준호가 엉금엉금 기어나오며 대답 대신 다른 말을 한다.

내 말은 씹고, 쳇.

정원의 피부는 여자치고는 굉장히 거무데데하다. 손등의 얇은 피부로 살짝 올라온 실핏줄은 거무스름한 피부와 어울려 탁한 보랏빛을 낸다. 정원이 더듬더듬 자판을 두드린다.

없네. 쓴 사람 이름이 뭔데?

싸드요.

성은?

에이, 됐어요. 혹시나 한 거예요.

무슨 책인지 얘기해줘. 그래야 갖다놓지.

정원은 무슨 이유에선가 삼년 전 남편과 이혼했다. 아파트단지에 별의별 소문이 다 돌았지만 정확한 건 아무것도 없었다. 다만 이혼 후에 정원은 혼자서 상가에 책대여점을 또다시 확장개업했는데 그게 더 아파트 주민들에겐 미스터리였다. 이혼했다고 했지만 남편은 전과 다름없이 뻔질나게 책방에 드나들었다. 올 때마다 정원은 남편에게 많은 돈을 쥐여주곤 했다. 준호는 구석에 숨어 힐끔거리며 이혼한 부부가 나누는 대화를 엿듣곤 했다. 정원의 입술은 유난히 붉었다. 만약 입술색이 옅었다면 얼굴은 더욱 새카매 보일지도 모르고, 눈밑에 숨은 자글자글한 주름도 사람들이 알아볼지 몰랐다.

준호씨도 시 쓴다고 했지? 나도 그거 하는 것 좀 갈켜주라. 과외비 줄게.

시는 남편분도 쓰신다면서요. 그쪽이 더 편하지 않겠어요?

아이, 전남편이라니까.

정원이 말끝을 흐리며 개켜놓은 목도리를 만지작거린다.

역시 그런 거, 문학 같은 거 하는 사람은 따로 있나봐. 우리 철수씨도 그랬고, 준호씨도 그렇고…… 뭐가 다르긴 다른 것 같아,

정말. 난 안되겠지?

……그분이 뭘 하긴 했어요?

말 안했어? 등단한 시인이라니간.

정원이 재빠르게 뛰어가 책장 맨 위에 꽂혀 있던 책 한권을 가지고 온다.

『오늘의 힘』이라고, 유명한 문학지야. 여기 보이지? 김철수 신인상 특집.

정원이 책표지를 쓰다듬으며 자랑스러운 듯 바라본다. 책표지 중앙에 정원의 전남편이 목에 꽃다발을 두른 채 환히 웃고 있다.

……처음 보는 잡진데…… 이런 거 많아요, 세상에.

준호씬 아직 등단도 못했다며, 준호씬 등단 안해?

……그게 다 이상한 욕심 때문이에요. 진짜 문학 하려면 그런 거 안해요…… 잡지 이름이 오늘의 힘이 뭐야. 오늘의 시도 아니고. 저 가요.

남이 읽어줘야 글이라고 했어, 그래서 등단해야 한다고 말이야. 우리 철수씨가 자기만 보고 느끼는 것은 아무 의미 없는 거라고. 그래서 이 책방도 낸 거야. 의미있는 일을 해보려고.

돌아서던 준호가 정원을 째려본다.

저 가르치는 거예요, 지금? ……제가 걸음걸이가 이렇다고 머릿속도 우습게 보이냐고요.

……미안해. 난 그냥, 철수씨 얘긴데. 자기가 이해해. 내가 좀 띨하잖아. 미안해.

……아니, 전남편이라면서요. 그리고 그럴 거면 이혼은 왜 했

어요? 그렇게 존경해 마지않으면서. 사람 헷갈리게시리.

……문학 하는 데 내가 걸림돌이래…… 시인은 자유로워야
한다고…… 생각해보니 그런 것도 같고, 경험을 많이 해야 좋은
글을 쓴다는데. 어쩔 수 없었지, 뭐.

그럼, 자유로워져야지 왜 자꾸 여기에 들락거리는 거예요? 말
도 안돼.

……그것도 그 사람 자유니까.

준호는 더이상 정원의 말을 듣지 않고 책방을 나온다.

준호씨, 아까 그 책 제목 다시……

처음 보는 사람은 준호의 걸음걸이는 열심히 뛰는데 뛰어지지
않는 것 같은 느낌을 받는다.

아파트에 사는 아이들은 장애인이면 머리도 보통 사람보다 명
청하다고 믿고 있다. 그도 그럴 것이 아이들은 용기를 내어 준호
를 놀렸는데, 준호는 정말 바보처럼 화를 내지도, 쫓아가지도 않
았다. 이후로 아이들은 준호를 바보로 알고 '뛰는 펭귄'이라고 부
른다. 초등학교 삼학년쯤 되는 한무리의 아이들은 매일 대놓고
준호를 따라다니며 "뛰는 펭귄아, 이제 걸어봐" 하고 놀려댄다.
준호가 매일 책방에 들르는 시간하고 애들이 집으로 돌아가는 시
간이 겹치기 때문이다. 준호는 책방 가는 시간을 옮겨볼까 심각
하게 고민을 하곤 한다.

같이 가려고 기다렸어. 언제 나오나 했네.

엄마는 막 맑은 책집 맞은편 한복집에서 나오는 참이다.

왜 기다려. 빨리 먼저 가.

오랜만에 아들하고 같이 가려고 그랬지……

준호는 엄마가 나온 한복집을 빤히 쳐다본다. 문 안에서 미순이 엄마와 자기를 힐끔거리며 쳐다보고 있다.

왜 쓸데없는 짓을 하고 그래. 사람 짜증나게.

준호는 신경질적으로 말을 내뱉는다.

넌 가만히 있어. 다 내가 알아서 할 테니. 미순이도 너처럼 몸이 좀 불편한 거지, 머리까지 바보는 아냐. 너도 잘 알잖아.

에이 씨.

준호가 엄마의 팔을 뿌리치며 펭귄처럼 뛰기 시작한다. 열심히 걸어보지만 마음처럼 엄마에게서 멀리 벗어날 수 없다. 엄마는 천천히 준호의 뒤를 따른다. 금세 엄마의 입에서 한숨이 흘러나온다. 아파트상가를 나오는 데에만 오분이 걸린다. 보통 사람 같으면 스무 걸음, 십오초면 될 것을 준호는 그의 스무 배나 걸리는 것이다.

에이 씨, 따라오지 말랬지. 얼른 앞서가. 뒤에서 보지 말라니까.

그래, 그래, 미안.

엄마는 천천히 준호를 앞서 걷는다. 아무리 천천히 걸어도 준호의 보폭을 맞춰가며 걷기란 많은 인내심을 요구한다. 천천히 걸어서 준호를 맞춰준다 생각하고 걷다보면 어느새 되돌아 다시 걸어야 할 만큼 준호와 멀어져 있곤 한다. 엄마가 우뚝 멈춰서더니 뒤돌아본다. 집으로 돌아가던 한무리의 아이들이 준호를 본격적으로 놀리기 시작한다.

펭귄이다.

아이들이 준호를 둘러싸고 바보 취급을 한다. 준호는 묵묵히 걸을 뿐이다.

뛰는 펭귄아, 이젠 걸어봐. 펭귄처럼.

준호가 멈춰선 엄마를 슬쩍 쳐다보며 빨리 가라는 눈짓을 보낸다.

이런 씹어먹어도 시원찮을 새끼들을.

엄마가 달려간다. 아이들을 잡으면 가랑이를 준호처럼 똑같이 찢어놓을 태세로. 달려드는 엄마 때문에 아이들은 혼비백산하고 흩어진다. 준호는 걸음을 멈추지 않고 열심히 걷는다. 엄마는 도망가는 아이들을 포기하지 않는다. 준호는 아파트로 도망가는 날쌘 아이와 놓치지 않으려고 열심히 뛰는 엄마를 멍하니 쳐다본다. 곧 엄마는 아이보다도 더 날쌔게 아이의 목덜미를 움켜쥔다. 짜악. 아이를 잡자마자 아파트 전체가 울릴 만큼 세차게 귀빰 한 대를 먹인다. 아이는 놀라서 울지도 못하고 어떻게든 엄마의 손아귀를 벗어나려고 애써본다.

어엄마. 어엄마.

아이가 울며 소리친다. 집에 있는 또다른 엄마가 들을 수 있도록, 얼른 달려나와 자기를 구원해주기를 바라며 발버둥친다.

나와. 이 새끼 부모 되는 인간 나와.

엄마도 아이보다 더 큰 소리로 또다른 엄마를 찾는다.

나와. 나와.

아파트 두 동이 쩌렁쩌렁 울린다. 하나둘 베란다에서 얼굴을 내밀고 내려다보기 시작한다. 아버지도 베란다 창밖으로 고개를 배주룩하게 내밀고 소란의 풍경을 내려다본다. 얌전한 자기 아내가 소란스러움의 주인공일 거라고는 생각지도 못한다.

옆동 칠층 베란다에서 또다른 엄마가 소리친다.

두식아, 왜 그래.

아파트 동을 올려다보던 엄마는 소리나는 곳에 시선을 멈춘다.

자식 교육 똑바로 시켜, 이 쌍년아.

엄마는 또다른 엄마가 보란 듯이 아이의 귀뺨을 철썩 내리갈긴다. 아이는 화단에 나동그라진다. 멀리서 열심히 준호가 펭귄걸음으로 달려온다. 아버지는 무슨 영문인가 싶어 한마디 하고 싶지만 쓴 입맛만 다시며 베란다 창을 조용히 닫는다. 베란다에서 고개를 내밀고 밑을 바라보던 아파트 주민들은 이제는 멀리서 뒤뚱뒤뚱 우스꽝스럽게 걸어오는 준호를 구경한다.

창 닫고 안 들어가? 무슨 구경 났다고 지랄들이야.

엄마의 절규 같은 고함소리가 다시 아파트 두 동을 울리기 시작하고 준호는 최선을 다해 엄마에게 달려간다.

루시, 그만 좀 해. 그런 거 아니라고 몇번을 얘기해야 돼.

루시는 벽에 몸을 기대고 침대에 앉아 있다. 흐릿한 눈은 준호를 흘겨보는 듯하다.

싫어. 루시 먼저 자. 나두 오늘은 일해야 한다고…… 날 좀 그냥 내버려두면 안되겠니? 왜 너까지 닦달이야, 오늘.

반쯤 벌어진 루시의 입은 자꾸 뭔가를 말하려는 것 같다.

너 지금 시체 같은 표정인 거 알아? ……그렇게 좀 보지 마.

컴퓨터책상 앞에 앉아 있던 준호가 천천히 일어나 루시에게 다가간다. 준호는 말없이 루시를 내려다보다가 옷을 벗기기 시작한다. 루시는 금세 나체가 되고 벌러덩 침대에 눕는다. 준호는 가만히 이불을 끌어다가 루시를 덮어준다.

……그 여자 때문에 늦은 거 아니야. 다 경비아저씨 때문이라니까. 나가는데 경비아저씨가 없어서 십분 동안 기다렸어. 십분이나 기다렸는데도 아저씨가 오지 않았어…… 설마 그만둔 건 아니겠지? 어쨌든 그를 보지 못해서 하루를 망친 거라고. 벌써 이번달에만 네번째야.

준호는 가족 외에 아는 사람이라고는 정원과 경비아저씨뿐이다. 아니 준호를 아는 사람은 많지만, 준호가 아는 척을 하는 사람은 둘뿐이다. 매일 외출할 때마다 경비아저씨에게 손을 한번 흔드는 게 고작이지만 준호에게는 아주 중요한 일이다. 경비실에 아저씨가 없어서 오늘 준호는 십분을 기다렸다. 손을 흔들어 인사를 하기 위해서였다. 외출할 때마다 준호는 엘리베이터에서 내려 경비실 앞에서 잠깐 쉬면서 경비아저씨에게 손을 흔든다. 운동 나가? 차들 조심해서 다녀. 준호는 오년 동안이나 변함없는 경비아저씨의 인사말을 맘에 둔다. 이년을 넘게 꼬박 집에만 박혀 있다가 외출을 시작한 것은 오년 전이었다. 다치고 나서 세상에 내딛는 첫발을 경비아저씨가 처음으로 따뜻하게 맞아주었다. 이후로 준호만큼 아저씨도 변함없었는데, 준호는 그것이 마음에 들었다. 준호도 언제나 변함없이 경비아저씨에게 아무 말 하지 않고, 씨익 웃으며 손을 들어 보인다.

……그런데 이상한 게 하나 있어. 들어올 때도 아저씨를 보지

못했어. 그래서 실은 다시 내려가봐야 하나 고민하는 중이야. 오늘은 뭔가 되는 일이 하나도 없었다고. 그러니 너라도 제발 가만히 있어줘. 안 그러면 널 가둘지도 몰라.

준호는 일어나서 방 안을 서성이기 시작한다. 문에 귀를 대고 거실에서 부모님이 나누는 얘기를 엿듣는다.

그게 억지로 한다고 되는 일이야? 당장 그만둬. 애가 싫다잖아.

쟤 나이가 서른둘이에요, 이제. 애들한테 놀림이나 당하면서 살게 할 순 없잖아요. 당신도 미순이가 오면 아무 말 마세요. 걔도 똑같이 귀한 집 자식이니까.

준호는 문에서 떨어지며 흠칫 놀란다.

루시, 너도 들었어? ……아니야, 난 정말 모르는 일이야. 얼른 옷 입어야겠다…… 말 안 들을 거야? 절대로 결혼 같은 거 할 생각 없으니까 걱정하지 마. 날 믿어줘, 루시.

그 몸에 그 정도면 생활력도 있고 괜찮아요. 막말로 아무것도 안하는 준호보다 나으면 나았지. 아파트 부인들도 칭찬이 자자해요. 바느질 솜씨가 얼마나 좋은지.

책방 여자도 관심있어하는 거 같다며. 그쪽이 그래도……

안돼요. 이혼도 한데다가 그 여자 행실에 말들이 많다고요.

준호는 거실에서 나누는 부모님의 대화에 신경쓰지 않으려고 하지만 자꾸 귀는 문밖을 넘는다. 준호는 컴퓨터책상 앞에 앉아 급하게 자판을 두드리기 시작한다. 루시만 아는 일이지만 준호는 인터넷 포르노싸이트에서 꽤 유명한 작가이다. 켄타우로스란 필명에 '루시의 연인'이란 제목으로 연재를 시작한 것이 오년이나 됐다. 클릭만 하면 동영상이 와르르 쏟아지는 시대에 아직도 그런 소설을 읽는 사람이 있을까 싶지만 분명 「루시의 연인」의 독자는 있다. 오년 동안이나 싸이트가 폐쇄되지 않고 유지되는 이유가 물론 하루하루 상상을 뛰어넘어 발전하는 포르노 동영상 때문이겠지만, 「루시의 연인」의 독자 또한 어딘가에서 숨죽이고 조금 더딘 쾌락을 기다리는 것이다. 준호는 일주일에 한번 성애 에피쏘드를 야한소설방에 올린다. 누군가 한번 클릭할 때마다 준호에게는 삼십원씩 원고료가 떨어지게 돼 있다. 일주일에 열 명이 「루시의 연인」을 클릭하면 삼백원, 백명이면 삼천원, 천명이면 삼만원을 원고료로 받게 된다. 한사람이 일주일에 몇번을 클릭한다고 해도 돈이 더 올라가는 것은 아니니 어떻게 보면 정확한 독자의 수를 파악할 수 있다. 준호에겐 매달 평균 사십여만원의 돈이 입금된다. 나누어보면 한달에 네 번 연재를 하고, 일주일에 십여만원의 돈을 벌게 되는 셈인데 돈을 클릭한 횟수로 나누면 독자 수가 나온다. 십만원을 삼십원으로 나누면 일주일 동안 「루시의 연인」을 읽는 독자는 삼천삼백여명이란 숫자가 나오는 것이다. 삼천삼백명은 적지 않은 숫자이다. 준호는 열렬한 독자들에게서 자신감을 얻는다. 연재가 나간 후에 독자게시판에 곧바로 감상문이 올라오는데 독자들의 반응은 언제나 심상치 않다.

준호는 '두시가 되자 루시는 외출 준비를 서두른다'라는 첫 문장을 쓰고는 한참을 멍하니 들여다본다. 무슨 내용을 쓸 것인지는 언제나 자신도 알지 못한다. 준호는 실제로 여자와 자본 적이 한번도 없다. 오직 그에게는 '루시'라는 연인, 다이아몬드로 만들어진 빛나는 별이 있을 뿐이다. 준호는 침대에 가만히 누워 있는 루시를 힐긋 쳐다본다.

……그 여자 생각하면서 쓸 거 아니야, 루시. 이건 단지 일일 뿐이라고.

준호는 자신의 생각을 루시에게 들킨 것 같아 퉁명스럽게 중얼거린다.

……그래, 알아. 독자들은 그걸 원한다고. 주인공 이름만 루시지 네 얘기를 쓰는 게 아니야…… 그 여자와 닮긴 뭐가 닮아. 난 그런 것을 상상해본 적도 없어…… 그 여자는 김철수 시인 전부인이야…… 루시, 너도 내가 등단하길 원해? 고상해지길 원하는 거냐고.

갑자기 울린 초인종 소리에 준호는 말을 멈추고 신경을 방문 너머로 돌린다. 미순이 온 모양이다. 거실에 있던 부모님이 호들갑을 떨기 시작한다. 곧이어 아버지가 준호의 방문을 다급하게 두드린다.

애야, 좀 나와봐라.

……무슨 일이에요? 저 일해요.

나중에 하고…… 손님이 왔어. 얼른 옷 갈아입고 밖으로 나와.

뭐 하는 거예요?

지금. 준호야, 얼른 나와. 빨리.

……자, 잠깐만요.

준호는 서둘러 루시에게 옷을 입히고 트렁크에 집어넣는다.

루시, 미안해. 이해해줘. 손님이 왔다잖아…… 그 여잔 아무 상관 없어. 부모님이 원하는 것이니, 이 정도는 해드려야지……
이해해줘서 고마워. 알았다고, 오늘밤에 두 배로 사랑해줄게. 기
다리고 있어, 루시.

미순이 목발을 짚고서 집 안으로 들어선다. 준호네 식구가 나
란히 서서 미순을 맞는다. 준호는 몇번 맑은 책집 앞에서 그녀와
마주친 적이 있어서 미순의 얼굴과 몸상태를 잘 알지만, 아버지
는 미순을 처음 보고는 당황한 기색이 역력하다.

기다리고 있었어, 미순씨. 의자가 편해? 어디로, 소파?

아니에요. 그냥 바닥에 앉을게요.

미순은 거실까지 목발을 짚는 게 미안해서 자꾸 뒤를 돌아본다.
바닥에는 발굽처럼 동그란 자국이 두 개씩 줄지어 찍혀 있다.

……저기, 혹시 들어올 때 경비아저씨 있었어요?

네? 글쎄, 잘 기억이…… 이걸 닦아야 하는데……

더듬거리며 툭 내뱉은 준호의 물음에 미순은 당황하고, 무슨
일인가 아버지와 엄마는 준호를 쳐다본다.

미순이 엄마의 부축을 받으며 힘겹게 바닥에 앉자, 아버지와
준호도 어정쩡하게 바닥에 앉는다. 준호가 슬쩍슬쩍 미순을 바라
보지만 미순은 고개를 숙이고 오랜만에 입은 스커트 자락을 만지
작거리기만 한다. 미순의 얇고 부실한 다리가 드러난다. 미순은
스커트 자락을 끌어내려 성냥개비 같은 빈약한 다리를 감춘다.

……근데, 다리는 언제부터?

엄마가 자리를 털고 일어나며 아버지를 향해 눈을 깜짝거리며
눈짓을 준다.

네, 날 때부터요.

부모님은 같이 사시고?

네? 그럼요. 아니, 저랑 같이 사냐고요? 아니요. 전 혼자 가게
에서……

아니, 왜 몸도 불편한데 가족들하고 떨어져……

준호는 관심없는 듯 반쯤 돌아앉아 있다. 준호는 아버지 등뒤
로 고개를 묻고 부모님과 미순이 나누는 대화를 듣는다.

손님 앞에 두고 뭐 하는 짓이냐.

아버지가 비켜앉으며 준호를 끌어당긴다.

전 할말 없어요.

미순의 볼이 금세 붉어지며 안절부절못한다. 미순은 무슨 죄
라도 짓고 잡혀온 듯한 모습이다. 아버지는 고개를 푹 숙이고 있
는 미순을 찬찬히 쳐다본다. 엄마는 차와 과일을 내와 준호의 방
으로 간다.

이리들 와. 우리하고 백날 얘기해야 소용없고, 둘이 저기 가서
얘기 좀 해.

싫어, 엄마. 안돼, 거긴.

준호가 화들짝 놀라며 일어서다 고통스러워한다. 팔년이나 지
났지만 몸과 마음은 아직도 몸이 성했을 때의 감각을 가지고 있
다. 준호는 바닥에 팔을 짚으며 고꾸라진다.

그럼, 우리가 들어가랴? 얼른 네 방 좀 구경시켜줘.

아버지가 준호를 부축하며 나지막하게 속삭인다. 엄마가 억지
로 문을 열려고 하지만 방문은 잠겨 있다. 엄마가 쟁반을 든 채로

고통스러워하는 준호를 째려본다.

정말, 안되는데……

준호는 천천히 일어나 열쇠로 방문을 연다. 엄마는 쟁반을 방문 앞에 내려놓고 얼른 달려가 미순을 부축해 일으킨다.

준호는 미순이 방에 들어서자마자 문을 걸어잠근다. 밖에서 엄마가 차를 들여가려고 문을 두드리지만 준호는 아무 대답도 하지 않는다. 미순은 혼자서 침대를 짚으며 방바닥에 힘겹게 앉았고, 준호는 화장지로 미순이 방바닥에 남겨놓은 자국을 지운다. 미순은 미안해서 준호가 쥐고 있는 화장지를 뺏으려고 하지만 준호는 아랑곳없이 도장 자국 같은 것을 지워나간다. 미순은 데면스러운 듯 스커트 자락을 끌어내린다.

……이 많은 책들을 다 읽었어요?

미순은 방 안 가득 쌓여 있는 책을 보며 존경의 눈빛을 보내지만 준호는 티끌만큼의 흔적도 남기지 않으려는 듯 퉤퉤 침까지 뱉어가며 방바닥을 닦는다.

진짜 책 많다.

방으로 들어온 미순은 거실에 있을 때보다 자연스러워졌다. 준호는 아무 흔적도 남지 않았는데도 여전히 방바닥을 닦는다.

글도 쓰신다면서요? 부럽다. 전 정말 굉장하다고 생각해요. 몸도 성치 않은데……

누가 그런 소릴 해요. 아니에요.

책방 언니가 그랬는데.

정원씨를 알아요?

212

그럼요. 바로 앞에서 몇년째 매일 보는데. 되게 친해요…… 형부처럼 시인이시라고 들었어요.

미순은 자랑스러운 듯 어깨를 들썩인다. 준호는 미순을 똑바로 쳐다본다. 미순은 코밑으로 흘러내리는 두꺼운 렌즈의 안경을 연방 들어올린다.

진짜로 그래요? 내가 시인이라고?

네. 어려운 책만 보신다고. 철수 아저씨만큼은 못해도 좋은……

……미순씨, 잘 들어요. 저 여자친구 있어요, 루시라고. 그러니 허튼 생각 하지 마요. 부모님께서 제가 불쌍해서 꾸민 일이니까 이해하시고.

준호는 말을 마치고 천천히 일어나 책상에 걸쳐둔 목발을 건넨다. 미순은 엉겁결에 목발을 받아들고 어찌할 바를 모른다.

제가, 뭘 잘못했어요? 맘 상했……

엄마가 문을 두드리자 준호는 문을 열어주고 밖으로 나간다. 준호는 엄마가 잡을 새도 없이 바쁘게 화장실로 걸음을 옮긴다. 거실에 앉아 있던 아버지는 펭귄처럼 뛰어가는 준호를 멍하니 쳐다보기만 했다.

미순이 울면서 돌아가고 다그치던 부모님도 방으로 들어가자 준호는 말없이 루시와 잠자리를 가졌다. 평소에 사용하지 않던 루시의 구강도 사용했다. 준호는 루시에게 다정한 어떤 말도 대꾸도 건네지 않는다.

너한테 화난 거 아니니까 걱정하지 마. 먼저 자, 난 이것 좀 싸이트에 올리고 잘게. 기다리지 말고 먼저 자.

루시는 벌거벗고 침대에 벌러덩 누워 있다. 평소 같으면 루시의 몸을 가려주겠지만 준호는 루시를 아무렇게나 내버려둔다.

오늘은 너하고 한마디도 하지 않을 거야. 그러니 얼른 자, 먼저.

준호는 방금 루시와 나눈 정사를 실제인 것처럼 쓰기 시작한다. 준호는 실제로 소설 쓰는 일을 시작하기 전에 언제나 루시와 관계를 가졌다. 준호는 성욕에 있어 자유로울 때 빛나는 성애소설을 쓸 수 있다고 믿었다. 준호는 단번에 소설을 써서 포르노싸이트에 올렸다. 글이 올라가자마자 곧바로 기다렸다는 듯 조회수가 다섯 건이나 되었다.

미친놈들, 이게 뭐라고.

준호는 컴퓨터를 끄고 천천히 침대로 다가가 루시를 안는다. 루시의 반쯤 벌어진 입에서 정액냄새가 번진다. 우엑. 준호는 헛구역질을 하며 루시의 입 안에 있던 패드를 꺼냈다. 일을 보고 깜박했던 자신에게 화가 나기 시작한다.

이런 적이 없었는데, 에이 씨. 되는 일이 하나도 없어, 오늘은.

준호는 루시에게 등을 돌린 채로 잠이 든다. 루시도 벌거벗겨진 채 흉한 모습으로 잠을 청한다. 가랑이를 있는 대로 들어올리고 양쪽으로 벌린 채 누워 있는 루시의 몸이 애처롭다.

오후 두시가 되자 준호는 외출을 서두른다. 잠에서 깬 후로 준호는 루시에게 아무 말도 걸지 않는다. 루시는 옷을 입고 침대 구석에 얌전히 앉혀져 있다.

다녀올게.

준호는 루시에게 짧게 인사하고 집을 나선다. 거실에 부모님이 있지만 서로 아무 말도 건네지 않는다. 오전 내내 엄마는 준호에게 미순과의 결혼을 강요했지만, 준호도 엄마도 서로 마음만 상하고 말았다. 아버지도 미순의 불편한 몸이 마음에 많이 걸리는 듯했다. 그래도 준호는 혼자 일어서고 걸을 수는 있잖아. 아버지가 점잖게 말했지만 엄마는 막무가내였다. 내가 다 뒷바라지할 거니까 암말도 마요. 아버지도 준호도 아무 소리 못하게 만들었다. 미순은 바느질을 해서 상당한 돈을 모아놓은 모양이었다. 엄마는 경제력 없는 준호를 혼내며 미순이 과분한 여자임을 깨우쳐주려 애썼다. 물론 준호는 그런 것에 관심이 있을 리 없었다. 생긴 모양새도 그저 그렇고 다리도 자기처럼 불편한 것이 준호는 전혀 마음에 들지 않았다. 자신이 장애를 가지고 있으니 아내 될 사람은 정말 멀쩡한 사람이어야 한다고 생각했다. 준호는 실제로의 루시 같은 여자를 원하고 있었으니 미순이 눈에 들어올 리 없었다.

오늘도 경비아저씨가 보이지 않는다. 준호는 불안한 마음으로 경비실 앞에 서서 기다리기 시작한다. 경비실 창문에는 외출중이라는 팻말이 걸려 있다. 준호는 경비실에 걸린 시계를 보면서 경비아저씨를 기다린다. 준호는 삼십분을 꼼짝 않고 그 자리에 서 있는다. 다리가 후들후들 떨리기 시작하자 준호는 천천히 발걸음을 돌린다. 우울한 마음으로 맑은 책집을 향해 걷기 시작한다.

삼십분이나 늦어져서 준호는 마음이 바빠진다. "정원씨가 기다리고 있을 텐데. 아저씨는 정말 어디 간 거지? 그만두었으면 어떡해." 준호는 중얼거리며 바쁘게 걸음을 옮긴다. 어제 엄마에게 혼난 한무리의 아이들과 정면으로 마주치지만 아이들은 예전처럼 준호를 놀리지 않는다. 슬금슬금 준호를 피하면서 주위를 살핀다. 준호는 못 본 척 걸음을 멈추지 않으려고 애쓴다. 아이들이 아파트 입구에 다다랐을 때 손으로 입을 모으고 뒤돌아 소리를 지른다. "뛰는 펭귄아, 걸어라." 아이들은 고함치고는 쏜살같이 흩어져 사라진다.

　상가로 들어선 준호는 깜짝 놀라 어찌할 바를 모른다. 맑은 책집 앞에 한무리의 사람들이 모여 소리를 지르며 싸우고 있다. 준호는 그냥 돌아갈까 생각하다 용기를 내서 책방으로 다가간다. 유리문이 모두 깨져 있고, 책방 안은 아수라장이다. 사람들은 보이는 대로 책을 집어던지고 기물을 부순다. 남편들은 미친 듯이 흥분한 아내들을 말려보기도 하지만 모두 허사다. 거의가 같은 아파트에 사는 낯익은 사람들이다. 준호는 바삐 정원을 찾지만 보이지 않는다. 정원을 찾는 건 그들도 마찬가지다. 말끝마다 쌍욕을 하며 정원을 찾는다. 주저앉아 흐느끼는 여자도 있고 어딘가로 고함을 지르며 전화를 거는 아주머니도 있다. 준호는 이게 무슨 낭패인가 싶고 내용이 궁금하기도 해 조심스럽게 한 아주머니를 잡고 물어본다.

　아저씨도 여기 뻔질나게 드나드는 거 같더니, 당했구먼, 그치? 이년을 내가 잡기만 하면 가랑이를 이쪽에서 이쪽까지 쭈욱 찢어놓을 테다. 안 그러면 내가 사람이 아니야, 정말.

　준호는 놀라서 찔끔 뒤로 물러선다. 아주머니는 실제로 손으로 뭔가 쭉 찢는 흉내를 낸다. 준호는 겁이 나서 슬금슬금 돌아선다. 준호는 한복집 안에서 엎드려 오열하는 미순을 슬쩍 쳐다보고는 집으로 쓸쓸한 발걸음을 옮기기 시작한다. 돌아오는 길, 준호는 걷는 내내 마음이 진정되지 않아 여러번 멈춰 쉰다. 경비실에 다다르자 생전처음 보는 아저씨가 안에서 불쑥 나온다. 준호는 서서 뚫어져라 젊은 경비아저씨를 쳐다본다.

뭐요?

………

여기 살아요?

아, 네, 네. 근데 원래 있던 아저씨는, 그만두었나요?

몰랐어? 그제 갑자기 여기서 돌아가셨는데.

준호는 당황한 듯 열심히 엘리베이터로 뛰어간다.

이봐, 몇호 살아?

경비아저씨는 준호와 비슷한 또래거나 고작해야 한두살 많아 보이는데 준호에게 쉽게 반말을 던진다. 준호는 잠깐 섰다가 뒤돌아보지 않고 엘리베이터를 탄다.

어이, 거기, 서봐.

준호는 엘리베이터 안 숫자판만 아무 생각 없이 바라본다. 모두 자기를 버렸다는 생각에 준호는 눈물이 나려는 것을 억지로 참고 참는다.

루시, 그렇게 신나할 것까지는 없잖아. 무슨 일인지도 모르고…… 그럴 리 없어.

준호는 거실에서 부모님이 조용히 나누는 대화를 엿듣는다.

내 말이 맞았어요. 당신은 눈치도 없어. 내가 왜. 혹시 당신도 엮인 거 아니죠? 당신도 참. 아파트 주민한테만 해먹은 돈이 삼억이 넘는대요, 글쎄. 남자들마다 몸으로 꼬셔가지고. 준호 들을라, 그만 해. 준호는 별일 없었겠죠? 몸도 성치 않으니. 근데 미순이도 전재산을 날렸으니, 어떡해요. 언제 우리가 돈 보고 맞으려고 했던가.

준호는 가만히 루시 옆에 앉는다.

루시, 어쩌면 좋냐…… 분명 남편 때문일 거야. 개 나부랭이 같은 시인 자식 말이야…… 아니야, 정원씨를 옹호하려는 게 아니라 내가 들은 적도 있다고. 무슨 게임을 한다면서 돈 타가는 걸 본 적이 있어.

준호는 이제 갈 곳이 없다. 두시가 되어도 외출하지 않고 집에서 꼼짝도 하지 않는다. 인터넷 싸이트에 글도 올리지 않는다. 「루시의 연인」의 애독자들은 불평불만을 쏟아냈지만, 준호는 정원이 사라진 뒤 글을 한줄도 쓸 수 없었다. '루시의 연인'이란 제목으로 연재되던 방은 하루 만에 사라졌다.

정원이 사라지고 며칠 후, 준호 앞으로 소포 하나가 배달되었다. 상자에는 싸드의 『사랑의 죄악』과 정원의 확대된 사진 한장이 책 사이에 끼어 있다.

아무리 찾아봐도 편지나 쪽지 같은 것은 없다. 준호는 상자에 찍힌 우체국 소인을 뚫어져라 쳐다본다. 전남 보성. 준호는 정원을 만나러 갈 엄두가 나지 않는다. 준호는 정원이 보낸 사진에서 눈을 도려내어 루시에게 달아준다. 루시에게 눈이 생기자 꼭 말을 할 것만 같다. 준호는 가만히 루시의 가슴에 귀를 대어본다.

초인종이 울리고 미순이 목발을 짚은 채 집 안으로 들어선다. 오빠라는 사람이 커다란 짐가방을 현관에 내려놓더니 도망치듯 사라진다.

잘 왔어, 미순씨.

준호는 거실로 나가 반갑게 미순을 맞는다. 미순은 거실까지 목발을 짚는 게 미안해서 자꾸 뒤를 돌아본다. 바닥에는 발굽처럼 동그란 자국이 두 개씩 줄지어 찍혀 있다.

사랑의
후방낙법

민숙은 유진의 건승을 기원하려는

말을 하려다 멈춘다.

입을 벌린 채 멍하니 매트를 바라본다.

유진은 난생처음 가장 아름답게

허공을 날고 있다.

착지를 염두에 두지 않은 것이므로

그 아름다움은 더욱 빛이 난다.

잡기

　냉방이 전혀 되지 않는 도장 안은 선수들이 뿜어내는 군내와 거친 숨으로 가득하다.

　민숙이 가쁜 숨을 몰아쉬며 좀체 일어나질 못한다. 군청색 도복 안에 받쳐입은 반팔 티셔츠가 땀에 젖어 팔(八)자로 벌어진 젖가슴이 그대로 드러난다. 유진도 손으로 무릎을 짚고 허리를 숙인 채 숨을 죽이려고 애쓴다. 검정띠 속으로 도복 윗도리를 밀어넣던 민숙이 검정띠를 아예 풀어 천천히 다시 매기 시작한다.

　니 지금 뭐 하는 기가? 얼른 도복 안 잡나?

　민숙이 코를 찡그린다. 뭔가 마음에 들지 않을 때마다 저도 모르게 하는 버릇이다. 코치가 다그쳐 말하지만 민숙은 못 들은 척

222

정성스럽게 도복을 고쳐입는다.

유진이 턱을 들어 민숙을 올려다보며 살짝 미소짓는다. 짙게 쌍꺼풀진 눈을 연방 껌벅인다. 이마에서 흐르는 땀이 긴 속눈썹에 자잘하게 내려앉는다. 도복은 땀으로 흠뻑 젖어 살에 끈적이며 엉겨붙는다.

이유진, 니 체중 안 뺄 끼가? 삼일 남았으니까 알아서 하그라. 체급을 올리든지. 아니면 포기하고 민숙이한테 넘기든지.

……그렇게는 싫다. 내도 체중 안된다.

민숙이 퉁명스럽게 코치에게 대꾸한다. 두툼한 볼은 자연스럽게 눈을 찡그리게 만들고, 그래서 안 그래도 가는 눈이 더욱 툭째져 보인다. 민숙은 언제나 심술이 난 표정이고 그런 인상은 유도선수와 잘 어울린다는 말을 듣곤 한다.

니 자꾸 인상쓸 끼가?

민숙이 인상쓰는 거 아이다.

언니 말이 맞다. 내 원래 인상 그란 거 모르나?

유진이 다가와 띠를 묶고 있는 민숙의 도복 소매를 오른손으로 움켜쥔다.

잠깐만. 언니야, 이것 좀 묶자.

흐느적거리는 민숙을 아랑곳하지 않고 유진은 왼손으로 민숙의 목덜미를 잡아챈다. 민숙이 유진에게 안기듯 몸을 맡긴다. 유진이 오른쪽 다리로 민숙의 옆구리를 걸고 자기 쪽으로 끌어당긴다. 순식간에 민숙의 몸이 허공에서 한바퀴 돌아 매트에 곤두박질친다.

마흔넷. 자, 쉬지 말고, 또.

민숙이 흐느적흐느적 일어서면 유진은 번개같이 달려들어 같은 동작을 반복한다.

마흔다섯. 좀 짱짱하게 버텨줘야지, 그냥 그렇게 넘어가주면 우짜노?

민숙은 일어서서 유진에게 다가가고 그때마다 유진은 자신에게 다가오는 민숙을 허리후리기로 허공에 던져버린다. 민숙은 그때마다 허공을 아름답게 날았다 떨어진다.

얇고 가벼운 몸이라면 그렇게 아름답지는 않을 것이다. 작은 키에 팔십 킬로그램에 육박하는 둔중한 몸이 허공을 나는 것은 발레리나의 그것과는 확실히 다르다. 그녀들의 몸놀림은 착지라는 것을 염두에 두지 않은 것이기에 아름답다. 몸은 허공을 날 때마다 온힘을 다해 탕 하고 경쾌한 소리를 내며 매트로 떨어진다.

선수들은 떨어질 때마다 낙법이라는 것을 하는데, 몸이 매트에 닿을 찰나 팔로 세게 내려친다. 낙법이 넘어질 때 몸의 균형을 맞추어주고 떨어질 때 받는 충격을 감소시킨다고 선수들은 믿지만 몇년씩 매트에서 구른 선수들이 낙법만으로 구원받을 수는 없는 일이다. 선수들 대부분은 요통환자들이다.

허리후리기 백번을 채우려면 아직도 오십여번을 넘기고, 넘어가줘야 한다. 유진은 넘기고 민숙은 넘어가야 한다. 둘은 같은 체급의 선수이고, 군청 유도선수단의 유일한 여자선수들이다. 남자선수들은 체급별로 한두 명씩 열 명이 넘었지만 좋은 성적을 내지 못했다. 유진은 언제나 각종 대회에서 좋은 성적을 거두었다.

남자선수들이 거리로 내몰리지 않고 작은 체육관에서 군의 도움을 받아 그나마 훈련할 수 있는 것은 유진의 성적이 큰 몫을 하기 때문이었다. 코치는 대회가 있을 때마다 남자선수들은 신경도 쓰지 않았지만 여자선수들에게만큼은 혹독한 훈련을 주문했다. 유진과 그녀의 연습 파트너에게 많은 인생들이 걸려 있으니 어쩔 수 없는 일이었다. 특히 삼일 앞두고 있는 대표선발전은 어느 대회보다도 그 중요성이 남달랐다.

낙법

오후 훈련이 끝났지만 유진과 민숙은 매트에 드러누워 꼼짝도 하지 않는다. 허리후리기 백회, 업어치기 백회, 허벅다리걸기 백회까지 총 삼백번의 기술을 연습하는 오후 훈련은 가장 고되고 힘들다. 훈련을 마치고 나면 선수들은 입에서 쉰내까지 났다. 가장 힘든 것은 쉬는 시간이 없다는 것이다. 유진은 삼백번이나 민숙을 매트에 내던졌고, 민숙은 삼백번 허공을 날았다.

민숙이 누워 오른쪽 팔꿈치를 매만진다. 매트에 떨어진 몸보다도 낙법을 칠 때 받는 팔의 충격이 민숙을 고통스럽게 만든다.

힘들어서 못해먹겠다, 정말……

내도……

둘은 매트에 누워 푸념을 늘어놓는다.

……싸우나나 가까?

······난 대회도 안 나갈 낀데. 맥없이 살 빼기 싫다.

그라지 말고 내 등 좀 밀어도.

유진이 천천히 일어나 앉는다.

남자선수들은 오후 훈련이 끝나기 무섭게 어디론가 몰려나갔고 코치도 일과를 마치고 퇴근한 뒤다. 도장을 다시 찾는 사람은 아무도 없을 것이다. 유진이 일어나 도장 문을 잠그고 도복 윗도리를 벗는다.

언니는 갑갑 안하나, 브라자?

니도 좀 해라. 보기 민망시럽다.

와? 보는 사람도 없는데 귀찮고 싫다.

와 보는 사람이 없노. 코치도 남자, 도장 안에 선수들도 대부분 남잔데.

민숙이 누운 채로 자신의 젖가슴을 더듬어본다.

아무도 관심없다. 언니나 잘하그라. 언니야는 예뻐서 사람들이 계속 힐끔거린다.

민숙이 벌떡 일어나 앉으며 유진의 몸 여기저기를 짚어본다.

근데 얼매나 빼야노? 내 보기엔 똑같은데······

······삼 킬로.

우짜노. 삼일밖에 안 남았는데.

유진이 대답 없이 묶고 있던 머리를 푼다. 허리까지 늘어지는 긴 생머리를 고쳐묶는다. 민숙은 옆으로 누워서 유진을 멍하니 쳐다보기만 한다. 처진 가슴과 뱃살이 살며시 매트를 쓴다.

아무리 보아도 언니야는 유도 하기에는 너무 곱다 안카나. 내야 이리 뭉개졌다 쳐도, 언니야는 와 이리 힘든 운동을 하노?

유진은 대답 대신 묶은 머리를 이리저리 흔들며 보여준다.

내 이쁘나?

민숙은 철떡철떡한 티셔츠 속으로 훤히 드러난 젖가슴을 만지작거리며 해바라기 같은 웃음을 짓는다.

이쁘다. 세상에서 젤로.

유진은 올해 서른살이다. 운동선수에게 서른살은 치명적인 나이지만 여자에겐 아직도 많은 것이 아름다운 나이이다.

줄타기

눈부신 햇살은 세상의 모든 것을 아늑하게 만들어놓곤 한다. 창가로 넘어드는 늦은 오후의 햇살은 고양이를 닮아 있다. 뜨거운 햇살은 졸린 듯 희미한 바람을 창가로 데려오곤 한다.

쟈들은 전쟁이 난 것처럼 허구한 날 하늘을 뱅글뱅글 도나 모른다.

낮게 날아가는 헬리콥터 때문에 건물이 큰 바람을 맞은 것처럼 흔들린다. 잔잔히 창가에 머물던 바람도 정찰비행을 하는 헬리콥터의 굉음에 쫓겨 금세 사라져버린다.

민숙이 벌떡 일어나더니 입고 있던 티셔츠를 벗어버린다.

더워서 도저히 못 참겠다.

백오십 쎈티미터를 겨우 넘는 작은 키. 민숙의 온몸에 살들이 민첩하게 붙어 있다.

니, 살이 너무 많이 불은 거 아이가? 몸무게 재봤나? 팔십은 돼 보인다.

언니는 안 덥나? 바람이 한 점도 읎다.

일과가 끝난 후의 외진 도장엔 아무도 찾는 이가 없다. 미세하던 바람마저도 헬리콥터를 따라 자취를 감추고, 늦은 오후의 따분함만이 도장을 찾는다. 코치도 다른 선수들도 미래가 없기는 마찬가지여서 모든 기대를 유진에게 걸고 대충 구색만 갖추려고 도장에 나온다. 좋은 성적을 내기 위해 훈련이 끝난 후에 도장을 다시 찾는 사람은 아무도 없다.

대부분의 남자선수들은 다른 직업을 가지고 있다. 읍내의 나이트클럽 문지기에서 술집 웨이터, 심부름쎈터 직원 등 다양하다. 위압적이거나 순간의 공포를 필요로 하는 곳에서 그들은 주로 일한다.

민숙은 땀에 젖은 도복과 티셔츠를 창문턱에 널어놓는다. 그제야 유진도 질퍽거리던 윗도리를 얌전히 벗는다.

아무리 봐도 아까워.

유진은 훤칠한 키에 아름다운 몸매를 가지고 있다. 그녀의 몸은 일반적인 유도선수와 달리 깊은 굴곡이 있다. 본인의 입으로 유도를 한다고 하기 전까지는, 그녀가 남자들도 버티기 힘들어하는 엄청난 훈련을 소화하는 유도선수일 거라고는 짐작하기 어렵다.

민숙은 땅딸막한 몸이 억세 보이는 타입이고 유진은 훤칠한 키에 적당히 살이 붙은 글래머 스타일이다. 민숙은 좁은 어깨와 벌어진 젖가슴, 두툼하게 허리를 두르고 있는 뱃살까지 영락없는 유도선수의 몸이다.

내는 딱 유도 타입인데 언니야는 아무리 봐도 내레이터 모델 타입이다. 그렇게 호리호리한 몸으로 성적 내는 것이 신기하다 안 카나.

유진은 민숙의 말을 뒤로하고 벌거벗은 채 천장에 매달려 있는 줄을 타기 시작한다.

우아, 별나네. 사람들 모여들겠다. 구경하러.

브래지어 차림으로 한팔 한팔 줄을 타는 유진의 모습은 신비롭다. 우윳빛 속살의 여신이 천천히 하늘로 날아오르는 형상이다.

내도 아무도 여자로 안 본다.

악문 어금니 사이로 힘들게 유진이 말한다.

안 힘드나? 줄 타는 게 취미가?

때밀이

민숙은 목욕탕 의자에 앉아 멍하니 거울을 쳐다본다. 너무 작은 목욕탕 앉은뱅이의자가 펑퍼짐한 엉덩이 속으로 숨어버린다. 떨어져서 보면 꼭 공중부양을 하고 있는 것 같다.

한여름 여탕 안에는 두 여자밖에 없다. 고요하고 조용한 탕 안의 울림이 정적을 더욱 가라앉게 만든다. 민숙은 하릴없이 자신의 젖가슴을 문질러본다. 유진에게 이끌려 목욕탕까지 따라오긴 했지만 민숙은 앉아 있을 힘조차 남지 않은 상태다. 벌어진 젖가슴에 꽃판은 너무 크고 색깔이 짙다. 가슴을 다 가릴 만큼 넓은 젖꽃판, 유두는 그 흔적만 있고 함몰되어 모양이 미미하다. 민숙은 욕탕 구석에서 유진을 기다린다. 두 개의 세숫대야에는 빨래가 수북하게 쌓여 있다.

민숙의 몸은 유도선수라고 하기엔 날렵함이 적어 보인다. 한참을 앉아 있던 민숙이 기다리기 지루했는지 뜨거운 물에 몸을 담근다. 하루에도 몇백번씩 매트에 꽂히니 몸은 여기저기 멍들고 성한 곳이 없다.

유진은 원래 굉장히 왜소한 편이었다. 유진의 키는 정확히 174.5센티미터. 보통 이 정도 키면 체급을 하나나 둘 정도는 올려야 하지만, 천성적으로 마른 유진은 지금의 체급까지 어렵게 살을 불려놓은 상태이다. 항상 체중을 불려야 한다는 강박감이 있었는데 이번에는 초과한 것이다. 그렇다고 해도 그녀의 몸은 유도 같은 운동을 하기엔 너무 빈약해 보인다. 보통의 몸매 좋은 여자처럼만 보이니 말이다.

없던 배가 나온다.

다른 운동도 아이고, 배 나오는 게 당연하지. 내 봐라.

민숙이 탕 안에서 벌떡 일어나 자신의 배를 양손으로 주무르며 보여준다.

징그럽다. 저리 치워뻬라.

230

붙어 있는 배를 어데로 치우노?

일렁이며 탕 밖으로 넘치는 물소리가 둘 사이를 오고간다. 민숙의 뱃살은 가히 환상적이다. 어마어마한 뱃살을 민숙이 장난스럽게 주무른다.

다 이 배가 힘을 주는 기라.

짝. 짝. 양손으로 소리나게 자기의 배를 두드린다. 이제 스물두살이라고는 믿기지 않을 만큼 민숙의 몸은 노쇠하다. 탕에 몸을 담그자 엄청난 물이 탕 밖으로 밀려나온다. 유진은 우두커니 서서 도톰하게 솟은 자신의 배를 만져본다.

언니야, 내 집에 갔다 와야 쓰겠다. 할무이가 많이 아프단다.

니 운동하기 싫어서 토끼는 거 아이가? 니 읎으면 내는 누굴 넘기노?

유진이 탕으로 들어와 민숙 옆에 바짝 붙어앉는다. 유진의 볼에 달라붙은 젖은 머리카락을 하나하나 민숙이 떼어준다. 길고 긴 목선을 따라 쓸어본다.

시합 끝나고 가면 안되나?

언니야, 내가 때 밀어줄까?

싫다. 내가 해도 된다.

글지 말고 저리 좀 누워봐라.

민숙이 일어나 유진을 잡아끈다. 두꺼운 허벅지와 엄청난 뱃살에 가려 민숙의 은밀한 곳은 보이지 않는다.

민숙아, 니도 살을 좀 빼야 안되겠나? 체급도 줄이고. 그 키로 덩치 큰 선수들 상대할 수 있겠나 말이다.

유도선수가 몸 이쁘게 만들어 어데 쓰게? 내는 지금이 좋다.

유진이 아래위로 훑어보자 살짝 부끄러움을 느꼈는지 민숙이 탕 안으로 몸을 감춘다. 물의 일렁임이 민숙의 몸을 더욱 비대하게 만든다.

글지 말고 저리 누워봐라, 언니야. 내가 써비스해줄게.

민숙이 유진의 손을 가볍게 잡아끌자 유진은 못 이기는 척 일어선다.

민숙이 유진의 때를 민다. 땟수건 안에 수건을 말아넣고 장난스럽게 박수를 치며 정성스럽게 문지르기 시작한다. 억세고 힘있는 손놀림은 전문가 이상이다. 엎드린 유진의 몸을 찬찬히 들여다본다. 맛있는 초콜릿을 아끼고 아껴 먹는 어린아이 같은 눈망울로 유진의 몸을 한참 바라본다.

내는 언니를 절대로 포기 못한다.

무슨 말이고?

살결이 참 곱다 이 말이지.

유진의 몸에는 군살이라고는 찾아볼 수가 없다. 군데군데 균형 잡힌 근육은 몸을 더욱 탄력있어 보이게 한다. 멋진 엉덩이와 군살 없는 등, 깊게 파인 등골은 눈부시게 아름답다.

근데 할무이는 어데가 아프다는데?

또 시위에 나갔다드라.

아부지?

어.

니도 믿나?

그럼.

그라모 범인을 잡아야지 않겠나.

그건 상관없다. 진실만 밝혀지믄 되는 기라. 할무이도 그 생각이고.

집엔 언제 갈 낀데?

모른다, 내도.

빨래

민숙이 비누거품을 내서 유진의 몸을 문지른다. 손가락 사이를 비집고 올라오는 비누거품, 부드러운 살결에 미끄러지는 감촉이 황홀하기까지 하다.

언니야는 좋아하는 남자 없나?

운동하기도 바쁜데 그럴 시간이 어딨노?

히히. ……그라모 내랑 피엉생 살믄 되겠네. 히히. 언니야, 머리도 감겨줄까나?

……됐다. 내가 할란다.

유진은 민숙의 말에 뭔가 마음이 상했는지 일어나더니 휑 싸우나로 들어가버린다. 적어도 삼십분은 버틸 것이었다. 유진이 싸우나에서 땀을 빼는 동안 민숙은 가져온 빨래를 한다. 목욕탕 주인도 두 여자의 사정을 알고는 욕탕에서 빨래하는 것을 묵인해준다. 유진은 독한 면이 있어 쓰러져 숨을 못 쉬는 한이 있더라도 금방 싸우나에서 나오지 않을 것이다. 고통은 참으면 참을수록 환희를 가져다준다. 참는 만큼 고통에서 풀려나는 순간 느끼는 카타르씨스가 배가된다는 것을 유진은 잘 알고 있다.

민숙은 빨래를 하면서 슬쩍 싸우나 안을 살핀다. 안에서 쉬지 않고 왔다갔다하는 유진이 보인다. 빨랫감은 산더미처럼 쌓여 있다. 둘의 도복과 속옷, 티셔츠까지 하루하루 토해내는 그 양은 어마어마하지만, 언제나 빨래는 민숙의 몫이다. 미안해하며 사양하던 유진도 빨래하기 좋아하는 민숙에게 미안함을 양보한 지 오래이다.

민숙은 벌거벗은 채로 빨래하는 것을 좋아한다. 가장 잘하는 일 중의 하나가 빨래이다. 민숙은 빨래를 하기에 완벽한 체형을 가지고 있다. 아무리 많은 양의 빨래도 민숙의 손에만 잡히면 금세 해결된다. 그 말은 민숙이 유도하기에도 완벽한 몸을 가지고 있다는 뜻이기도 하다. 짧은 팔과 다리, 힘있는 상체와 굵은 허리, 유도를 하기에 완벽한 몸이지만 민숙은 운동하는 것을 그다지 좋아하지 않는다. 억지로 떠밀려 시작했다가 유진을 만나고 재미가 생긴 것뿐이지, 성적에 대한 욕심도, 운동으로 가져올 미래에 대한 기대도 민숙은 없다.

민숙이 삼십분이나 빨래를 했지만 유진은 여전히 싸우나 안을 서성거린다. 민숙이 힐끔힐끔 눈치를 보지만 유진은 눈길 한번 주질 않는다. 탈수기로 물기를 빼는 동안에도, 민숙이 아주 천천히 샤워를 하는 동안에도 유진은 여전하다.

민숙이 빨래를 들고 살며시 싸우나 안으로 들어간다. 민숙은 일분도 견디기 힘들 정도로 숨이 막힌다.

안 힘드나? 삼십분이 넘었다, 언니야.

유진은 대답할 힘도 없다는 듯이 손사래만 친다. 온통 땀으로 젖은 유진의 몸을 민숙이 힐끔거리며 빨래를 펼쳐놓는다.

내가, 내가 가지고 갈 테니 니 먼저 가그라.

아이다. 기다렸다 같이 갈란다. 밥도 먹어야 않겠나?

유진이 천천히 고개를 돌려 민숙을 째려본다. 이쯤 되면 유진은 신경이 면도날처럼 날카로워져서 아무 말도 곧이곧대로 들리지 않는다.

밥?

………

그게 지금 내한테 할 소리가?

유진의 몸에서 굵은 땀방울이 뚝뚝 떨어진다. 나무로 된 바닥은 유진이 흘린 땀으로 흥건하다. 눈엔 핏발이 서 있고 입은 다물질 못한다.

……그게 아이고.

얼른 가그라. 귀찮타.

민숙이 유진의 눈치를 보며 한동안 머뭇거리다 밖으로 나온다. 유진은 손으로 의자를 짚고 엎드린 채로 꼼짝도 하지 않는다.

민숙은 헛헛한 발걸음을 돌린다. 돌아서 도장으로 향하는 걸음이 쓸쓸하기 그지없다.

노래부르기

밤이 되자 제법 선선한 바람이 창으로 넘나든다.

민숙은 딱딱하면서 또 푸근함을 주는 매트의 감촉을 좋아한다. 도장 매트는 짚을 꼬아 만든 판을 여러개 이어서 맞추어놓은 것이다. 코를 대고 숨을 들이마시면 마른 짚 냄새가 기분을 편안하게 만든다.

깜깜해서 한치 앞도 분간할 수 없는 도장은 오분쯤 누워 있으면 조금씩 환해진다. 가장 멀리 떨어진 자리, 구석부터 환해지기 시작한다. 그러다가 어둠에 익숙해지면 날아다니는 모기도 잡을 수 있을 만큼 밤은 밝아진다.

민숙은 옷을 훌러덩 벗어버리고 도장 한가운데 누워 천장을 멍하니 바라본다. 밤의 침묵은 낮보다 길고 고통스럽다. 아직은 할일도 많고 놀 거리도 많은 나이의 민숙은 어른스럽게 침묵의 시간과 따분한 공간을 잘 이기고 즐긴다.

그러나 가만히 밤의 소리에 귀기울이면 마음은 소란스러워진다. 가령 매미의 울음소리를 들으면 자신도 모르게 어느새 따라 울게 되고, 개구리나 귀뚜라미 같은 것도 마찬가지다.

맴, 매, 매매…… 저것들은 왜 밤에만 우는지 모르겠다. 원래 낮에 울어야 하는 거 아이가? 시끄러 죽겠다, 이놈들아.

민숙의 목소리가 도장 안에 쩌렁쩌렁 울린다.

민숙은 하릴없이 누운 채로 매트 이곳저곳을 굴러본다.

민숙이 불꺼진 도장에서 노래를 부른다.

밤이 되면 민숙은 불꺼진 도장에서 혼자 오래도록 노래를 부른다. 민숙의 오래된 버릇이자 일상이다. 찬 매트에 누워 노래를 부르는 일. 민숙은 왠지 모를 해방감마저 든다.

밤이 되면 도장 안의 울림은 심해져 작은 목소리로 읊조려도 근사하게 들린다. 동요에서부터 할머니한테 배운 트로트, 혼자 익힌 댄스가요까지 민숙의 노래부르기는 오래도록 계속된다.

가요집을 보며 마음속으로 연습한 노래를 정성들여 한곡 한곡 밤의 침묵에게 선사한다.

350번, 「못다 핀 꽃 한송이」. 언제 가셨는데 안 오시나……

민숙의 목소리가 평소와는 달리 간드러지게 밤을 울린다. 코에 잔뜩 힘을 주고 입술을 거의 움직이지 않으면서 코로 노래를 부른다. 비음으로 부르는 노랫소리가 도장 안의 울림을 타고 창을 빠져나간다.

밤낮 구분 못하는 매미 울음소리, 시도때도없는 개구리 울음소리, 때이른 귀뚜라미 울음소리, 이 모든 암컷을 부르는 수컷들의 울음소리와 민숙이 코로 부르는 노랫소리가 밤의 침묵 속으로 스며든다.

유진은 저녁을 거른 채 다시 운동을 시작한다.

저녁에는 주로 러닝을 한다. 그녀의 오랜 습관 중의 하나이다. 유진은 언제나 몸이 움직일 수 없을 정도로 힘들고 심장이 터질 만큼 지쳐야 운동을 멈춘다. 조금만 가만히 쉬어도 유진은 안절부절못한다.

실신 직전에야 싸우나에서 나온 유진은 그대로 냉탕에 고꾸라지듯 쓰러졌다. 한참 동안을 물에 뜨는 연습을 하며 몸의 열기를 식혔다. 차가운 냉탕의 물이라도 퍼먹고 싶을 만큼 갈증이 났지만 유진은 태연한 척 참았다.

타들어갈 듯한 목마름을 참아내는 것, 유진은 그것을 즐긴다. 참고 참았다가 저녁 운동을 모두 끝낸 후에 해소할 작정이었다. 쌓인 갈증을 운동 후에 해소하는 것, 유진에겐 그것이 완벽한 카타르씨스였다.

내색은 하지 않지만 온몸에 부상 없는 곳이 없다. 손목, 발목, 무릎, 팔꿈치, 모든 관절들마다 덜그럭거리는 소리가 들릴 정도로 아팠지만 유진은 그것마저 즐기려고 애썼다.

유진은 러닝화와 가벼운 트레이닝복으로 갈아입고 러닝을 시작한다. 근처 작은 초등학교 운동장 담을 따라 돌기 시작한다. 처음 러닝을 시작할 때는 시간이나 바퀴 수를 정해놓고 달렸지만, 이제는 그런 것에 신경쓰지 않는다. 제한해놓은, 미리 정해놓은 운동량이 마음을 불쾌하게 만들었기 때문이다. 유진은 그냥 숨이 턱에 차오르고 더이상 숨쉬기가 힘들 때까지 달린다. 그게 자신의 운동 정량이라고 굳게 믿는다. 컨디션이 좋은 날은 운동장 백 바퀴도 거뜬할 때가 있으니 유진은 심한 운동중독 그 이상이다.

어둠에 눈이 익숙해지자 유진은 전속력으로 운동장을 뛰기 시작한다.

아무리 숨이 차올라도 쉽사리 운동을 멈출 수가 없다. 그것을 이겨내려고 또 달릴 뿐이다. 유진도 그런 자신이 때론 이해가 잘

가지 않지만, 그런 생각도 잠시, 몸 스스로 참고, 또 참고 달린다. 몸을 이해하기도 전에 이미 마음이 따라가는 것이다.

배려

군청에서 마련해준 숙소는 작은 욕실이 딸린 단출한 방 하나가 전부다. 민숙이 숙소로 들어와 유진과 같이 생활한 지 삼년이 지났다. 유진은 이미 숙소에서 육년째 생활하고 있으니, 민숙이 유진의 집으로 들어온 것이나 다름없다.

민숙이 시간을 보더니 서둘러 유진의 이부자리를 편다.

방 안에는 흔히 있음직한 세간 같은 것은 전무하고 온통 운동복과 도복만이 어지럽게 널려 있다. 벽에 걸린 간이옷걸이에도 트레이닝복만 수북하다. 작은 텔레비전이 놓여 있지만 둘이 같이 보는 경우는 거의 없다. 유진은 텔레비전 보는 것을 싫어했다. 민숙은 유진이 없을 때만 숨죽이며 볼륨을 죽이고 훔쳐보듯 텔레비전을 본다.

저녁 운동을 마치고 돌아온 유진이 욕실로 직행한다. 이부자리를 펴는 민숙을 지나치며 유진이 쇳소리 같은 숨을 짧게 내뱉는다.

……언니야, 뭐 마실 거라도 주까?

………

욕실에서는 아무 대답도 들려오지 않는다. 민숙이 욕실 문에 귀를 대어보지만 샤워기에서 떨어지는 물소리만 작은 집에 가득하다.

시합을 이틀 앞두고 유진은 신경이 곤두서 있다. 들쭉날쭉한 유진의 감정에 민숙은 익숙한 편이다. 모든 것을 유진에게 맞추어 그녀가 최상의 컨디션을 유지할 수 있도록 돕는 일이 연습 파트너인 민숙이 해야 할 일이었다. 민숙은 그것이야말로 헌신적인 진정한 사랑이라고 믿는다.

민숙이 이불을 깔고 유진이 나오기를 기다리지만 샤워는 길어진다. 민숙은 가끔 까치발로 다가가 욕실 문에 귀를 대어보곤 한다.

민숙은 자신의 감정이나 기분도 유진과 같이할 때가 많다. 유진이 침울해지면 같이 우울해지고, 유진이 엽되면 민숙의 기분도 덩달아 좋아진다.

민숙은 요즘 갈수록 우울해하는 유진이 걱정된다. 유진이 가장 기분좋은 때라면 운동을 하고 땀을 흠뻑 흘리고 나서인데, 만족하는 운동량이 점점 늘어나는 것에 민숙은 불안하기만 하다. 엄청난 운동을 하고서도 만족을 모르는 유진의 몸이 문제인 것이다. 그녀의 운동량은 날이 갈수록 늘어나서 이젠 민숙이 엄두도 내지 못할 정도다.

샤워기의 물소리가 뚝 그치자 민숙은 얼른 자리에 가 눕는다. 유진은 운동을 시작하는 아침에는 보통 기분이 한창 좋았다가 하루일과를 마치고 잠자리에 들기 전엔 최악의 상황으로 떨어진다. 몸은 말할 수 없을 정도로 지치고 힘든데 전혀 만족감이 없으니,

유진이 느끼는 고통은 어쩌면 당연한 일일 것이다.

유진이 속옷만 걸친 채 욕실에서 나온다. 민숙은 엎드려 누워 노래방 책을 뒤적거린다.

미처 다 닦지 못한 물기가 뚝뚝 방바닥으로 떨어진다. 유진이 다리가 풀리며 철퍼덕 이불 위로 쓰러진다.

와 그라노? 어데 아프나? …… 많이 힘들어 그카나?

밥은 묵었나?

유진이 겨우 소리내어 말을 한다.

배 안 고프나? 많이 힘들 낀데.

맨날 노래방 책은 뭐 하러 들여다보노.

힘이 모두 빠져나간 목소리다. 말하는 것도 버거운 듯 천천히 입을 뗀다.

내는 라면 두 개 삶아 묵었다. 언니야는 우짜노.

몸이 내 몸 같지가 않다. 삭신이 쑤셔서.

유진이 힘들게 돌아눕는다. 손끝 하나도 움직이기 힘들 만큼 몸이 무겁다.

민숙이 걱정스러운 눈빛으로 유진을 바라보며 일어나 앉는다.

언니야, 내가 마싸지해줄까?

니도 힘든데. 됐다.

아이다, 내는 저녁 내내 노래부르고 놀았다 아이가.

유진이 힘들게 다시 엎드려 눕고 민숙은 민첩하게 소염제를 가지고 온다. 민숙이 유진의 브래지어를 풀고 소염진통제를 바른다.

니 정말 노래방 번호 다 외웠나?

아이다. 반도 못 외웠다.

민숙이 손에 익은 듯 유진의 등을 마싸지한다. 유진은 참기 힘든 듯 간혹 짧은 신음소리를 내뱉는다. 시작한 지 오분도 안돼 민숙의 이마에서 굵은 땀방울이 뚝뚝 떨어져 소염진통제와 섞인다. 유진은 괴로운 듯 입술을 문다.

민숙의 통통한 손이 부드럽게 지나간 자리에 새로운 길이 열리듯 유진의 등이 벌겋게 달아오른다.

민숙은 유진의 몸을 만지는 걸 좋아한다. 고무타이어같이 단단한 살결. 푸석푸석한 자기 피부와는 다르게 유진의 살결은 부드럽고 피부는 윤이 났다. 민숙은 유진의 살결에서 마른 짚 냄새 같은 푸근함과 평온함을 얻는다.

노래방 책은 어디까지 외웠는데?

자꾸 그러지 마라. 챙피스럽다. 기양 취미로 하는 긴데.

음…… 「창밖의 여자」는 몇번이가?

언니야도 그런 노래 아나? 1797번이제, 그건.

어디 맞는지 찾아볼까.

민숙의 마싸지가 효과가 있었는지 유진의 몸은 금세 활기를 띤다. 유진이 던져놓은 노래방 책을 끌어다 뒤적인다.

우아, 맞네.

민숙이 부끄러운 듯 금세 얼굴이 빨개진다.

무얼, 그런 걸 가지고……

민숙은 신이 나서 손아귀에 더욱 힘을 준다. 민숙은 유진의 엉덩이와 다리를 주무른다.

민숙아, ······니는 내 선수촌에 들어가면 우짤 끼가? 여서 혼자 지내기 그렇지 않겠나? 만약에 말이다.

······언니야가 델꼬 가는 기 아이가? 나도 델꼬 가믄 되지. 넘길 사람 필요할 거 아이가?

근데, 알아보이 선수촌에 그런 선수 많다 카더라.

·········

민숙은 발목을 꺾어 누르다가 손을 멈추고 말이 없다.

또 알아보이, 방법이 있다. 니가 삼등 안에 들믄 된다. 내도 마찬가지지만 말이다.

민숙이 코를 찡그린다. 서둘러 마싸지를 마치고 욕실로 들어간다. 대야에 물을 받고 쭈그려앉아 오래도록 손을 꼼꼼하게 씻는다.

대표선발전

민숙이 잠에서 깼을 땐 유진은 이미 아침 운동을 나가고 없었다. 민숙은 다른 날과는 달리 일어나자마자 아침 일찍 도장으로 향한다. 괜히 바빠진 마음을 다스릴 길이 없다.

유진은 오전시간 대부분을 헬스클럽에서 보낸다. 사 킬로미터나 떨어진 읍내의 헬스클럽까지 뛰어갔다 운동을 마치고 다시 뛰어서 돌아온다. 코치와 다른 남자선수들 대부분은 점심때나 되어야 어슬렁어슬렁 도장에 나타나곤 한다. 언제나처럼 오전 내내 도장은 텅 비어 있다. 민숙도 평소에는 늦잠을 자거나 텔레비전을 보는데 심란한 마음은 새벽같이 잠에서 불러냈다.

아침 일찍 찾은 도장은 낯설기만 하다. 밤새 열어놓은 창 때문에 매트엔 축축하게 습기가 앉아 있다. 걸을 때마다 맨발 자국이 매트에 찍힌다. 민숙은 도장 한구석에서 트레이닝복을 벗고 도복으로 갈아입는다.

도복을 입긴 했는데 뭘 해야 할지 망설여진다. 군청 유도단에 들어온 지도 사년이 되어가는데 민숙은 변변한 수상 실적이 없다. 시합에 나간 것도 근래엔 손에 꼽을 만큼 드물다. 군청에 보고할 서류 작성을 위해 일년에 한두 번 출전하는 것이 전부인데다, 성적에 대한 욕심도 없어서 출전한 경기마다 거의 일회전에 탈락했다. 승리에 대한 욕심이 있다고 해도 언제나 넘어가는 연습만 하던 민숙이 기술을 걸어 상대방을 넘기기란 불가능에 가까운 일이다.

유진은 도대회에서는 언제나 출중한 성적을 거두었지만 전국체전이나 국가대표선발전 같은 큰 대회에서는 번번이 고배를 마셨다. 유진이 이번 기회가 마지막이라고 생각하고 온힘을 쏟는 이유는, 다음 올림픽엔 서른네살이 되므로 현실적으로 출전이 불가능하기 때문이다. 민숙은 그런 유진의 다짐이 불안해졌다.

한참을 멍하니 앉아 있던 민숙이 하릴없이 매트를 구르기 시작한다. 발목을 모으고 앞으로 굴러 다시 쪼그려앉기를 반복한다. 앞으로 구른 다음 쪼그려앉을 때마다 두꺼운 허벅지와 뱃살 때문에 엉덩방아를 찧지만, 포기하지 않고 손을 짚고 다시 구르기를 반복한다.

민숙이 유도에 이렇게 열심인 건 처음이다. 뭘 하겠다는 결심이 서서가 아니라 착잡한 마음을 다스리기 위해서이긴 하지만.

겨우 한번 왕복했을 뿐인데 온몸에 땀이 줄줄 흐른다. 민숙은 구르기를 그만두고 이번엔 낙법을 연습한다. 유도에선 혼자 할 수 있는 훈련이 한정되어 있고, 또 혼자 연습 같은 것을 한 적도 없어서 민숙은 우왕좌왕이다. 그래도 오래전에 배운 것을 기억해내며 열심이다. 앞으로 넘어지며 낙법을 치고, 일어나서 옆으로 넘어지며 또 낙법을 치고, 뒤로 넘어지며 후방낙법을 쳐보지만 어딘지 모르게 엉성하기만 하다.

아침부터 와 이리 시끄럽노. 시끄럽다, 이놈들아.

민숙은 낙법 연습을 하다 말고 창가에 앉아 지저귀는 새들에게 신경질을 부린다.

오전시간이 더디게만 흐른다. 구르기 몇번, 낙법 몇번을 해보던 민숙은 금방 포기해버리고 도장 한가운데 대(大)자로 벌러덩 눕는다.

민숙은 일분도 채 안돼서 언제 훈련을 하고 있었느냐는 듯 금세 코까지 골며 잠을 잔다. 아주 깊은 잠으로 빠져들고 시간은 더욱 더디게 흐른다.

유진이 다시 달리기 시작한다. 차를 타면 몇분 걸리지 않는 거리를 한시간 넘게 뛰어서 집으로 돌아온다. 유진의 발걸음이 유독 가볍다. 하루 만에 삼 킬로그램을 감량한 것도 그렇고 요 근래

부쩍 좋아진 근력이 자신감을 준다. 유진은 달리면서 이번이 마지막 기회라는 것을 각인하고 승리를 다짐한다. 이번에 국가대표에 선발되지 못해 올림픽에 나가는 것이 실패한다면 미련없이 도복을 벗을 작정이지만, 정말로 그만둘 수 있을지는 자신할 수 없다. 유도가 아니더라도 또다시 다른 운동에 매달릴 거라는 걸 스스로 잘 알기 때문이다. 실은 속으로 마음먹은 운동도 있다. 유진은 싸이클로 종목을 바꾸어볼 생각이다. 혹 그런 느슨해진 마음이 대표선발전에 마이너스로 작용할까 그런 뜻을 내비치진 않았지만 서른살의 나이로 유도 국가대표가 된다는 것도 불가능한 일이라는 것 역시 염두에 두고 있다.

숨이 서서히 차오르고 열이 오르며 아무 생각도 들지 않는 상태, 유진은 그것을 포기할 수 없다. 달리고 달리면 아무 걱정도 떠오르지 않는다. 대표선발전이 내일이라는 것만 생각한다.

밤마다 치근대던 새아버지의 손길도, 다 알면서도 모른 척 돌아눕던 엄마의 야윈 등도, 뒤로 멀어지는 풍경 사이로 모두 날아가버린다.

타이어 잡아당기기

니도 혼자 운동할 때가 있나.

유진이 가쁜 숨을 몰아쉬며 도장에 누워 있는 민숙을 내려다본다.

운동한 거 아이다. 책 보고 잤다.

노래방 책도 책이가? 멀쩡한 방 놔두고 와 찬 바닥에 누워 잠을 자노.

민숙이 코를 찡그리며 유진을 외면한다. 한쪽 벽에 매달린 타이어 튜브를 만지작거린다.

와, 당겨볼라고 그라나? 시킬 땐 죽어도 싫다 카더이 뭔 바람이 불어가 그라노?

……내도 선발전 나갈란다.

민숙이 튜브를 우악스럽게 잡고 막무가내로 당기기 시작한다. 선수들은 쥐는 힘과 당기는 힘을 기르기 위해서 벽에다가 타이어 속 고무튜브를 매달아놓고 잡아당기는 훈련을 한다.

야야, 다친다. 시합이 낼인데 무슨 시합을 나간다고 그라는 기가.

민숙은 신경질적으로 튜브를 잡고 업어치기 연습을 한다. 민숙의 행동에 민첩함이라곤 찾아볼 수가 없다.

그래 들어가믄 상대가 모르겠나? 빨리 획 돌아 엉덩이를 대고 업어쳐야 넘어가지.

누가 니한테 물었나. 뭔 상관이고?

와 그리 날이 섰는데? 니 내한테 화난 거 있나?

………

민숙은 벌써 힘에 부치는지 잡았던 타이어 튜브를 놓는다.

내는 언니야가 그리 생각하는지 몰랐다. 내 오늘부터 언니야 파트너 안할란다. 내도 던지는 연습 할 끼다.

무슨 말인데? 속시원히 애길 해야지, 그래 말하믄 우에 아노?
………

민숙은 코만 찡그리며 말이 없다. 벌써 눈엔 눈물이 그렁그렁 맺혀 살짝 건들기만 해도 후드득 떨어질 것 같다.

유진이 천천히 다가와 민숙의 어깨를 토닥인다.

할무이 때문이가? 니 집에 못 가 서운해서 그라나?

그란 기 아이다. 언니야는…… 내 맘을 모른다.

민숙의 눈에서 주먹만한 눈물이 주르륵 후드득 떨어진다. 민숙이 쓱 도복 소매로 눈물을 훔친다.

말을 해야 알지. 안 그라나.

내는 항상 같이 있을 줄 알았다, 내는……

유진이 민숙을 당겨 안는다. 호리호리한 유진에게 안긴 덩치 큰 민숙이 아주 작은 어린아이 같다. 민숙이 유진의 품에 안겨 엉엉 소리내 울기 시작하자 유진이 민숙의 커다란 등을 엄마처럼 다독인다.

허리후리기

민숙은 코치를 붙잡고 막무가내로 우기기 시작한다. 이미 출전선수 명단을 제출한 상태였음에도 민숙은 악착같이 코치에게 들러붙어 경기에 출전시켜줄 것을 요구한다.

니 체중은 되나? 체중이 안되믄 못 나가는 거 아나 모르나?

참다못한 코치가 저울을 가지고 와서 민숙을 단념시키려는 듯 힘주어 말한다.

얼른 올라스그라.

코를 연방 찡그리며 민숙은 저울을 외면한다.

내부터 재보입시다.

유진이 얼른 코치가 가지고 온 체중계에 올라선다. 체중은 한 치의 오차도 없이 육십삼 킬로그램을 유지하고 있다. 어제부터 물 한모금 시원스럽게 먹지 못한 상태여서 어지럼증이 일었지만 유진은 지친 기색 하나 내비치지 않는다.

얼른 올라스그라. 무게만 되면 출전시켜줄게.

민숙이 망설이다가 당당하던 조금 전과는 달리 멋쩍은 듯이 저울에 올라선다.

와, 이게 뭐꼬?

코치가 놀란 척 과장하며 민숙을 비꼰다. 민숙의 체중은 칠십육 킬로그램을 조금 넘는다. 민숙이 슬그머니 저울에서 내려와 코치의 눈치를 본다.

내, 체급 올려 나갈랍니다.

……니 정신있나?

코치가 눈이 휘둥그레져서 쳐다본다.

민숙이 말대로 해주입시다. 앞으로도 두 체급이나 내리는 건 힘들지 않겠나 말입니다.

유진이 민숙을 두둔하고 나서자 코치도 입을 다문다. 민숙이 부끄러운 듯 희미한 미소를 짓는다.

니 준비는 잘됐지?

코치가 유진의 어깨를 다독이며 말하고는 민숙을 출전선수 명단에 올리기 위해 서둘러 자리를 뜬다.

고맙다, 언니야.

민숙이 멋쩍은 듯 돌아선다. 유진이 작달막한 민숙의 뒷모습을 근심 어린 눈으로 바라본다.

민숙이 튜브 잡아당기기 연습을 몇번 해보더니 천장에 매달린 줄을 타려고 안간힘을 쓴다. 그러나 한 팔도 줄에 올라서지 못하고 주르륵 미끄러져 내려온다. 낑낑대던 민숙이 신경질적으로 잡고 있던 줄을 던지며 다리 근육을 풀고 있는 유진에게 다가간다.

훈련 마지막날, 유진은 스트레칭으로 몸을 풀고 엄청난 운동량으로 경직돼 있는 근육을 마싸지하는 수준으로 훈련을 마무리할 예정이다.

언니야, 내 기술 하나만 갈켜도.

기술? 무슨 기술?

그 있잖나, 내 공중에서 뱅글뱅글 돌리는 거.

허리후리기 말이가?

어, 그건 넘어가는 사람도 아름답다 아이가.

되겠나? 니하고 붙는 사람은 키가 내보다도 클 낀데.

기양. 다른 거도 어차피 안될 거 그거 하고 싶다, 내.

유진이 친절하게 민숙에게 설명해보지만 영 신통치가 않다.

가장 중요한 건, 허리에다 다리를 걸어야 하는데, 그래야 공중에다 돌리는데 말이다. 니 키로 가능하겠나? 기껏해야 허벅다리까지도 힘든데 말이다. 그러지 말고 니는 밑을 노려야 한다.

밑?

유진은 허리후리기 대신 민숙에게 다리를 걸어 넘어뜨리는 기술을 가르쳐주지만 이것도 신통치가 않다.

이것도 잘 안되네.

하루아침에 되겠나? 꾸준히 연습해야지.

민숙은 유진의 다리를 두 손으로 붙잡고 기를 써보지만 유진은 꿈쩍도 하지 않는다. 보다못한 유진이 억지로 넘어가준다.

우아, 되네.

민숙이 만족한 듯 함박웃음을 웃는다. 유진도 같이 멋쩍게 웃는다.

유진은 실로 아주 오랜만에 민숙에게 자신이 메쳤음을 깨닫는다.

한판

시합날 아침, 민숙과 유진은 무사히 계체량을 통과한다. 유진은 계체량 통과 후에 누룽지 몇숟갈로 허기를 달랜다. 민숙의 왕성한 식욕은 시합과는 무관하여 아침부터 삼겹살로 배를 채운다.

그래 먹고 시합 되겠나?

잘 먹어야 힘을 쓰지.

민숙이 마지막 남은 삼겹살을 상추에 싸며 남 일처럼 말한다.

경기장 근처에서 아침을 먹고 둘은 마지막으로 몸을 푼다. 살짝 땀이 날 정도로만 몸을 움직인다. 경기는 빠르게 진행되고 금세 둘의 차례가 다가온다.

예상한 대로 유진은 가볍게 예선을 통과하고 민숙도 8강에 오른다. 여자 헤비급은 출전선수가 많지 않아 실제로는 바로 결선이나 다름없고, 두 번만 이기면 대표로 차출될 수 있었다.

민숙은 자신의 시합은 뒷전이고 유진의 경기를 따라다니며 응원하느라 정신이 없다. 자기 경기는 모두 다 끝난 일처럼 대수롭지 않게 생각한다. 유진이 한판 한판 이길 때마다 민숙은 경기장으로 가장 먼저 뛰어들어가 마치 올림픽에서 금메달이라도 딴 것처럼 유진을 번쩍 들어올린다.

민숙은 첫 경기도 부전승으로 올라간다. 상대 선수가 계체량을 통과하지 못해서 한시간마다 재차 체중을 달았지만 조금도 변함이 없어 실격당했기 때문이다. 민숙은 경기장 안에 들어서서 멋쩍게 인사만 하고 매트를 내려온다.

와 이리 운이 좋노?

키가 백팔십도 넘겠드라.

그치? 난 숨도 못 쉬었을 끼라. 언니도 체중 불려 체급 올리라. 키도 되는데.

이것도 힘들어 죽겠다. 쪼맨한 아들하고 싸워도 이래 힘을 못 쓰는데 되겠나?

예상과는 달리 민숙은 아주 쉽게 국가대표가 된다. 4강에서도 우세승으로 결승에 진출하게 된 것이다. 민숙은 그냥 버티기만

했을 뿐이다. 양 선수는 아무 포인트도 얻지 못했다. 거구의 상대
방은 키가 작은 민숙을 어떻게 해볼 도리가 없는 듯했다. 연장전
에서도 서로 아무 포인트도 얻지 못했고, 체중이 덜 나간 민숙이
결승에 진출하게 됐다.

유진은 4강에서 지는 바람에 3, 4위 결정전으로 밀려난다. 상
대방은 현재 국가대표 일진이었고, 올림픽에서도 2연패한 강자
였다. 유진은 4강전이 시작되기 전 이미 체력이 바닥난 상태였
다. 유진은 민숙에 비해 초라할 정도로 운이 없었다. 그렇지만 유
진에게도 기회는 있다. 3위가 되면 국가대표 상비군으로 발탁될
수 있기 때문이다.

민숙은 이기고도, 대표가 되고도 시무룩해져 있다. 오히려 결
의를 불태우는 유진과는 달리 민숙은 자꾸 우울해진다.

아직 끝난 거 아이다. 니 내랑 같이 살고 싶다 안했나? 사랑하
는 사람들처럼 말이다.

………

보여도. 내도 할 끼라.

유진이 민숙의 등을 토닥인다. 여자선수 모두 대표선발에 근
접해 있어 코치는 신이 나서 어쩔 줄을 모른다. 자기가 이제 국가
대표 코치가 된다고 믿는 모양이다.

여자 헤비급 결승. 민숙은 경기를 시작하자마자 상대방의 다
리를 파고든다. 당황한 선수는 자꾸 뒷걸음질치며 민숙을 떼어내
려고 내리눌렀고, 그러면 그럴수록 민숙은 더욱더 집요하게 왼쪽
다리를 파고들었다. 다리를 잡았지만 유진에게 걸었던 것처럼 어

찌해볼 도리가 없다. 어디에서 그런 힘이 나오는 것인지 민숙은 경기 내내 상대방의 한쪽 다리를 잡고 놔주지 않는다. 경기 종료 직전 민숙은 여전히 다리를 악착같이 붙잡고 있고 상대 선수는 다리를 빼내려 안간힘을 쓰다 중심을 잃고 쓰러진다. 효과. 민숙은 엉겁결에 유도에서 가장 낮은 점수를 받고 경기는 싱겁게 끝이 난다. 경기가 끝나자마자 코치가 달려나와 민숙을 들어올리려 애쓰지만 들리지 않아 우스운 꼴만 당하고 만다. 관중들은 땅딸막한 민숙을 붙잡고 낑낑대는 코치를 보고 박장대소한다. 민숙이 다음 시합을 위해 대기하고 있는 유진을 향해 주먹을 쥐어 보이며 파이팅을 외친다.

민숙은 난생처음 해보는 인터뷰를 위해 카메라 앞에 서고, 유진은 마지막 남은 희망을 위해 매트에 올라선다.

헤비급에선 우리나라가 변변한 성적을 거두지 못해서 이번에 기대가 큰데요. 자그마한 체구에서 어떻게 그런 힘이 나오는지 궁금한데요.

······ 힘이요? ······ 지가 뱃살이 엄청나거든요. 그래서 그란 게 아인가······

네, 재밌는 답변이네요. 도복 잡을 때 쥐는 힘이 아주 좋던데 주로 어떤 훈련을 하셨습니까?

·········

민숙은 유진의 경기에 신경쓰느라 정신이 없다. 바짝 들이민 마이크를 멍하니 바라본다. 민숙은 잔뜩 얼어서 어안이 벙벙하고 앞이 캄캄하기만 하다.

쥐는 힘이 좋은데 어떤 훈련을 했냐고……

민숙은 다리가 후들거려서 선뜻 대답을 할 수가 없다. 연방 유진의 경기를 힐끔거리며 한참 뜸을 들인다.

……제가 빨래를 좀, 유진이 언니 거랑 제 거랑 엄청나거든요, 하루에.

……하하하, 재밌는 대답이시네요. 이제 올림픽이 이백여일 앞으로 다가왔는데요, 앞으로 각오와 계획, 바라는 게 있다면 한 말씀 해주세요.

……바라는 거요? ……울 아부지가 군인이었는데, 죽었거든요. 자살 안했는데 계속 자살했다 카고, 할무이는 맨날 데모하거든요. 아부지 죽음이 진실로 밝혀졌음 바라구요. 유진이 언니와……

민숙은 유진의 건승을 기원하려는 말을 하려다 멈춘다. 입을 벌린 채 멍하니 매트를 바라본다. 유진은 난생처음 가장 아름답게 허공을 날고 있다. 착지를 염두에 두지 않은 것이므로 그 아름다움은 더욱 빛이 난다.

후방낙법을 쳐야 되는데……

민숙이 혼잣말처럼 중얼거린다.

……지금까지 여자 헤비급에서 우승한 조민숙씨의 인터뷰였습니다.

당황한 아나운서가 서둘러 인터뷰를 마친다.

바뀐 텔레비전 화면은 슬로우모션으로 아름답게 허공을 나는 유진의 모습을 클로즈업하고 있다.

굿바이 투 로맨스

어렸을 때는 그렇게 싫고 무서웠어.

실은 몇년 전까지.

널 처음 만났을 때만 해도 난 아버지를 증오하고,

저주하는 줄 알았었지.

근데 아니었단 말이지.

아버지가 이해돼.

밥상을 엎던 아버지, 어머니를 괴롭히던 아버지를

이해하기 시작했다는 말이지.

단발머리, 너 왜 도망칠 생각을 않는 거야? 사랑이라도 하는
거야? ……한심한.

밥상 위 어지럽게 놓여 있는 크고작은 반찬통에 밥알이 튀었
다. 영숙씨는 못 들은 척 만화책만 뒤적이는 미주를 쏘아보았지
만, 미주는 앞으로 쏟아진 머리를 천천히 귀 뒤로 넘기며 만화책
에서 눈을 떼지 않았다. 서른살 미주의 살결은 아직도 열여덟 소
녀처럼 얇고 투명했다. 책장을 넘기려고 손끝에 침을 바를 때마
다 볼에 보조개가 움푹 파였다. 영숙씨가 신경질적으로 반찬을
뒤적거리며 눈을 흘겼다.

이쁜 것들은 정말 재수없어.

영숙씨, 나보고 하는 소리니? 고마워.

미주는 허리를 꼿꼿이 세운 채 만화책에서 눈을 떼지 않고서

무심히 말했다.

영숙씨가 남자를 다시 만난 건 작년 겨울이었다. 꽁꽁 언 손에 입김을 호호 불며 편의점으로 들어섰을 때 남자는 점원과 작은 말다툼을 벌이고 있었다.

삼년 만에 보는 그였다. 한번도 잊어본 적 없고, 그래서 보고 싶지 않았던 사람을 아주 우연히 보게 되었다. 영숙씨는 편의점 앞 포장마차에서 어묵으로 대충 저녁을 때우고 우유를 사기 위해 편의점에 갔었다. 생각해보면 꼭 우유가 먹고 싶었던 것도 아닌데, 지금도 그 시간에 편의점에 들른 게 영숙씨는 후회되기만 했다.

어이, 이게 누구신가?

남자가 말했지만 등지고 서 있던 영숙씨는 듣지 못했다. 영숙씨는 차가운 우유를 들고 멀찍이 떨어져서 계산을 기다리고 있었다. 가끔 점원 얼굴을 쳐다보며 실랑이를 멈추고 우윳값을 계산해주길 기다렸다.

지금 쌩까는 거냐?

영숙씨가 남자를 알아본 것은 그때였다. 놀란 입을 다물지 못하고 빤히 쳐다보기만 했다. 오랜만에 본 남자에겐 어딘지 전에 없던 자신감이 붙어 있었다. 하루도 잊어본 적 없는 그였기에 남자의 모습은 오히려 생소했다. 알아보지 못할 정도로 바뀐 외모와 몸에 잔뜩 녹아든 거만함에 영숙씨는 어안이 벙벙했다.

……여기서 이렇게 만나네. 찾으려니 그렇게 찾을 수 없더니.

남자의 말을 못 들은 척 영숙씨는 뚜벅뚜벅 문가로 걸어나갔다.

아는 체도 안하기야? 에이, 그건 옛사랑에 대한 예의가 아니지. 내가 널 얼마나 찾아다녔는데.

영숙씨는 양손으로 꼭 쥐고 있던 딸기우유만 만지작거렸다. 영숙씨는 문을 열며 속으로 외쳤다. '얼른 도망가.' 그러나 마음만 그랬지 걸음은 땅속으로 점점 꺼져들었다. 남자가 다가와 등 뒤에 서 있는 게 유리에 비쳤다. 배시시 웃고 있는 얼굴이 유리문에 비쳐 등골을 오싹하게 만들었다. 그와 보낸 지옥 같던 시간들이 순식간에 웃음 속으로 빨려들어가는 듯했다. 남자가 친절하게 편의점 문을 열어주었다. 익숙한 스킨냄새가 영숙씨의 머리를 어지럽게 만들었다.

아저씨, 그냥 가면 어떡해요. 빨리 계산해요.

남자는 점원의 말을 들은 척도 하지 않고 문을 나서며 요구르트에 빨대를 꽂았다. 그사이 눈이 내리고 있었다. 세상에서 가장 크고 둥근 눈이 남자와 영숙씨의 머리 위로 쏟아졌다.

영숙씨가 덜그럭덜그럭 설거지를 시작했다. 미주는 앉은 자리에서 꼼짝도 하지 않았다. 작은 밥상에 만화책이 수북이 쌓여 있었다. 미주는 학생들이 교과서를 보는 것처럼 만화책을 정독했다. 허리를 꼿꼿이 세우고 앉아 한치의 흐트러짐도 없어 보였다.

설거지를 마친 영숙씨는 걸레를 빨아 방을 닦기 시작했다. 부엌에서 시작한 걸레질은 작은방을 넘어, 미주가 앉아 있는 큰방까지 이어졌다. 영숙씨는 무엇이든지 시작하면 작정하고 투쟁적으로 일을 하곤 했다. 영숙씨가 엉덩이 밑으로 우악스럽게 걸레를 집어넣었지만 미주는 꼼짝도 하지 않았다.

이쁜 것들은 걸레질도 안하고 산다니?

미주는 슬쩍 영숙씨를 쳐다볼 뿐 다시 만화책 보는 것에만 집중했다. 영숙씨는 걸레질을 멈추고 미주의 긴 속눈썹과 보조개를 째려보았다. 미주가 책장을 넘기기 위해 손에 침을 바를 때마다 움푹 파이는 보조개와 투명한 살빛은 꼭 금방이라도 허물어질 것처럼 눈부셨다.

그날, 영숙씨는 팔을 잡아끄는 남자에게 아무 반항도 하지 않았다.

영숙씨는 여관 침대에 누워 천장에 달린 거울을 멍하니 쳐다보았다. 몸 위에서 기를 쓰는 남자의 등골과 갈라진 엉덩이의 틈새가 한없이 깊어만 보였다. 슬슬 잊으려고 애썼던 악몽들이 되살아나기 시작한 순간, 영숙씨는 속으로 모든 것이 자기 탓이라고 자책했다.

천장에 달린 거울에 두 사람의 알몸이 적나라하게 드러났다. 영숙씨가 이불을 끌어당겨 몸을 가리자, 남자가 곧바로 이불을 걷어치웠다.

좀 보자. 오랜만인데. 너, 무슨 살이 이렇게 쪘냐, 그새.

영숙씨가 두 눈을 질끈 감았다. 모든 것이 다시 시작되고 있었다. 시간이 꼭 삼년 전으로 되돌아간 것 같았다. 남자와 떨어져 지낸 시간이 순식간에 무의미하게 사라져버렸다.

널 꼭 만나야 되는 이유가 있었어. 만나서 사과하고 잘못을 빌고 싶었어. 지난 일은 용서해줬음 좋겠다.

남자가 거울에 비친 영숙씨를 향해 담배연기를 길게 내뿜었다.

……다 잊었어. 용서도 다 했고. ……그러니 이제 나 좀 놔줘.

그게 무슨 소리야, 섭섭하게. 어렵게 만났는데 우리 다시 시작해야지. 널 얼마나 찾았다구. 보고 싶었다, 영숙아.

남자가 영숙씨의 머리를 자기 가슴 쪽으로 끌어당겼다. 영숙씨는 힘없이 남자의 가슴에 안겼다.

아무리 생각해도 영숙씨는 이상하게 생각되는 것이 하나 있었다. 삼년 만에 다시 만나게 된 남자가 반가운 것도 절대로 아니었고 남자의 행패 때문에 가족과도 연락을 끊어야 했고, 한때는 죽이고 싶었던 남자가 그렇게 싫지도 않은 이유가 궁금했다.

나란 년은 뭐가 잘못됐어.

영숙씨는 뭐에 홀린 듯 내뱉었다. 뭔가 익숙한 냄새들, 체취, 남자의 정해진 습관 같은 것들이 아무렇지도 않게 다가왔다. 정말이지 신기한 일이었고 자기 자신에게 이해되지 않는 일이었다.

끄읕.

미주가 스무 권이나 되는 만화책 씨리즈 마지막 권을 접으며 소리쳤다. 가녀린 두 팔을 머리 뒤로 깍지낀 채 기지개를 오래도록 켰다. 영숙씨는 방 한가운데 쭈그리고 앉아 발톱을 깎고, 매니큐어를 발랐다.

어머, 촌스런 장밋빛. 색깔이 그게 뭐니? 교양없게.

영숙씨가 엄지발가락에 매니큐어를 바르다 말고 미주를 빤히 쳐다보았다. 내려온 앞머리 사이로 까만 눈동자가 깊어 보였다. 미주는 양손으로 흘러내린 앞머리를 양쪽 귀 뒤로 쓸어넘겼다.

매니큐어에도 교양이 있냐? 말하는 싸가지 하고는.

그래도 그건 좀 너무하다는 생각. 발톱에 대한 예의를 도통 모르는 거야. ……볼래?

미주가 만화책을 영숙씨 쪽으로 살짝 밀어놓았다. 영숙씨는 아쎄톤으로 정성스럽게 장밋빛 발톱을 지워나가기 시작했다.

본 다음에 나보고 갖다주라는 거지? 나이 서른에 순정만화나 보며 훌쩍이는 찌질아.

미주는 다리를 곧게 펴고 가볍게 스트레칭을 하기 시작했다. 자연스럽게 휘어지는 허리와 좁고 가냘픈 미주의 어깨선을 영숙씨는 힐끔힐끔 쳐다보았다. 사자 갈기 같은 머리를 슬쩍 잡아올리며 얇고 곧은 미주의 목선을 훔쳐보았다.

영숙씨는 찰랑이는 단발머리 미주를 보면 자기도 머릴 싹둑 자르고 싶어졌다. 미주는 자신의 작은 얼굴에 도드라진 각진 턱을 가리기 위해서 언제나 단발머리를 고집했지만, 영숙씨는 그런 뜻을 알 리 없었고 그냥 부럽고 예뻐 보이기만 했다. 영숙씨가 또다시 정성들여 매니큐어를 바르기 시작했다. 이번엔 미주의 발톱에 바른 것과 같은 색이었다. 보랏빛에 파란빛이 엷게 섞인 가짓빛으로 물들였다.

어머, 뭐니. 재수없게.

……지우면 되잖아.

숙였던 몸을 일으키며 양반다리를 하고 있던 미주가 눈을 흘겼다.

뭐, 그럴 것까지 있겠어? 맘에 들면 칠하면 되지. 이제 수준이 좀 비슷해지는 것도.

갑자기 울린 전화벨이 영숙씨와 미주 사이를 가로질러 달아났다. 미주와 영숙씨는 전화받을 생각은 하지 않고 서로를 빤히 쳐다보기만 했다. 전화벨은 세 번 울리고 끊어졌다. 미주가 천천히 전화기 앞에 가서 무릎을 꿇고 앉아 전화기를 내려다보았다. 정확히 일분이 지나자 전화벨은 다시 울렸다. 따르르 첫번째 울림이 끊어지기 전에 미주는 수화기를 집어들었다.

……뭐 하긴 만화책 봤지. ……밖에 나간 지 열흘이나 지났어. ……친구 좀 만나려고. 시간 지켜서 들어올게. ……은주. 본 지 오래됐단 말이야. ……옆에 있어.

미주가 공들여 매니큐어를 바르는 영숙씨를 힘없이 쳐다보았다. 영숙씨는 무릎걸음으로 재빠르게 다가가 수화기를 받았다. 미주가 영숙씨에게 애절한 눈빛을 보내며 손을 모았다.

퇴근하고 바로 왔지 그럼. ……만나긴 누굴 만났다고 그래. ……지겨워. 이 정신병자야.

영숙씨가 갑자기 전화에 대고 불같이 화를 냈다.

……말 잘 듣고 있잖아. 너, 나한테 이러는 게 재밌어?

말을 마치기 전에 전화는 끊겼고, 영숙씨는 수화기를 든 채로 숨을 가라앉히며 한동안 가만히 있었다. 맥없이 수화기를 내려놓기 무섭게 전화벨이 다시 울렸다.

……미친놈아, 통화를 하긴 누가 해. ……너랑 전화 끊은 지 십초도 안 지났는데. ……뭐? 참, 그래, 이십사초 지났다. 내가 수화기 좀 들고 있었다. 정말 어이가 없어서. ……싫어.

영숙씨가 짜증을 내며 수화기를 매몰차게 내려놓았다.

영숙씨, 왜 자꾸 성질 돋우고 그러니. 애 화나면 어쩌려고. 근데 나 나갔다 와도 된다니?

영숙씨가 빤히 미주를 쳐다보았다.

따라가서 감시하래. 나가지 마. 귀찮아.

그럼, 그러렴. 난 좀 나갔다 올 테니.

슬며시 일어나는 미주의 바지춤을 영숙씨가 잡았다.

오늘 나가면 한달은 여기서 꼼짝도 못할 거야. 내가 잘 알아. 단발머리, 그냥 포기해.

미주가 영숙씨를 내려다보며 작게 한숨을 내쉬었다.

남자는 밖에서는 굉장히 소심하고 온순한 사람이었다. 아니 소심하니까 온순해 보인 것이 맞다. 다시 만난 남자는 그새 많이 변해 있었다. 변하지 않은 것은 지독한 의심뿐이었다. 남자는 모두 다 영숙씨 덕분이라고 말했다. 그날 남자를 다시 만나게 된 것은 우연이 아니라 필연이었다는 것을 영숙씨는 나중에 알게 되었다. 남자는 영숙씨에게 아무런 강요도 하지 않고 돌아갔다. 영숙씨는 너그러운 척 구는 남자가 불안하고 이상하게 느껴졌다. 사랑에 있어서는 토끼인형을 선물하면 큰 곰인형 같은 것으로 돌려받아야만 하는 그였기 때문이다. 영숙씨를 순순히 놓아주고 서울로 돌아간 것은 더욱 큰 것을 요구하기 위한 술수였음을 알았어야만 했다. 남자를 피해 다른 곳으로 달아났어야 했지만, 영숙씨는 언제나 그랬듯이 쉽게 모든 것을 포기하고 말았다.

일주일 후 남자는 영숙씨를 다시 찾아와서 말했다.

일주일이나 시간을 줬는데도 도망가지 않았다는 건, 너도 내

사랑에 동의하는 것 아냐?

　물론 영숙씨는 남자의 말에 동의할 수 없었지만, 딱히 반박을
한 것도 아니었다. 그냥 모든 것이 지겹고 귀찮았을 뿐인데, 남자
는 여전히 모든 것을 자기 멋대로 해석하고, 그것을 논리랍시고
내세웠다. 영숙씨는 남자가 하는 말이 귀에 잘 들어오지도, 무슨
말인지도 알지 못했다. 남자 등뒤에 커다란 트렁크를 끌고 미주
가 들어섰기 때문이다. 몸은 깡마른데다 고등학생같이 앞머리와
뒷머리를 일자로 싹둑 자른 단발머리 미주를 영숙씨는 넋을 잃고
바라보았다.

　이쁘지? 서로 인사 나눠. 이쪽은 옛날 애인, 여기는 지금 애인.

　미주가 찰랑거리는 앞머리를 귀 뒤로 넘기며 큰 눈을 껌벅였
다. 영숙씨는 미주와 남자를 번갈아가며 놀란 눈으로 쳐다보았다.

　너하곤 좀 다르지? 그새 내가 좋아하는 스타일이 좀 바뀌었다.

　뭐 하자는 거야?

　미주는 예상한 반응이었다는 듯 신발을 벗고 식탁의자에 다소
곳이 앉아서 코트의 단추를 하나씩 풀기 시작했다.

　빨리, 안 나가?

　영숙씨는 조금 흥분했지만, 화가 난 것은 아니었다. 남자를 사
랑하지 않기 때문에 미주에게 질투가 난 것도 아니었고, 언제나
말도 안되는 논리를 내세우는 남자의 행동이 별 특별할 것도 없
었기 때문이다.

　셋이 같이 살자. 난 내가 버리기 전에 버림받는 꼴은 못 보겠
단 말이지. 잘들 알잖아, 내 성깔. 미주도 너처럼 내게서 도망가

려고 발버둥을 치더라고. 너 찾아낸 거 쟤야. 솔직히 슬슬 배신감을 잊어가던 차였는데. 너 찾아주면 자기 놓아줄 줄 알았나보지?

미주는 코트를 벗어 반듯이 갠 다음, 자기 무릎에 얌전히 얹어놓았다. 영숙씨는 우두커니 서서 남자를 뚫어져라 쳐다보았다.

나 배신한 적 없어. 미친놈한테서 도망친 거지. 빨리 니 애인 데리고 여기서 나가.

영숙씨가 또박또박 말에 힘을 주었지만, 남자는 건성으로 받아넘기며 냉장고를 열고 안을 살피느라 바빴다.

하나 말해두자. 나 니들 모두 사랑해. 그러니까 그냥 못 놔줘. 잘 알잖아, 내 성깔.

도대체 왜 그러는 거야? 너도 너 좋다는 여자 만나서 잘살면 되잖아.

미주가 못 참겠다는 듯 일어서더니 끙끙대며 트렁크를 옮기기 시작했다.

나 이 방에다 짐 풀면 되지? 좀 들어줄래?

그냥 끌어.

남자가 음료수를 벌컥벌컥 마시며 건성으로 말했다.

그럼 방바닥에 바퀴자국 남잖아.

이게 말이 되는 소리냐구?

영숙씨가 고개를 절레절레 흔들며 소리쳤다.

당연히 말 되지. 내가 말했잖아. 너흰 들으면 되고. 알잖아, 나 원래 그런 놈인 거.

미주는 방으로 들어가 트렁크를 열고 조용히 짐을 정리하기 시작했다. 미주는 남자에게 어떤 불만이나 불평 같은 것도 없어 보였다. 체념을 한 것인지, 다른 계획을 세워놓은 것인지 미주의 표정은 평온해 보였다. 영숙씨는 그것이 신기해서 말을 멈추고 멍하니 미주를 쳐다보았다.

미주가 영숙씨의 손을 뿌리치며 현관문을 나서다 요란하게 울리는 벨소리에 움찔 멈춰섰다. 전화벨은 세 번 울리고 끊어졌다 곧바로 다시 울렸다. 두번째로 걸려오는 전화의 첫번째 벨이 끊기기 전에 전화를 받지 못하면 삼일 동안 외출금지령이 내려졌다. 처음엔 일부러 벨이 울려도 받지 않고 반항을 해봤지만 그때마다 돌아오는 것은 무자비한 폭력과 협박, 감금뿐이었다.

영숙씨가 첫번째 벨이 끊어지기 전에 가까스로 수화기를 집어들었다. 미주는 얼굴이 새하얘져서 멍하니 영숙씨만 쳐다보았다.

……왜 내가 받긴 미주 화장실에 있어.

남자의 협박은 주로 가족에 관한 것으로 점점 더 교묘해지고 악랄해졌다. 그것은 영숙씨와 미주가 가장 두려워하고 무서워하는 것이기도 했다. 가족들에게 실망과 피해를 입히고 싶지 않은 마음, 그것을 남자는 아주 적절하게 이용할 줄 알았다.

미주가 신발을 벗고 전화기 옆으로 달려와 앉았다.

같이 나갔다 올게. 내 휴대폰으로 전화하면 되잖아. ……그래, 잘 감시할게. ……십분마다 어떻게 전화를 해. 그게 말이 되니? ……아직 안 나갔다니까, 이 새꺄.

영숙씨가 퉁명스럽게 미주에게 수화기를 건넸다.

……걱정하지 마. 가긴 어딜 가. ……영숙씨 있잖아. 전화할게.

미주가 조용히 전화를 끊었다. 영숙씨는 숨을 거칠게 내쉬며 미주를 밀쳐냈다.

니가 그렇게 상냥하게 군다고 그 자식이 믿을 거 같아? 나도 다 써봤던 방법이야. 잘해주면 나아지겠지, 내가 잘하면 변하겠지 생각하지? 웃기시네, 정말. 그놈은 잘해주면 자기에게 뭔가 숨기고 있다고 생각해. 잘하면 잘할수록 더욱 죄고 잡아들인다구.

그건 너였잖니. 일부러 화나게 할 필요 뭐 있나 싶어서. 얼른 준비해줘. 나 약속시간 다 됐거든.

재수없는 년. 기껏 충고라고 해주니까.

영숙씨가 투덜거리면서 아무렇게나 벗어놓은 옷가지를 챙겨 입기 시작했다.

참, 거기 내놓은 옷 좀 가지고 나올래?

영숙씨가 청바지 지퍼를 올리며 가지런히 개켜놓은 옷을 발로 흐트러뜨렸다.

니가 들고 와.

영숙씨가 미주를 거칠게 밀치며 밖으로 나섰다.

어머, 애 성격하고는.

미주는 다시 얌전히 옷을 개어가지고 나왔다.

집에서 입는 옷도 세탁소에 맡기면 어떻게 하자는 거야? 니가 공주냐? 돈도 한푼 못 버는 주제에 꼴값은 정말……

집에서 빨면 옷감 상하거든.

맨 처음 만났을 때, 영숙씨는 수줍어하는 남자를 골려주려고 농지거리를 던졌다.

어라, 제법 싱싱한 복학생인걸?

영숙씨는 이목구비가 뚜렷해서 조금은 도도하고 강하게 보였다. 반대로 남자는 순해 보이고 온화한 인상이었다.

영숙씨는 대학 가을축제에서 남자를 처음 만났다. 영숙씨는 학부 마지막 학기를 다니고 있었고, 남자는 제대 후 복학을 앞둔 휴학생이었다. 영숙씨는 털털하고 선머슴 같은 자기 성격과는 달리 새침하고 수줍음 많은 남자에게 처음 봤을 때부터 자연스럽게 끌렸다. 영숙씨는 성격대로 망설이지 않고 자신의 감정을 드러냈지만, 세심하고 생각 많은 남자는 언제나 영숙씨에게 신중했고, 도망치기 일쑤였다. 그럴수록 영숙씨는 더욱 남자에게 적극적으로 다가섰다.

넌 내 거 됐어. 내가 싫다고 하기 전까진 딴 데 못 가. 그러니 이쯤에서 포기하시지.

내가 나이도 많은데, 반말은.

너도 해, 반말. 그럼 되잖아.

영숙씨가 짐짓 터프하게 말할 때면 남자는 볼을 붉히며 구레나룻에 맺힌 땀방울을 조용히 훔쳐내곤 했다.

영숙씨의 적극적인 구애에 남자의 굳은 마음이 풀리기 시작했다. 가을은 얼어 있던 남자의 마음을 움직이기에 충분히 익어 있었고, 영숙씨는 기어이 겨울이 오기 전 남자의 자상함을 얻어내는 데 성공했다. 나이는 남자가 네살 많았지만, 마르고 작은 키에 얼굴도 동안이어서 영숙씨가 오히려 누나처럼 보였다.

내가 실제 나이보단 좀 그렇지?

난 누나 같은 여자가 좋더라.

남자는 한번도 연애를 해본 적이 없었고, 동성이건 이성이건 많은 친구들을 몰고 다니던 영숙씨는 대학생활 내내 씽글로 지낸 적이 거의 없었다. 리더는 영숙씨였고 남자는 언제나 따르기만 했다. 남자는 온순해서 영숙씨가 어떠한 제안을 하거나 요구하더라도 거부하거나 반항하지 않았다. 그래서 둘은 싸울 일이 거의 없었다. 영숙씨의 행복한 대학생활이 정말이지 화려하게 마무리되고 있었다. 둘의 완벽한 조화에 친구들과 선후배들은 감탄을 멈추지 않았고, 그들의 사랑에 축복을 더했다. 그야말로 완전하게 여자를 배려할 줄 아는 남자만이 이루어낼 수 있는 행복이었다. 남자는 모든 면에서 세심하고 자상했다. 영숙씨가 불편해하는 것을 무엇보다도 싫어했다. 영숙씨는 "정말이지 이렇게 친절한 남자는 처음이야"라며 만나는 친구들마다 자랑을 늘어놓았다. 학교에 가려고 나서는 영숙씨를 데리러 오는 것은 물론이고, 수업이 끝날 때까지 기다렸다가 집에 바래다주는 것은 기본이었다. 남자는 수업도 없었기 때문에 하루종일 하릴없이 주위에서 맴돌며 영숙씨를 기다렸다. 간혹 수업을 따라 들어온 적도 있었다. 수업에 들어와서 꼼꼼하게 친구들을 체크하곤 했다. 영숙씨는 자기 친구들에게도 세심함을 잃지 않는 남자가 자랑스럽기만 했다.

남자는 한순간도 곁에서 떨어지기 싫어했고, 집으로 들어간 후에도 잠자기 전까진 통화를 했다. 딱히 서로 할말이 없더라도 통화중인 수화기를 바닥에 내려놓은 채로 일을 보았다. 영숙씨의 일상적인 생활의 소리까지 들어보고 싶다는 남자의 말만 믿었지,

지독한 의심 때문에 그렇다고는 생각하지 않았다. 영숙씨는 이런 남자의 세심함이 부담스럽기는커녕 사랑스럽기만 했다. 그래서 아무 불편도 느끼지 못했다. 그러나 그런 행복도 얼마 가지 못했다. 슬슬 숨어 있던 남자의 본성이 일어나기 시작했다.

남자가 돌변한 것은 처음으로 잠자리를 같이한 후였다. 남자는 거리에서 돈을 주고 산 여자들 외에는 전혀 경험이 없었다. 그 것이 문제라면 문제였다. 남자는 사랑이라는 것을 한 여자를 온전히 소유하는 것이라고 믿었다.

휴대폰 벨이 미친 듯이 울려댔다. 벨이 끊어진 틈을 타 영숙씨는 얼른 진동 모드를 바꾸었다.

여자친구 아니었어? 너 죽고 싶구나.

넌 멀찍이 떨어져서 차나 마시렴.

까페로 들어가려는 미주를 영숙씨가 붙잡아세웠다. 미주가 앞으로 흘러내린 머리를 귀 뒤로 조심스럽게 넘겼다.

그래서 서울까지 오자고 한 거야? 미치기 시작했어.

둘은 신촌의 한 까페에서 실랑이를 벌이고 있었다. 영숙씨가 씩씩거리며 턱까지 올라온 목셔츠를 끌어내렸다.

오년 전이야. 지금 너처럼 굴었더니 면도날로 그었어. 난 살아났지만, 넌 죽을지도 몰라. 너 목 가늘잖아. 그러니 그냥 돌아가자. 벌써 여기 어디서 우릴 훔쳐보고 있을지도 몰라.

영숙씨는 불안한 듯 주위를 두리번거렸지만, 미주는 아무 걱정 없다는 듯 태연했다.

영숙씨의 목에는 오 쎈티미터가량의 날카로운 흉터가 남아 있었다. 면도날로 인한 흉터는 귀 바로 밑에서 시작해서 턱선을 따라 내려와 있었다. 흉터는 가늘고 예리해서 잘 간 칼날처럼 보였다.

너만 믿어주면 돼. 안 들켜.

미주가 팔을 뿌리치고 까페 안으로 들어갔다.

야, 이제 곧 전화 올 시간이 됐는데, 어쩌라구.

미주가 문을 밀며 측은하게 뒤돌아보았다.

덩치는 물컹물컹한 점보지우개처럼 생겨가지고 무슨 겁이 그렇게 많니?

횡하니 까페 안으로 들어가버리는 미주를 보고 영숙씨는 어찌할 바를 몰랐다. 진동으로 해놓은 휴대폰이 바지주머니에서 요동쳤다. 영숙씨는 진동을 멈추려는 듯 있는 힘을 다해 휴대폰을 꽉 쥐고 미주를 향해 뛰었다.

헐레벌떡 뛰어들어오는 영숙씨를 미주는 무심히 바라보았고 마주앉아 있던 또래의 벙거지를 눌러쓴 남자는 놀라서 엉거주춤 자리에서 일어났다.

해결해. 빨리.

영숙씨가 달려와 휴대폰을 미주에게 던졌다. 미주는 날아오는 전화기를 보고서도 꼼짝하지 않았고 전화기는 그대로 바닥으로 떨어졌다. 배터리가 튕겨져나가 진동은 잠잠해졌다.

해결됐네.

무슨 일이에요?

마주앉아 있던 남자가 영숙씨와 미주를 번갈아보며 영문을 모르겠다는 듯 눈을 껌벅였다.

남자는 영숙씨의 앙증맞은 가슴을 어루만지며 조곤조곤 영숙씨의 옛 남자친구에 대해서 캐물었다. 사실 신세대답게 만나고 헤어지는 데 깔끔한 남자들만 만났기 때문에 영숙씨는 별 생각이 없었다. 영숙씨는 숨길 것도 없고, 창피한 일이라고 생각지도 않아서 남자가 묻는 대로 순순히 모두 다 말해주었다. 심지어 지난 남자친구들을 멋있게 과장하기도 하고, 좋았던 잠자리를 자랑삼아 늘어놓기까지 했다.

누워 있는 영숙씨의 복부에 주먹이 날아온 건 긴 연애사가 막 마무리된 뒤였다. 영숙씨는 눈을 감은 채 지나간 남자들을 회상하느라 무방비상태였다. 영숙씨는 숨을 쉴 수 없어 몸을 웅크렸다. 순간 눈앞은 노래지고 객실 천장은 빙글빙글 돌아갔다. 영숙씨는 자기가 남자에게 맞은 것도 알지 못할 정도로 정신이 없었다.

한참 후 영숙씨가 겨우 정신을 차리고 천천히 눈을 떴을 때 남자는 무릎을 꿇고 엎드려 울고 있었다.

미안해. 미안해. ……나도 모르게. 너무 질투가 나서. 널 너무 사랑해서.

……그래도 어떻게 그렇게.

남자가 영숙씨의 손을 잡고 소리내어 엉엉 울기 시작했다. 가슴에 얼굴을 파묻고 우는 남자의 머리를 영숙씨는 가만히 쓰다듬었다. 남자의 눈물이 투명한 젖꼭지 사이에 번졌다.

남자가 얼굴을 영숙씨 가슴에 묻은 채 어릴 적 얘기를 꺼내기 시작했다. 영숙씨가 남자와 헤어져야겠다고 생각한 것은 그때였

다. 남자는 매일 아버지가 휘두르는 무자비한 폭력에 시달렸다고
했다. 심지어 불에 달군 연탄집게로 엄마와 자기를 지진 얘기도
들려줬다. 영숙씨는 속으로 '내가 남자에 대한 사랑이 부족하다'
고 생각했다. 남자가 안쓰럽고 불쌍해 보이는 것이 아니라 오히
려 그런 일을 겪은 남자가 섬뜩하게 느껴졌기 때문이다. 왜 남자
가 엄마와 둘이 살아야만 했는지 이해되자 남자가 무서워지기 시
작했다. 순하고 온순해 보이던 남자의 이면에 숨어사는 끔찍한
기억이 영숙씨는 두려웠다. 그것은 기이한 일이었고, 자신에게
이해시킬 수 없는 일이었다. '사랑하는 사이라면 얼른 위로해줘.'
영숙씨는 속으로 자신을 다그쳤지만 다짐과는 반대로 얼른 자리
를 피하고 싶은 마음밖에 없었다. 남자는 계속 울먹이며 불쌍한
자기 엄마에 대해서 얘기했다.

근데 나 자신도 이해할 수 없는 게 하나 있어. 불쌍한 엄마, 힘
들게 산 엄마에게 측은함이 드는 게 아니라 자꾸 화가 나. 그래서
막하게 돼. 욕하고 대들고. 잘해줘야 하는데. 어릴 적 엄마와 난
아버지와 한밥상에서 밥을 먹을 수 없었어. 언제 밥상을 엎을지
몰랐거든. 가까이 앉아 있으면 뜨거운 찌개가 우릴 덮칠지도 모
른다는 생각에 아버지 앞에 앉으면 밥이 넘어가질 않았어. 이거
보이지?

남자는 팔뚝 전체에 번져 있는 흉터를 보여주었다. 오래전 일
이라 흉터는 옅어졌지만, 당시엔 끔찍했으리란 걸 영숙씨는 알
수 있었다.

아버지가 콩나물국을 걷어찼어. 어머니는 그릇에 국을 푸고

있었고, 나는 엄마가 건네는 그릇을 밥상에 올려놓고 있었는데, 아버지가 아무 이유 없이, 느닷없이 펄펄 끓은, 방금 막 불을 끄고 가져온 국을 걷어찬 거야. 숱을 날린 거지. 엄마와 난 통째로 뜨거운 콩나물국을 뒤집어쓴 거야. 너무나 뜨거운 콩나물들이 거머리처럼 몸에 달라붙어 떨어지지 않았어. 그래도 난 손이라서 다행이었지만 엄마는 얼굴까지 그 거머리 같은 것들이 달라붙어서…… 남자는 울음을 그쳤고, 눈빛은 살의를 띠기 시작했다. 영숙씨와 눈이 마주치면 억지로 웃어줬지만, 영숙씨는 말할 때마다 분사되는 분노가 그의 눈에 가득한 걸 알 수 있었다.

미안해. 오늘은 정말 내 정신이 아니었어. 그만큼 내가 널 사랑한다는 증거 아닐까. 용서해줘.

……벌써 다 잊었어. 괜찮아. 내가 바보지. 니 생각은 하지도 못하고서.

남자와 영숙씨는 두번째 섹스를 했다. 영숙씨는 내키지 않았지만 싫다고 말할 수 없었다. 영숙씨는 아무것도 느낄 수 없었지만 남자는 자신감을 되찾은 듯 점점 격렬해졌다.

……서울에 좀 나왔어. ……시끄러워서 못 받았지. 은주 화장실 갔어. 영숙씬 옆에 있어.

영숙씨가 불안한 눈으로 미주를 쳐다보았다. 전화에서 흘러나오는 화난 남자의 음성이 영숙씨는 두려웠다.

여관? 아니야. 천장이 좀 높아서 소리가 울리는 것뿐이야. 왜 그러니. ……저녁도 먹고 들어갈까 해. ……누구긴, 영숙씨랑 먹지. ……그럴 거 없어. 오늘은 오붓하게 우리끼리만. ……십

분은 좀 그렇고. 삼십분에 한번씩 전화할게. ……그래, 그럼 이
십분. ……알았어. 알람 맞출게.

미주가 영숙씨에게 전화기를 건넸다.

……은주? 그냥……

미주가 재빠르게 손가락으로 긴 머리를 그린 다음, 큰 키라는
듯 손을 펴서 머리 위로 흔들었다. 마지막으로 양손으로 OK싸인
을 만들어 눈에 대었다.

키크고, 긴 생머리에 안경 썼어. ……알았어. 전화할게. ……
고분고분한 게 뭐가 의심스러워, 이 새꺄. 끊어.

영숙씨는 일부러 퉁명스럽게 전화를 끊었다. 미주가 살며시
영숙씨를 보며 웃었다. 영숙씨도 피식 웃음이 나왔다.

우리 왜 이러고 사는 걸까?

영숙씨의 음성이 화장실 안에 높고 넓게 퍼져 울렸다.

미안해. 아까 했던 말.

무슨 말?

점보지우개라고 했던 말.

그랬었나?

그런데 사실 좀 닮았잖니. 옆에서 봐도 사각, 앞에서 봐도 사각.

말라깽이 단발머리 주제에, 몸을 논하긴. 잘생긴 저애도 이게
다 뽕이란 걸 알면 도망갈걸?

영숙씨가 미주의 가슴을 가볍게 꼬집자, 미주가 깜짝 놀라 움
찔했다. 화장실에 누군가 들어오는 소리에 둘은 미소를 거두고
조용히 숨을 죽였다.

영숙씨는 다른 테이블에 가서 앉지 않고 합석했다. 마주앉은 벙거지를 쓴 남자는 영숙씨가 신경쓰여서 말까지 더듬거렸다.

죄송한데, 자리 좀. 긴히 할 얘기가 있어서요.

영숙씨는 못 들은 척 전화기만 만지작거렸다. 미주는 허리와 목을 꼿꼿이 세우고 뚫어져라 남자를 쳐다보았다.

괜찮아요, 여기 친구는.

……그래도, 좀.

같이 살아서 어차피 숨기는 거 없거든요.

영숙씨가 담배를 집자 남자가 친절하게 불을 붙여주었다.

저런 친절함에 두 번 속진 않겠지?

담배 좀 꺼줄래? 저쪽 가서 피우든지.

영숙씨가 길게 담배연기를 내뿜었고, 오히려 남자가 당황스러워했다. 영숙씨가 천천히 담배를 비벼껐다.

그럼, 그냥 말할게요. 저기, 미주씨 좋아합니다. 미주씨에게도 제가 필요하구요.

남자가 말하며 쑥스러운 듯 영숙씨의 눈치를 보았지만, 영숙씨는 딴청만 피웠다.

왜, 제게 아저씨가 필요하죠? 저 필요없어요.

치료도 계속 받아야 하고, 치료만 받으면 깨끗이 나을 테고……

그게 그쪽이랑 무슨 상관이 있나요? 그리고 저 의사 싫어요. 소독약 냄새 나거든요.

의사선생이셔? 껄렁하게 생겼는데 의외네.

미주가 가만히 영숙씨를 쳐다보자, 영숙씨는 담배를 만지작거리며 주위를 두리번거렸다. 남자는 고개를 숙이고 한동안 아무 말이 없었다. 미주는 깊은 눈을 껌벅이며 남자를 바라보기만 했다.

　미주씨 찾느라 혼났어요. 집에서도 모르고 있고, 무슨 일 있나 싶어서. 그동안 참 많이 보고 싶었고…… 제가 실수한 게 있다면 다시 기회를 주세요. 제가 잘할게요……

　엄마야.

　갑자기 영숙씨가 깜짝 놀라서 자리를 박차고 벌떡 일어섰다. 미주가 천천히 고개를 돌려 영숙씨를 올려다보았다. 벙거지를 눌러쓴 의사는 놀라서 두리번거렸다.

　빨리 일어나 도망쳐.

　영숙씨가 떨리는 음성으로 다급하게 소리쳤지만 미주는 태연하게 자리를 지키고 앉아 있었다.

　영숙씨는 고민 끝에 남자에게 이별을 고했다. 연애를 시작한 지 반년쯤 지난 후였다. 영숙씨는 대학을 졸업하고 작은 프로덕션에 방송작가로 취직했고, 남자는 복학해서 학교에 다녔다. 남자는 취직한 영숙씨 때문에 불안해서 학교도 제대로 나가지 않았다. 영숙씨는 처음 경험하는 사회생활로 정신이 없었고, 언제나 같이 있으려고 하는 남자가 부담스러워졌다. 남자는 점점 도를 넘어 영숙씨가 다니는 회사로 같이 출근하곤 했다. 눈에 띄지 않게 주위를 맴돌았다. 사무실 맞은편에 작은 까페가 있었는데 주로 그곳에 앉아 망원경으로 사무실을 엿보곤 했다. 이상하게 생각한 까페 주인이 사무실 직원에게 슬쩍 말해주어 남자의 존재는 들키게 되었다. 동료직원들에 의해 사무실로 끌려온 남자를 보고 영숙씨는 아무 말도 할 수 없었다.

  남자의 표정과 인상은 하루가 다르게 변해갔다. 순해 보이던 쌍꺼풀 없는 눈은 더욱 가늘어져 눈빛은 점점 섬뜩하게 변해갔다. 영숙씨가 먼저 좋아하고 다가섰기 때문에 헤어지잔 말을 쉽게 꺼낼 수가 없었다. 남자는 이상한 버릇이 하나 생겼는데, 영숙씨는 다른 것보다도 그것을 참을 수가 없었다. 동침한 후로 남자는 영숙씨의 몸에 엄청난 집착을 보이기 시작했는데, 거의 매일 영숙씨를 벌거벗겨놓고 검사 같은 것을 했다. 온몸을 구석구석 냄새맡아보고는 영숙씨를 다그쳤다. 다른 남자 냄새가 난다는 것이 이유였다. 성기에 코를 박고 킁킁댈 때면 치욕스러워서 견딜 수가 없었지만 불안해하는 남자를 위해 꾹 참았다. 영숙씨가 검열을 거부하는 날에는 틀림없이 다른 남자와 바람을 피웠다며 더욱 괴롭게 만들었다. 영숙씨는 지치기 시작했지만, 한편으로는 남자에게 익숙해지고 있었다. 문제를 일으키고 싶지 않았고, 자기가 잘하고 믿음을 심어주면 달라지겠지 싶어서였다. 남자는 몸 검사 이후 거칠게 영숙씨의 몸을 탐했다. 둘의 섹스에는 이미 사랑 같은 것은 사라지고 없었다. 소유와 피소유, 주인과 종 같은 관계를 확인하는 절차에 불과했다.

  남자는 시간이 지날수록 영숙씨에 대한 집착과 의심이 심해졌다. 사랑의 깊이와 상대방의 의심은 비례하는 것이라고 자신을 정당화했다. 사랑하니까 의심한다는 것이 남자의 변명이었다. 남자의 사랑이 깊어질수록 점점 요구하는 것이 많아지고 폭력도 심각해졌다. 끔찍한 매질 뒤에는 언제나 애절한 사과가 뒤따랐다. 남자는 무릎을 꿇고, 울면서 영숙씨에게 잘못을 빌곤 했다.

반항도 해보고 도망도 쳤지만 남자는 점점 교묘해졌다. 영숙씨는 더이상 남자를 참을 수 없어서 가족들에게 도움을 요청했다. 학교선생인 부모님은 많이 놀랐지만 딸이 처한 상황을 금방 알아차리고 나무라지 않았다. 부모님은 일단 떨어뜨려놓으려는 생각에 영숙씨를 시골 친척집에 남자를 피해 숨겼다. 영숙씨의 일방적인 이별통보 뒤였다. 남자는 매일 집으로 찾아와 행패를 부렸다. 자신이 얼마나 영숙씨를 사랑하는지를 보여주겠다며 아파트 출입구에 서서 자해를 일삼았다. 영숙씨가 자기에게 돌아올 때까지 하루에 상처 하나씩 만들겠다며 팔뚝을 아무렇지도 않게 면도날로 그었다. 남자의 양쪽 팔은 상처로 너덜너덜해졌지만, 영숙씨의 가족들은 꿈쩍도 하지 않고 남자를 무시했다.

한달쯤 지나자 남자가 집으로 찾아오는 날이 뜸해졌다. 이제 더이상 영숙씨를 사랑한다는 말도 하지 않았고, 보기에도 역겨운 자해를 하지도 않았다. 부모님은 안심했다. 일주일이나 나타나지 않을 때도 있었다. 그러나 영숙씨의 가족들만 몰랐던 것이지 남자는 어딘가에 숨어 집 주변을 감시했다. 아무 반응을 보이지 않자 남자는 다른 방법을 강구하기 시작했다.

영숙씨의 부모님은 출근길에 학교 교문에 뿌려진 전단지를 보고 그 자리에서 쓰러질 수밖에 없었다. 전단지에는 영숙씨의 나체사진 네 장이 인쇄되어 있었다.

확실한 거니? 잘못 본 거 아니니? 어떻게 알고.

위치추적 있잖아. 휴대폰.

미주와 영숙씨는 집앞에서 한참을 망설였다. 영숙씨는 까페 밖에서 서성이던 남자의 모습이 생각났다. 눈이 마주치자 씨익 웃어 보이던 남자의 표정, 남자는 화가 난 것이 아니었으며 즐기고 흡족해하는 모습이었다.

일단 사실대로 말하지 마. 너 죽어.

그럼, 뭐라고 말해야 하니.

미주의 깊은 눈이 흔들렸다. 언제나 침착함을 잃지 않는 미주지만 막상 집앞에 다다르니 겁이 났다. 별로 걱정은 하지 않았지만, 집으로 돌아오는 내내 두려움에 떠는 영숙씨를 보자 마음이 불안해졌다.

넌 아무 말도 하지 말고 고개만 끄덕여. 내가 알아서 둘러댈 테니까.

영숙씨가 앞서자 미주가 살짝 손을 잡았다.

괜찮겠니?

한두 번 겪는 것도 아닌데. 너무 겁먹지 마. 무슨 일이 일어나도.

애써 태연한 척 둘은 집 안으로 들어섰다. 불은 모두 꺼져 있었고, 남자는 큰방에서 텔레비전을 보고 있었다.

우리 왔어.

영숙씨가 씩씩한 목소리로 말했지만 방에서는 아무 대답도 돌아오지 않았다. 미주가 더듬더듬 거실등의 스위치를 찾았다.

불켜지 마라. 죽는다.

어둠속에서 미주는 얼어붙었다. 영숙씨가 반쯤 열려 있는 문을 슬쩍 열고 방으로 들어섰다. 남자는 비디오를 보고 있었다. 화면에는 마른 미주의 알몸이 잠들어 있었다. 영숙씨는 어둠속에서 남자를 쏘아보았다. 카메라는 아주 천천히 움직이며 미주의 얼굴에서부터 발끝까지 담아내고 있었다. 담배를 빨 때마다 남자의 얼굴에 불빛이 번졌다 사라졌다. 미주는 정신을 잃었는지 의식이 없어 보였고, 그런 미주를 남자가 겁탈하기 시작했다.

잘 찍지 않았냐? 생각보다 힘들더라고, 카메라를 들고 저 짓 하기가.

미주가 천천히 방으로 들어섰다. 화면에 정신을 잃고 쓰러져 있는 자신의 마른 몸을 맥없이 바라보았다.

이럴 때를 위해서 준비했지. 넌 좀 다른 애인 줄 알았는데. 하여튼 똑같아, 여자들은.

내가 뭘 어쨌다고 저런……

미주가 주저앉으며 힘없이 내뱉자, 영숙씨가 손을 내저었다.

니들 내 거야. 왜 그걸 인정을 안하는지.

어쩌자는 거야? 저런 것으로.

내 말에 복종하라는 얘기지.

도대체 왜? 우리가 뭘 잘못해서 그러는 거야?

사랑한다니까. 내 맘을 아직도 모르겠냐?

미주가 소리없이 울기 시작했다. 아주 작고 슬프게 흐느꼈다.

울지 마. 이런 놈한텐 강해져야 돼.

화면에 미주가 사라지고 영숙씨가 나타났다. 이미 사라지고 없는 영숙씨의 과거 모습이 나타났다. 화면 내용은 비슷한 방법으로 촬영되어 있었다.

개자식.

고맙지 않냐? 저때는 괜찮았었는데. 뭐냐, 그 살이.

뭐야, 도대체 원하는 게 뭐야?

어릴 때는 그렇게 싫고 무서웠어. 실은 몇년 전까지. 널 처음 만났을 때만 해도 난 아버지를 증오하고, 저주하는 줄 알았지. 근데 아니었단 말이지. 아버지가 이해돼. 밥상을 엎던 아버지, 어머니를 괴롭히던 아버지를 이해하기 시작했다는 말이지. 한때는 고민했거든. 아버지를 용서하기 힘들어서 말이야. 그런데 그럴 필요가 없었던 거야.

미주가 천천히 바닥을 기어가 텔레비전을 껐다. 암흑 속에 세 사람은 갇혔다. 조용히 숨죽이는 세 사람의 숨소리가 적막을 가로질러 흘러갔다. 텔레비전이 다시 켜지고 방 안의 세 사람을 깜박깜박 비추었다.

어머니는 아버지의 사랑을 이해 못했던 거거든.

그게 사랑이야? 사랑하면, 넌 괴롭히니?

사랑은 고통이거든. 집착이고. 여자애들은 그걸 몰라.

미친 자식. 몇명이나 저렇게 비디오로 찍은 거야? 니가 사람이야?

미주가 무엇인가 다짐한 듯 허리를 펴고 꼿꼿이 앉았다.

원하는 게 뭐니? 한번 말이나 해보렴.

원하는 건 누차 얘기했잖아. 잘 알잖아. 나만 바라보고, 나만 생각하고 그럼 돼.

그게 안된다는 건 니가 더 잘 알잖아.

남자가 텔레비전을 끄고 불을 켰다. 미주와 영숙씨는 눈이 부셔 얼굴을 찡그렸다.

벗어.

영숙씨가 남자를 노려보았다. 남자의 손에는 손수 만든 종이 몽둥이가 들려 있었다. 신문지를 둘둘 만 다음, 다시 스카치테이프로 감은 것이었다. 한 대만 맞아도 뼛속까지 오래도록 고통이 스며들었다.

난 니가 가장 고통스럽게 죽었으면 하는 바람밖에 없어.

영숙씨가 감정 없이 말을 던지더니 훌훌 옷을 벗기 시작했다.

미주는 앉아서 멍하니 두 사람을 올려다보았다.

넌 뭐야?

쟤는 매를 견딜 살이 없잖아. 그 정도의 아량은 너도 있어야 사람이지 않겠어? 살을 찌운 데도 다 이유가 있잖아, 이 개자식아.

영숙씨는 금세 알몸이 되었다. 살이 좀 불긴 했지만 아직도 영숙씨의 몸은 풍만하고 아름다웠다.

누가 때린대? 이거 니들 때리려고 가지고 있는 거 아냐. 일종의 지휘봉인 셈이지. 이제 니들 안 때려. 안 때려도 니들이 어떤 것에 고통을 느끼는지 잘 알게 됐거든. 아마 저 비디오를 보게 될 사람은 니들 부모님일 가능성이 제일 크지. 다음에는 뭐 친구들, 친척들. ……미주?

미주가 잠깐 망설이더니 돌아앉아 천천히 옷을 벗었다. 야윈 몸이 왠지 춥게 느껴졌다. 미주는 쭈그려앉아 몸을 가리고 고개를 숙였다.

남자는 가위로 두 여자의 옷을 잘라버렸다. 그제야 방 한쪽 구석에 자신들의 옷들이 산더미처럼 쌓여 있는 게 보였다. 멀쩡한 옷은 하나도 없었다. 팬티 한장도 남기지 않고 남자는 모든 옷을 가위로 자른 다음 밖에 갖다버렸다.

남자는 여자들에게 치욕스러움을 맛보게 하고 싶었다. 집에는 여자들이 걸치고 있을 천이라고는 하나도 없었다. 수건들도 모두 반 토막 나 있었다.

문 안 잠글게. 외출이라도 하든지.

남자가 신발을 신으며 웃더니 문을 닫고 사라졌다. 둘은 돌아앉아 젖가슴을 손으로 가렸다. 가로등 불빛은 창문을 넘어와 두 여자의 몸을 은은히 비추었다.

잠에서 먼저 깬 건 미주였다. 미주는 일어나자마자 스트레칭을 하는 버릇이 있었다. 벌거벗은 채로 하려니 조금 민망한 생각이 들었다. 영숙씨가 깰까봐 조심스럽게 몸을 움직였다.

푸하하.

자는 줄 알았던 영숙씨가 갑자기 웃음을 터뜨렸다.

얼마나 웃긴 줄 아냐?

미주는 가부좌 튼 자세를 고쳐앉았다.

너도 해보렴.

싫다. 난 밥이나 할란다.

영숙씨가 벌떡 일어나더니 부엌으로 갔다가 다시 방으로 돌아왔다.

창피해하지 말자고. 그 자식이 원하는 거니까.

미주가 머리 뒤로 깍지를 끼며 천천히 고개를 끄덕였다.

아침 일찍 어제 세탁소에 맡긴 미주의 옷이 배달되었다. 겨우 문밖으로 손만 내밀어 외상으로 옷을 받았다.

잘했지? 지나고 보니.

세탁소에 집에서 입는 옷까지 맡긴다며 툴툴댔던 영숙씨는 조금 머쓱해졌다. 옷은 아래위 두 벌이었지만 영숙씨는 한쪽 팔과 다리도 들어가지 않았다. 영숙씨가 옷을 구석에 던져놓자 미주도 따라서 입었던 옷을 다시 벗었다.

왜 안 입어, 넌?

그럼, 너 민망하잖니. 말 안 들었다고 그 자식이 화낼지도 모르고.

단발머리, 너 도망 안 가냐? 사랑이라도 해?

점보지우개, 그러는 넌.

남자가 집으로 돌아왔을 때 두 여자는 여전히 벌거벗은 채로 잠들어 있었다. 미주는 등을 돌린 채 영숙씨의 팔을 베고 자고 있었고, 영숙씨는 겨우 흔적만 있는 도톰한 미주의 가슴을 쥐고 있었다. 남자가 주려고 한 치욕스러움은 실패로 돌아간 듯했다. 그래서 화가 난 것인지 남자는 깊은 잠에 빠져 있는 두 여자를 신경질적으로 깨우기 시작했다.

바깥의 시선에서 안의 감각으로

차미령

현대의 비극: 우리는 무엇을 보고 있는가

우리는 타인의 고통이 날마다 중계되는 세상에서 살고 있다. 그 안의 사람들은 그것이 비극인지도 모르는 채로 살고 있는 것처럼 보인다. 그 사실이, 지켜보는 우리를 더 괴롭게 만든다. 사건 현장에는 경찰이 출동하고, 방송 카메라가 들이닥친다. 인터넷은 비난여론으로 끓어오르고, 사회는 경악한다. 현대의 비극은 그렇게 떠들썩하게 상연된다. 그러나 그들의 삶에 대해 우리는 과연 얼마나 알고 있는 것일까.

세계의 저편에서 일어나고 있는 일들에 대해 누구나 알 만큼은 안다고 믿는다. 그러나 결코 아무도 완전히 알기를 원치는 않는다. 그것은 불쾌한 경험이고 불편한 진실이다. 백가흠의 소설은 바로 그런 가려진 저편의 삶을 집요하게 파고든다. 반지하방과 옥탑방에서 옷장과 트렁크에 이르기까지, 백가흠의 인물들은 닫힌 공간에서 신음한다. 잃을 것이 없고, 갈 곳이 없고, 찾아올 이가 없는 그들에게 당연히 밝음이란 없다. 낮이 아니라 밤의 체제인 그의 소설에선 암흑이 인물들을 지배한다. 그 어둠속에서 누군가는 때리고 누군가는 맞고, 누군가는 배신하고 누군가는 사기치고, 누군가는 자살한다. 추위에 신음하고, 허기에 굶주리고, 쓰레기와 배설물과 함께 나뒹구는 그들은, 문 바깥을, 창 바깥을, 구멍 바깥을 겨우 엿보거나 간신히 엿들을 뿐이다. 그런 백가흠 소설을 통해 지금 우리가 보고 있는 것은 무엇인가.

백가흠의 소설은 우리를 향한 괴로운 질문이다. 어떤 해결도 도무지 마땅치 않은 문제들을 안고 백가흠은 우리를 우리 속의 공허한 폐허로 인도해간다. 그리고 바로 그것이 백가흠 소설의 두려운 미덕이다. 엽기라 외면하는, 짐승만도 못한 인간들이라 분노하는, 저들의 처지에 눈물 흘리는 바로 우리가, 타인의 비극을 그저 무력하게 보고만 있을 뿐이라는 사실을 불현듯 깨닫게 될 때, 그리하여 그 고통을 관음증적으로 소진하고 있는 것은 아닌지를 아프게 자문하게 될 때, 저들과 다르다고 자신하는 우리의 우월감과 그로부터 파생된 수직적 연민은 마침내 파열한다.

백가흠이 던진 질문을 감당해야 할 순간이 그렇게, 우리에게 온다.

왜 도망치지 않는 거야 : 포기와 탈출 사이에서

『귀뚜라미가 온다』의 독자라면 「굿바이 투 로맨스」가 낯설지 않을 것이다. 여자들에게 폭력을 행사하는 '남자'가 있다. 남자의 폭력은 구타, 협박, 자해, 감시, 감금, 나체사진 유포, 강간비디오 촬영 등, 물리적인 수준과 정신적인 수준 모두를 아우르는 끔찍한 것이다. 남자의 의식 속에서 그러나 그것은 폭력이 아니다. 완전한 소유가 사랑이라 말하는 그는 그 사랑을 실현하기 위해 저런 악행을 감행한다. 그렇다면, 여자가 자신으로부터 도망치지 않는다면, 남자는 행복해질 수 있을까. 아니 오히려 그 반대가 맞을 것이다. 남자가 말하는 사랑은 그의 생각과는 달리 완전히 소유할 수 없기 때문에 가까스로 가능한 것이다. 자신의 명령을 어기고 있는 두 여자를 발견한 남자는, '영숙'의 눈에는 "화가 난 것이 아니"라 "즐기고 흡족해하는" 것처럼 보인다. 도망가는 여자를 벌하고 괴롭히는 것에서 그는 쾌(快)를 찾고 있다.

그가 사랑이라 믿고 있는, 좀더 정확히 말해 '즐기고 흡족해하는' 그의 심리적 메커니즘에는 기원이 있다. 그의 가족사로 거슬러 올라가면 '폭군 아버지'와 '불쌍한 엄마'가 있다. 남자의 전율적인 고백 속에서, 콩나물국의 뜨거운 콩나물들이 엄마의 얼굴에 거머리같이 들러붙는 광경은 은밀하게 그러나 거의 자동적으로 한 가난한 식구의 누추한 밥상을 연상시킨다. 알코올 중독 아버지는 왜 무자비한 폭군이 되었나, 그리고 그의 아들은 왜 아버지를 다시금 되풀이할 수밖에 없는가. 연민과 공포를 동시에 불러일으키는 남자의 과거는 이 모든 사태로부터 그의 책임을 면제하는 장치로 기능할 여지가 있는 것이 사실이다.

그러나 우리는 한편으로 작가 백가흠이 남자의 과거 사회·경제적 위치를 누설함으로써 그것이 지금 어떻게 또다른 운명론으로 탈바꿈하고 있는가를 보여준다는 사실을 놓쳐서는 안된다. 백가흠 소설에서 폭력의 주재자는 대개 하위계급 남성들임에도, 지금까지 그 폭력은 남성 '일반'의 신경증적 판타지의 발로로 해석되었을 뿐 그 계급적 의미는 거의 주목받지 못했다. 사회적 박탈감과 폭력(범죄)의 함수관계는 낡고 녹슨 문제처럼 보이지만, 현대사회의 불평등이 안고 있는 부담 중 가장 해결하기 어려운 문제이고 또 가장 외면하고 싶어하는 문제이기도 하다. 백가흠 소설이 진정 현재 우리가 숨기고 싶은 어떤 것을 현시하고 있다면, 그것은 이런 맥락에서도 추적할 필요가 있다.

그렇다면 반대로 이 '미친놈'의 손아귀 속에 놓인 영숙과 '미주'는 어떠한가. 「굿바이 투 로맨스」의 처음과 끝에서 두 번 되풀이되는 질문이 소설을 관통하는 핵심이다. 소설을 여는 영숙의 질문, "단발머리, 너 왜 도망칠 생각을 않는 거야? 사랑이라도 하는 거야?"는 고스란히 자신을 향한 것이기도 하다. 남자와의 삼년간을 '지옥'과 '악몽'이라 정리하는 영숙은 그런 자신이 이상하고, 신기하고, 이해되지 않는다고 말한다. 인간이 견딜 수 있는 한계는 어디까지일까. 자신이 처한 상황이 극치를 넘어설 때 인간은 그 상황 자체에 둔감해져버린다. 이것은 어떤 의미에서 생존전략이다. 도무지 벗어날 방도가 보이지 않을 때, 당면한 상황을 '필연'으로 치환시켜 현실을 수리하고, 끔찍한 상황을 별일 아

닌 것으로 탈바꿈시켜 그 안에서 사는 길을 모색하기도 하는 것
이 인간이다.

체념하고 포기해버리는 것, 이것이 그녀들의 방도의 전부인가.
소설의 끝에서 반복되는 두번째 질문은 그래서 중요하다. 영숙
은 다시 묻는다. "단발머리, 너 도망 안 가냐? 사랑이라도 해?"
첫번째 질문과 두번째 질문은 겉보기엔 동일하지만 그 내포는 다
르다. 남자로부터 도망치는 것이 도리어 남자를 기쁘게 해줄 뿐
이라는 사실을 이제 여자들은 경험으로 안다. 도망치는 그녀들
을 붙잡아 처벌과 복종을 무대화하며 또 그로써 만족을 얻는 남
자에게서 벗어나는 유일한 길은 그 무대 자체를 무효화해버리는
것이 아닌가. 과연 영숙은 미주에게 말한다. "창피해하지 말자
고. 그 자식이 원하는 거니까." 남자가 의도한 치욕이 영숙과 미
주에게 치욕이 되지 못했음을 암시하는 결말은, 남자가 주장하
는 '로맨스'를 향해 그녀들이 '굿바이'하기 시작했음을 일러준다.

「굿바이 투 로맨스」는 현재 백가흠이 자신의 기본 틀을 유지하
면서도, 그 틀에서 조금씩 변화를 꾀하고 있음을 상징적으로 보
여주는 작품이다. 이전까지의 작가가 폐쇄된 공간에서 질식해가
는 인간들을 전면화하며 문제를 제기했다면, 『조대리의 트렁크』
에는 그 속에서 어떻게 살 것인가를 타진하는 소설들이 드물지
않다. 물론 이것은 아주 연약하고 비참한 희망이다. 작가가 설정
하고 있는 문제틀은 어떤 해결도 쉽게 기대할 수 없는 것이 거의
전부이기 때문이다. 「굿바이 투 로맨스」의 결말에서도 완전한
'굿바이'를 예감하기란 조금 벅차다. 자신이 강간당하고 있는 비
디오를 본 여자들이 다음날 아무렇지도 않은 듯 일어날 수 있는

것인지, 또 여자들의 선택이 진정한 탈출인지 아니면 다른 방식의 공모로 전환된 것인지도 판단하기 힘들다. 하지만 그럼에도 작가가 어떤 출구를 모색하고 있다는 것만은 분명한데, 그것은 이 소설이 하나의 로맨스와 결별하는 과정인 동시에 또 하나의 로맨스가 생성되는 과정이기도 하다는 사실에서 기인한다.

영숙과 미주의 새로운 전기(轉機)를 말할 때, 두 사람 사이의 미묘한 연대를 그 원인으로 지적하지 않는다면 작품에 대한 적당한 대접이 아닐 터이다. 둘의 관계는 「사랑의 후방낙법」에서의 '민숙'과 '유진'의 관계와 흡사하다. 모든 사랑의 시작이 그러하듯, 두 소설은 누군가가 다른 누군가를 욕망하고 있음을 먼저 보여준다. 한 여자(영숙, 민숙)가 자신보다 작고 여린 여자(미주, 유진)의 목선과 살빛과 몸매와 보조개를 탐하는 눈길은 두 소설 모두에서 여러 차례에 걸쳐 제시된다. 이 시선의 주체는 남성이라 해도 그리 낯설지는 않지만, 그들의 관심은 가학적이지 않고, 호의를 품은 상대를 돌보고 보살피는 쪽으로 길을 터간다. 두 소설 모두에서 인물들이 남근적 억압의 희생자로 설정되고 있는 것도 특징적이다. 「굿바이 투 로맨스」는 말할 것도 없고, 군대에서 의문사한 아버지를 둔 민숙과 어린시절 새아버지에게 추행당해왔음이 암시되는 유진 사이의 이야기를 엮어가는 「사랑의 후방낙법」도 얼마간은 그렇다. 그런가 하면, 「웰컴, 베이비!」에서 죽은 동성 애인을 향한 미스터 홍의 마음이나, 「로망의 법칙」에서 P를 향한 K의 마음은 또 어떤가.

돌이켜보건대, 백가흠 소설에서 누군가를 향한 애틋하고 간절한 마음을 찾는 것은 그리 어려운 일만은 아닌 듯하다. 그러나 지금까지 백가흠이 그려온 그런 인물들 중 그 누구보다도 우리의 마음을 저 밑바닥까지 뒤흔들어놓는 인물이 있으니, 그가 바로 「매일 기다려」의 주인공 노인이다.

왜 나한테 잘해줘: 기식과 헌신 사이에서

행복이란 무엇인가. 그 충분조건은 무엇인가. 「매일 기다려」의 노인은 한 소녀에게 밑도 끝도 없는 호의를 베풀다가 결국 자신의 모든 것을 내주게 된다. 노인이 만난 '연주'는 백가흠의 등단작 「광어」에서 오백만원이 든 통장을 훔쳐 달아난 '당신'의 미성년 버전이다. 「매일 기다려」는 그러나 「광어」가 끝난 지점에서 다시 시작한다. 연주는 나갔다가 돌아온다. 소설 속에서 연주의 떠남과 귀환은 두 번 반복된다. 한 번은 '현숙' 패거리와 함께 셋으로, 다른 한 번은 남자아이들을 포함해 모두 여섯으로. 반복되면서 수는 늘어나고, 패악도 곱절이 된다. 이 이른바 불량청소년들이 어리석고 가난한 노인을 등쳐먹고 튀는 것이 소설의 표면적인 내용이다. 더 말할 것이 있는가.

그렇다면 이제 쉽게 납득되지 않는 것을 물어야 할 차례다. 이번에는 노인을 만난 연주가 던지는 질문이 곧 소설의 문을 여는 열쇠가 된다. "할아버지, 왜 나한테 잘해줘?" 연주가 생각했듯이, 또 우리가 쉽게 상상하듯이 노인은 연주의 몸을 댓가로 원하는 것도 아니다. 받는 것 없이 주는 것처럼 보이는 이 노인은 백치인가, 천사인가. 노인에게 현실을 직시하라고, 연주와 아이들이 노리는 것은 돈일 뿐이라고 말하기 전에 먼저, 이 노인의 고통의 뿌리를 좀더 더듬어야 한다.

결혼은 꿈도 꾸지 못했으며 제 한몸 먹고사는 것이 우선이었던 노인. 일생 고독했던 노인에게는, 사기도, 패악도, 강탈도 아무런 문제가 되지 않는다. 연주가 실상 어떤 인간이건 그것 역시 전혀 중요하지 않다. 단지 누군가 곁에 있다는 그 사실만으로도 노인은 (잃어버린) 감정-정서를 되찾는다. 뿌듯함, 따뜻함, 아쉬움, 서운함, 헛헛함, 미안함, 측은함, 놀라움, 기쁨, 심지어는 딱 한번 품은 화까지도. 노인에게는 이 겨울 한철이 행복한 계절이다. 그에게는 집이 있고, 돈이 있고, 무엇보다 가족이 있다. 노인은 말한다. 이 모두는 '행복의 조건'이라고.

연주와 아이들로 인해 비로소 가능해진 마지막 조건이 '가족'이다. 그런데 과연 그들은 (노인의 생각대로) 가족인가. 잔인하게 말해 그것은 노인이 자신의 삶을 버티기 위해 구성한 판타지이고, 무의식적인 자기기만이다. 이같은 사실을 아프게 폭로할 필요가 있을 때, 백가흠이 잘 쓰는 기법이 병치다. 방 안에서 대장 현숙이 "니가, 요즘, 들, 맞아서, 개긴다, 했어, 이런, 씨발" 하며 은영을 구타하고 있을 때, 방밖에서는 노인이 '아가'를 향해 "왜들 그르냐. 가족끼리"라고 사정한다. 아이들이 노인을 보는 시선과 노인이 아이들을 보는 시선 사이의 낙차, 아이들이 생각하는 이 무리와 노인이 생각하는 이 무리 사이의 낙차, 이 낙차를 백가흠은 끝내 해소하지 않는다. 그 낙차를 명시적으로 드러내는 장면이 반복될수록, 소설은 거의 노인의 수난-학대극에 육박하는 것처럼 보인다. 아이들이 얼마 되지 않는 노인의 돈을 모조리 빼앗기 위해 벌이는 연극이 그 정점이다. 이와 같은 장면들은 노인이 아이들에게 속고 있다는 사실을 보여주는 듯하지만, 실상은 그 반대에 가깝다. 더 깊이, 더 철저히, 더 완벽하게 연기해야만 하는 자는 누구인가. 가까스로 만난 행복이 무너지는 것을 막기 위해, 노인은 스스로 속아야만 한다.

　노인과 아이들이 연출하는 상황은 한마디로 주객전도의 상황이다. 연주와 그녀가 데리고 온 아이들은 노인의 삶에 빌붙어 기생하는 기식자들이다. 그러나 어느 순간부터 노인은 지친 몸을 누일 방조차도 그들에게 빼앗긴다. 전도는 왜 일어나는가. 영악한 아이들은 자신들의 숙주인 노인 역시 또다른 무엇의 기식자일 뿐이라는 사실을 쉽게 간파한다. 아이들이 여섯으로 불어난 날, 그들은 묻고 답한다. "누구네 집이야, 도대체." "저 할아버지 집인데. 원래 주인도 아냐." 소설이 마림공원의 무료급식에서 시작한 것을 우리는 기억한다. 노인이 그 무엇의 생산자도, 그 어느 곳의 주인도 될 수 없음은 소설 곳곳에서 지속적으로 환기된다. 철거가 얼마 남지 않은 재개발지구의 오래된 연립 반지하방이 노인에게는 '횡재'이고, 가스관의 본관을 끊어가지 않은 사람들에게 노인이 '진심으로 감사'한 마음을 품는 것은, 반지하방도 가스관도 애초에 그의 것이 아니기 때문이다. 넝마장수 노인이 살아가야 할 세상은 심지어 "버려지는 쓰레기에도 이미 임자가 정해져 있는 세상"이 아니던가.

　우리가 살고 있는 이 사회가 균형잡힌 상호교환의 공리에 입각해 있는 것이 아니라 일방적인 착취의 연쇄로 이루어져 있다고 주장하며, "인간은 인간에게 이(기생충)"라고 한 이는 프랑스의

철학자 미셸 쎄르였다. 그의 관점에 따르면, 기식의 체계 속에서 우리는 누군가에게 기생하고 또다른 누군가에게 갉아먹히지만, 그 방향이 역전되는 경우는 없다. 「매일 기다려」에서 노인은 연주와 아이들에게 운좋게 걸려든 먹잇감이 아니다. 그는 자신이 완전히 고갈될 때까지 그 전부를 제공하는 숙주와 같은 존재다. 당연히 우리는 이 관계를 그저 지켜보는 것이 힘들다. 지나친 사취(詐取)가 그에게 치명적일 것이라는 사실이 너무도 분명하기 때문이다.

「매일 기다려」의 마지막 장면은 그래서 우리의 가슴 한구석을 오랫동안 뭉클하게 옥죄어온다. 연주와 노인은 헤어진다. 소녀는 한 번도 뒤돌아보지 않는다. 노인은 "리어카를 끌고 뛰다시피 골목을 내려갔다. 따뜻한 날씨가 고마웠다. 전철역도 있고 지하도도 있었다. 원래 그랬던 것처럼 노인의 집은 여전히 많았다." 더이상 내어줄 것이 없는 이는, 차라리 세상이 고맙다. 그 어느 곳도 소유할 수 없는 노인의 거처는 역설적으로 세상 모든 곳이다. 그 역설이 일러주는 노인의 헐벗은 삶이 우리를 먹먹하게 한다. 그 삶에 대해 우리는 무어라 말해야 하는 것일까. 아니, 말할 수나 있는 것일까.

아무도 모른다: 실화와 소설 사이에서

최근 몇년 사이 각종 매체에는 다음과 같은 사건들이 보도되었다. 1세에서 4세에 이르는 세 남매가 단칸방 쓰레기더미 속에서 연명하고 있었음이, 태어난 지 넉 달밖에 안된 아기가 사람 없는 집에서 질식해 숨졌음이, 아사한 네살배기의 주검이 장롱 속에 있었음이, 뒤늦게 밝혀졌다. 게임중독 철부지 부모가 질타당했고, 빈곤층의 비참한 상황을 관리하지 못한 국가가 고발되었고, 이웃의 무관심과 현대사회의 익명적 삶의 이면이 폭로되었다. 그중에서도 충격적이었던 한 사건의 전모를 보라. 결혼을 위해 거짓임신을 꾸민 여자는 심부름쎈터에 영아납치를 청부했고, 청부를 받은 이들은 친모를 살해하고 암매장했다. 갓 태어난 아기는 그렇게 어미를 잃었다. '세상이 무섭다.' 황금만능과 인명경시 풍조를 탄식하는 한 칼럼 제목이 그러했다.

이러한 실화들을 효모로 발아한 백가흠의 「웰컴, 베이비!」와 「웰컴, 마미!」, 그중에서도 「웰컴, 마미!」는 사실과 허구 사이에서 끊임없이 경련한다. 우리는 이미 소설 속 사건을 알고 있다. 넘쳐나는 재연-고발 프로그램들과 인터넷 기사들이 우리의 교사다. 매체에 의한 주변부 재현(representation)이 극히 소수인 상황에서 집단의 충격은 재빨리 해소될 길을 찾는다. 이른바 여론은 비정한 부모와 무정한 사회를 비난하고 경찰력 강화와 인성교육을 촉구한다. 아이들을 방치하거나 납치한 인간들에게 퍼부어지는 '패륜'과 '인면수심'이란 비난은 사건을 예외적인 것으로 굴절시키며 우리의 책임을 교묘히 덮는다. 그런 식으로 우리는 우리의 도덕성을 확인받고 가까스로, 기어이, 안도한다. 이것이 지금 우리 사회의 대책이다. 하지만 그것은 소설의 대책은 될 수 없을 것이다. 아니, 현실이건 소설이건 근본적인 대책이란 있을 수가 없다. 그럴 때 차라리 소설은 아무런 대책도 마련할 수 없는 우리의 무능과 무력을 지독하리만큼 고통스럽게 응시하는 길을 택한다.

백가흠 소설에는 두 부류의 아이들이 있다. 어른-아이들과 아이-어른들. 생존하기 위해 '어딘지 모르게 어른스러운' 참을성을 발휘하는 애어른과 몸은 어른이되 어른으로서의 책임을 감당할 수 없는 애어른들. 후자가 전자를 잉태한다.「웰컴, 베이비!」에서 게임 상금이 걸린 피씨방을 전전하며 살고 있는 모텔의 장기투숙 부부는 '아직 앳되고 어린 나이'지만 벌써 네번째 출산을 앞두고 있다. 고아원에서 만난 부부는 첫번째 아이를 그 고아원에 버렸고, 이제 네번째 아이 역시 버릴 것이다. 그들은 지금 자신들이 무슨 짓을 저지르고 있는지 알지 못한다.「웰컴, 마미!」에서 '순미'는 아이를 방치하고 '진숙'은 아이를 돈으로 사려 한다. 그녀들은 알지 못한다. 돈으로 아이를 사기 위해서는 어떤 일들이 일어나야 하는지를, 아이를 며칠씩 반지하방에 홀로 두면 어떤 일들이 일어나게 되는지를. 주검 앞에서도 그녀들은 모른다. 진숙은 말한다. "난 모르는 일이야." 순미는 말한다. "저는 잘못 없어요."

실화와 견주어보았을 때, 여러 인물들 중 소설이 그래도 사려 깊게 형상화하고 있는 인물은「웰컴, 마미!」의 순미다. 작가의 시선은 순미를 긍정하지 않지만 그렇다고 섣불리 단죄하려고도 않는다. 모든 잘못을 무책임한 모성의 탓으로 전가하기 전에, 그녀의 사정을 얼마간 짚어보려 한다. 순미는 열여섯에 시작한 동거로 아이를 낳았다. 이후 애아버지는 내뺐고, 그녀는 생활고에 시달린다. 소설은 사회적 안전망에서 완전히 비껴난 모자의 삶이 서서히 잠식되어가다가 결국 부식되어 스러져가는 사정을 이야기한다. 엄마가 돈 벌러 간 사이 아이를 돌봐줄 사람은 없다. 쓰레기와 함께 뒹구는 아이를 측은해했던 순미의 마음은 피로와 함께 곧 짜증으로 바뀐다. 그녀는 아이를 사랑하지만, 아이에게서 필사적으로 벗어나고 싶었던 것이다. 아직 스물인 그녀는 남자랑 연애도 하고 싶었던 것이다. 누가 모성을 원초적이라 했는가.

그러는 사이 아이의 존재는 완전히 은폐된다. 아이는 존재하는 동시에 존재하지 않는다. 아무도 아이를 모른다. 아이는 유령이다. 유령—아이는 배고픔을 참고 비좁은 틈에서 구겨져 잠이 든다. 불 꺼진 반지하방, 세상으로부터 완전히 차단된 이 어두운 '아기—집'은 충만한 카오스가 아니라 그 속에서 아이가 시들어 죽어가는 자궁—지옥이다. 엄마가 친구하라며 데려온 '미니 핀셔'와 아이가 갇힌 방에서 생존경쟁을 벌이는 장면은 『조대리의 트렁크』를 통틀어 가장 견디기 힘든 대목이다. 말 못하는 아이는 엄마와도 소통할 수 없고, 최소한의 양식마저 개에게 빼앗긴 아이의 극심한 굶주림을 아무도 알지 못한다. 자신의 존재를 그 누구에게도 알릴 수 없던 아이는 '어린아이 귀신'이 되어서야 동네 아이들의 눈에 띈다. 부모, 어른, 이웃, 경찰, 사회가 알게 되는 때는 모든 것이 끝장에 이른 다음이다. 부패된 아이의 시체 앞에서 그들이, 혹은 우리가 알게 되는 것은 무엇일까. 아이의 고통, 아이의 비극? 우리가 이제 아는 것은, 그간 우리가 몰랐다는 사실 그뿐이다. 우리는 모른다. 끝내 아무도 모른다. 소설은 그 사실을 뼈아프게 자문한다.

「웰컴, 베이비!」에서 한 아이는 옷장 속에 숨어 누군가의 자살

광경을 (엿)보고, (엿볼) 눈과 (엿들을) 귀 없이 태어나 부모에게 버려진 아기는 빈 젖을 물고 울음을 그친다. 「웰컴, 마미!」에서 한 아이는 반지하방에 갇혀 죽고, 태어난 지 얼마 되지도 않아 엄마가 살해당한 영아는 깊은 잠에 빠져 있다. 이제 소설의 제목을 다시 한번 읽어야 한다. 우리가 보고 있는, 나아가 살고 있는 이 무대는 '베이비'와 '마미'에게 '웰컴'을 외칠 만한 곳인가. 참혹한 삶을 반어적으로 포착하는 숨은 목소리는 죽은 이를 향한 연민어린 애도보다는 무자비한 세계를 향한 차가운 분노 쪽으로 기울어져 있다. 이 기울기는 앞으로 어떻게 변화해갈 것인가.

두 개의 트렁크: 두 개의 발자국

여기 두 개의 트렁크가 있다. 그 안에는 무엇이? 「루시의 연인」의 주인공 '준호'의 트렁크에는 그만의 연인이 있다. "너만 사랑해." 준호가 사랑을 고백하는 연인은 그러나 인간이 아니다. 자위용 쎅스인형이다. 자신이 만든 조각을 사랑한 신화 속 피그말리온의 소원은 이루어졌다. 그의 사랑에 감동한 아프로디테가 피그말리온의 연인에게 생명을 불어넣어주었으니 말이다. 과연 준호의 사랑도 이루어질 것인가.

인형 '루시'는 준호에게는 사랑의 대상이자 영감의 원천이다. 인형과의 정사를 소설로 옮겨쓰다니, 변태가 아니냐고? 그렇게 본다면 우리는 그의 쎅스가 누구와 어떤 방식으로 가능할지를 헤아리지 않은 것이다. 준호가 쓰는 소설의 첫 문장이 이러하다.

"두시가 되자 루시는 외출 준비를 서두른다." 오후 두시는 바로 준호가 외출을 준비하는 시간이기도 하다. 트렁크에 가둬진 인형 루시는 준호의 숨겨진 연인이자, 방 안에 유폐되어온 자신의 다른 얼굴이다.

젊은 청년의, 그것도 아주 잠깐 동안의 바깥 외출이 왜 특별한 것이 되었나. 이야기는 준호의 군시절로 거슬러올라간다. 태권도 승단시험을 준비하던 중 준호는 다리 신경이 찢어지는 타격을 입고 영영 불구가 된다. 무지가 낳은 참극이다. 하지만 그것은 명령에 대한 절대복종만을 요구하는 군대라는 씨스템 안에서 충분히 예견된 불운이기도 하다. 「루시의 연인」에서 이 사고는 이후 모든 일의 기점으로 자리하지만, 소설의 '사건'은 아니다. 이 소설의 가장 현명한 선택은 그 기점으로부터 무려 8년이라는 시간을 뛰어넘은 것이다. 그동안 놀라운 고통의 시간이 준호와 그의 가족을 관통해갔을 것이다. 그러나 8년이면 이제 일상이다. 소설은 그 시간들을 클로즈업하는 대신 앞으로의 생존문제를 예각화하는 쪽으로 방향을 튼다.

「루시의 연인」에서 백가흠은 '외출' '연인' '글쓰기'의 세 요소를 준호의 장애를 중심으로 치밀하게 엮으며 쉽지 않은 질문을 던진다. 누가 준호와 함께할 것인가. 준호는 혼자서는 삶을 영위하기 어렵지만, 인형 루시는 준호를 방밖으로 인도할 수 없다. 방밖에는 부모가 있고, 집밖에는 서점주인 '정원', 인사를 나누는 경비, 다리가 성치 않은 한복집 처녀 '미순'이 있다. 가능성이 가장 높은 부모가 가장 먼저 소거된다. 그와 평생을 함께할 수는 없을 것이니, 소설 속 부모의 모든 관심이 준호의 반려 찾기에 집중되는 것은 당연하다. 그렇다면 누가? 정원이 사라지고 경비가 죽는다. 두 사람의 증발과 함께 준호의 외출도 멈춘다. 그의 글쓰기도 멈춘다. 파국은 한꺼번에 들이닥친다.

뜻밖에도 준호는 모든 것을 잃은 뒤 자신의 사랑을 완성시키고, 현실의 반려자도 얻는다. 사라진 여자 정원, 준호를 한때 '아찔하게' 매혹했던 현실의 그녀가 두 가지 모두를 가능케 하는 매개가 된다. 비유하자면 정원은 준호의 아프로디테다. 준호는 실종된 정원이 보내온 사진에서 눈을 오려내어 인형 루시에게 붙인다. "루시에게 눈이 생기자 꼭 말을 할 것만 같다." 정원에게 그간 모은 전재산을 사기당한 미순은 자신의 오빠에 의해 준호의 집으로 인도된다. 미순이 약간의 재력이 있었을 때는 준호의 부모가 적극적이었고, 그녀가 가진 것을 잃게 되자 이번에는 반대로 미순의 오빠가 나선다. 준호가 거부하던 미순을 받아들이는 과정은, 자신이 누군가를 저울질할 수 있는 처지가 아니라는 사실을 확인하는 과정과 맞물려 있다. 그가 딛고 있는 삶의 지반이 한순간에 무너질 수 있는 허약한 것으로 드러난 뒤 준호의 선택은 한가지다. 과연 준호는 인형 루시를 트렁크 속에 감춰둔 채로, 미순과 서로를 부축하며 걸을 수 있을 것인가. 소설은 미순의 동그란 두 발자국을 비추며 막막한 여운을 남기면서 막을 내린다.

「루시의 연인」의 준호와 마찬가지로 「조대리의 트렁크」의 노총각 '조대리'도 인생의 배필을 얻기란 하늘에서 별따기다. 서른일곱의 이 대리운전기사에게 '가능성있는 여자'란 흔치 않다. 소설의 초반부에서 우리는 편의방 여자에게 '불쌍작전'을 펼치며 조심스럽고도 능글맞게 접근 가능성을 타진하는 조대리를 발견한다. 그러나 백가흠 소설이 여기서 멈출 리 없다. 목에 날카로운 칼자국이 있는 그녀의 대리운전 주선, 조대리가 '여자에게 처음으로 받아보는' 그 호의는, 조대리가 전혀 예기치 못한 하룻밤의 서막일 테니. 부슬부슬 내리던 비가 폭우로 변하면서 이야기는 조대리와 정체불명의 손님에게로 넘어간다. 빗속을 뚫고 밤의 저수지로 향할 것을 종용하는 이 남자, 어딘가 심상치 않다.

고등학교 동창인 조대리와 손님 '장영수'는 모두 세상에서 지워진 존재들이다. 드러나는 대로 밝혀버릴 것이라는 불안으로 스스로의 존재감을 숨기고 살아온 조대리도 그렇고, 고등학교 졸업장에서도 존재를 찾을 수 없는, 조대리에게는 하룻밤 악몽과도 같은 장영수도 그렇다. 사업에 실패한 장영수는 백가흠 소설에서 현실에서 패퇴한 몇몇 남성인물들이 겪어온 행로를 그대로 밟는다. 세상을 원망하고, 신세를 한탄하고, 자신의 억울함을 토로하는 그는 아내를 살해하고(암시적으로 처리된다), 노모를 유기하고, 자신은 자살한다. 반면에 주인공 조대리는 어떤가.

여자에게 어설픈 작업을 걸어보기도 하고, 우연찮게 걸려든 무서운 손님 때문에 쩔쩔매기도 하는 조대리는 어딘가 좀 모자라 보이고 또 좀 비루해 보이는, 그래서 될 수 있으면 좀 피하고 싶어지는, 어쩌면 우리 주변에서 흔히 볼 수 있는 그저그런 남자다. 그러나 그는 자신의 삶을 자조하거나 다른 누군가를 증오하지 않는다. 음산한 집에서 기저귀를 찬 노모를 모시고 사는 조대리는, 아내와 딸이 "내 건데 내 맘대로 안"된다는 장영수에게 더듬더듬 이렇게 묻기도 한다. "어, 어떻게 되유 그, 그게. 사람이 소유가 되겠슈?"

　백가흠은 이 그저그런 남자 조대리를 통해 역시나 그저그런 인간들인 우리 안에 가냘프게 연명하고 있는 작고 하찮으면서도 동시에 숭고한 빛의 한자락을 조심스럽게 펼쳐 보인다. 장영수의 주검을 목격한 뒤 조대리는 망인이 주고 간 차의 트렁크를 연다. 정신이 혼란한 장영수의 노모가 트렁크 안에서 말한다. "영수냐? 나 괜찮어." 조대리는 부정하는 대신 빛을 보지 못한 노인의 눈이 상할까봐 움푹 팬 그 눈을 손으로 가려준다. 그의 등에 업힌 노인이 "자기 엄마보다도 더 가벼운 것 같아" 무거워진 조대리의 마음. 네 발자국을 두 개로 만든 그 마음. 자신의 처지를 뒤로하고 오히려 그 불행을 통해 다른 자리의 고통까지 자신의 삶 속에서 헤아리게 된 마음. 아마도 그 마음은 타인을 향해 뻗은 수평적인 공감이 지금 다다를 수 있는 최대치이리라.

　벌거벗은 삶: 바깥의 시선에서 안의 감각으로

　현실의 어떤 단면은 소설보다 더 끔찍하다. 백가흠으로 하여금 소설을 쓰게 하는 동력은 바로 그 현실의 무간지옥이다. 알다시피 외환위기와 함께 우리 사회를 급속도로 잠식한 시장만능주의는 양극화를 심화시키고 절대빈곤층을 크게 늘렸다. 공동체적 연대가 깨어지고 사회적 약자가 외면당할 때, 우리가 사는 세계는 약육강식의 정글이 된다. 삶의 절박함을 상쇄해줄 무언가가 존재하지 않는 정글 속의 체념과 포기, 도덕적인 반마비상태를

엽기적이라 말하기 전에 우리가 먼저 인정해야 할 사실은 그것이다.

백가흠 소설에서 방에 갇혀 개와 생존경쟁을 해야 하는 네살배기 아이나, 군대에서 다리가 찢어져 불구가 된 청년이나, 강간비디오 앞에서 망연자실한 여인들을 보는 것은 힘들고 슬프고 때로는 화가 치민다. 그 페이지를 손으로 가리고 읽고 싶지 않기도 하다. 그러나 바로 그런 감정이 유난스러운 것, 과장된 것이 아니냐고 조용히 반문하고 있는 것이 백가흠 소설이다.

우리가 타인의 비극과 맞닥뜨리는 것은 언제나 짧은 한순간이 아니던가. 인내를 모르는 우리는 긴 시간을 버티지 못하고, 누군가의 고통을 만지는 일은 늘 너무나도 두렵다. 차라리 그렇게 사는 사람들과 그들을 그렇게 만든 사회를 맹렬히 비난하고, 채 몇 분도 지나지 않아 지워버리고 마는 우리다. 그러므로 지금 무엇보다 중요한 것은 그런 자동화된 반응을 차단하면서 그 삶을 다른 누구가 아닌 우리 자신의 삶의 문제로 옮겨오는 것이다. 만약 이 소설집 곳곳에서 당신을 기다리는 질문들이 당신을 위력적으로 집어삼키고 있다면, 그것은 단지 이 소설들이 우리가 망각하고 있는 삶의 한 단면을 재연하고 있어서가 아니다. 백가흠은 그만의 방식으로 우리 삶의 심연을 고찰하는 동시에 그 삶의 윤리를 고집스럽게 추궁하고 있다.

그런 맥락에서, 그리고 두번째 소설집이 출간되는 이 싯점에서, 젊은 작가 백가흠이 한번쯤 돌아보아도 좋은 것은 이런 것이라 생각한다. 전작들과 비교해볼 때 현재의 백가흠 소설에서 피냄새와 비명은 많이 사위어가고 있지만, 소설의 소재 자체가 극적이지 않은 것은 아니다. 그러한 소재는 지금까지 백가흠이 독보적으로 증거한바, 우리 삶의 벌거벗은 실재 혹은 우리가 마주치기를 꺼려하는 주변부 현실을 환기하는 데 효과적임을 부인할 수는 없다. 그러나 그 극적인 것 안에서 우리 삶의 길을 사유한다는 것은 상당한 모험을 수반하는 것이기도 하다. 자칫하면 즉각적인 충격과 분노에 휩쓸려, 드물게 던져진 고통의 싹은 채 뿌리를 내리기도 전에 그만 스러져버리고 말 것이다. 이는 작가로부터 질문을 받은 우리가 헤쳐나가야 할 곤경인 동시에 그러한 질문을 던진 작가의 고비이기도 하리라. 앞으로 작가 백가흠이 그가 소설화하고 있는 대상에 대한 끌림과 물리침의 균형을 끝까지 냉정하게 유지하면서, 초월적인 바깥의 시선으로 빠지지 않고 그 고통을 서서히 내재화하는 길을 터가기를 소망한다. 역설적으로 들리겠지만 그 어려운 길은, 이미 몇몇 백가흠 소설들이 예시하고 있듯이, 어둠속의 응시가 그 속에 웅크리고 있는 빛나는 생의 맥박들까지를 끌어안는 바로 그때 비로소 살펴질 수 있는 것인지도 모른다.

車美怜 | 문학평론가

작가의 말

문학에 하나, 둘의 목표나 목적이 없다는 것이 때론 다행스러운 일이라고 느껴질 때가 있습니다. 쓸데없는 욕심을 부리지 않아도 되니 말입니다. 문학은 그냥 '하는 것', 언제나 '과정중에 있다'라는 믿음에는 변함이 없습니다. '하는 것' 진행형의 사랑, 그 자체가 언제나 삶의 목표이고 목적으로 남았으면 좋겠다고 생각해봅니다. 그리하여 소설에게 '넌 언제나 내게 신성한 존재'라고 고백하고 싶습니다.

소설은 언제나 제게 절실함을 요구합니다. 제 마음이 항상 똑같지 아니하니 속마음을 보여주지 않는지도 모르겠습니다. 소설이 간절해지기 시작하여 몇년의 준비와 등단 후 또 몇년의 시간이 지났습니다. 감히 내가 꿈꾸고 열망하여 준비한 것의 두번째입니다. 이제 계획하고 열망하였던 것이 점점 바닥나는 기분이

들어서 착잡하기만 했습니다. 한 선배는 바닥을 지나 깊이 파고 있는 것이니 괜찮다며 위로해주었지만 여전히 찜찜한 마음은 도망갈 길 없습니다. 언제쯤이면 내 소설에 무한한 신뢰와 믿음을 부여할 수 있을지. 여전히 저는 자신을 믿지 못하겠습니다.

두번째 책을 묶는 시간 동안 마음속에서 많은 사람이 오갔습니다. 그사이에 교만해져 잃어버린 사람에 애달픕니다. 찾는 이도 많아지고 아는 사람도 곱절은 많아졌지만 이미 잃어버린 그녀들과 그들에게 진심으로 그립다 전하고 싶습니다. 언제나 사람은 시간과 함께 가고 오지요. 그냥 그뿐이라고, 그것이 순리라고 다시 변명하고 싶어집니다.

흔쾌히 해설을 써준 차미령 선생님, 애정을 나눠준 윤대녕, 장석남 선배님, 사진을 찍어준 다흠, 책 만들어준 창비 편집부 황혜숙씨께 감사드립니다. 지칠 줄 모르는 부모님의 기도와 오랜 친구 조대리, 용관에게도 더불어.

독서 후에 소설 속 인물들의 운명이 다하는 것은 아니겠지요. 영원히 그들과 그녀들 모두 잘살았으면 좋겠습니다. 글 쓸 때마다 언제나 드는 생각이고 다짐입니다.

2007년 여름
백가흠

| 수록작품 발표 지면 |

장밋빛 발톱 …『한국문학』 2004년 여름호

웰컴, 베이비! …『창작과비평』 2006년 여름호

웰컴, 마미! … 문장 웹진 2005년 11월호

매일 기다려 …『문학들』 2007년 봄호

조대리의 트렁크 …『문학판』 2006년 가을호

로망의 법칙 …『문예중앙』 2007년 여름호

루시의 연인 …『세계의 문학』 2006년 겨울호

사랑의 후방낙법 …『문학동네』 2007년 여름호

굿바이 투 로맨스 …『현대문학』 2006년 10월호

조대리의 트렁크

초판 1쇄 발행 / 2007년 8월 20일
초판 7쇄 발행 / 2018년 12월 31일

지은이 / 백가흠
펴낸이 / 강일우
책임편집 / 황혜숙
펴낸곳 / (주)창비
등록 / 1986년 8월 5일 제85호
주소 / 10881 경기도 파주시 회동길 184
전화 / 031-955-3333
팩시밀리 / 영업 031-955-3399 · 편집 031-955-3400
홈페이지 / www.changbi.com
전자우편 / lit@changbi.com

ⓒ 백가흠 2007
ISBN 978-89-364-3701-5 03810